この一身は努めたり

上田三四二の生と文学

Kodaka Ken

小高賢

トランスビュー
TRANSVIEW

第三章　歌人の誕生　88

装幀　間村俊一
カバー・表紙写真撮影　林　朋彦

この一身は努めたり

上田三四二の生と文学

第一章　上田三四二という問題

一九八九年一月八日

上田三四二が亡くなったのは、一九八九年一月八日の日曜日であった。昭和天皇が死んだ翌日にあたる。前年から、異常とも思える自粛ムードが日本列島を覆っていた。そんな空気がいっぺんにはじけたように、あるいは、まるで待っていたかのように、事前に作られていた膨大な追悼記事が、連日のように新聞にあふれた。

昭和回顧の記事が掲載されていた新聞のかたすみに、上田三四二の死はひっそりと報じられた。それがとても印象的だった。おそらく天皇の死という事態がなければ、訃報はもっと大きく扱われたにちがいない。

朝日新聞、読売新聞にくらべ、いちばん丁寧に報じた毎日新聞（一九八九年一月九日付）は次のように書いている。

死と対決しながら透徹した死生観に裏打ちされた名作を多く生んできた歌人で文芸評論家の上田三四二氏が八日午後七時三十分、大腸ガンのため東京東村山市の結核予防会保生病院で死去した。六十五歳。故人の遺志により、葬儀・告別式は行わない。自宅（略す）。喪主長男仁氏。

兵庫県出身。京大医学部卒。医師として国立東京病院などに勤務の傍ら、作歌に打ち込み昭和三十年処女歌集「黙契」を出版。評論にも関心を深め、三十六年、「斎藤茂吉論」で群像新人賞（評論部門）受賞。気鋭の評論家としても注目をあびた。

以後、短歌の芸術性を追究した「斎藤茂吉」「詩的思考の方法」など発表。しかし四十一年に結腸がんの手術を受けたことが精神上の転機となり、以後、死の淵にたったその体験は、氏の思考と創作の原点にすえられた。

五十九年には再び大手術を受け、その後も入退院を繰り返しながら歌集「湧井」（五十年、迢空賞）などのほか、兼好の死生観を探った「俗と無常」（五十一年）、西行、良寛、道元ら隠者的系譜にわけ入った「この世　この生」（五十九年、読売文学賞）、小説集「惜身命」（同、芸術選奨）など次々に発表。死に寄り添いながら生を慈しむきめ細かい筆致で読者に感動を与えてきた。（中略）

最近は車いすを使い、自宅で療養生活を送っていたが、歌壇の賞の選考を昨夏も引き受けるなど文学への情熱は衰えることがなかった。

省略した後半部分には野間文芸賞、平林たい子賞などの多くの受賞歴や、歌会始《うたかいはじめ》の選者であったことも記されていた。

六十五歳で亡くなった人の死も、この程度の行数になってしまう。要領のいい記事ということもあるが、改めてこの訃報を読み直してみて、はかなく感じるのは私ひとりではないだろう。書かれている内容に異論はない。しかし、どこかちがう感じがするのだ。上田三四二という歌人・評論家・小説家は、こういう記述の裏側に生きていたのではないか。そんな気がしてならない。本書は、ひとりの人間が文学というものに、また病というものに終生とりつかれながら、どのように生き抜いていったかの、私なりの検証の試みである。

上田三四二は一九二三（大正十二）年七月二十一日、兵庫県加東郡市場村字樫山（現在、小野市樫山町）に生まれた。同年齢の文学者に、遠藤周作、司馬遼太郎がいる。

前年の一九二二年生まれに片山貞美、中井英夫、河野愛子、中城ふみ子、吉野昌夫、翌年の一九二四年生まれには、三国玲子、安部公房、吉行淳之介、岩田正、大西民子、玉城徹、岡野弘彦、吉本隆明などがいる。

このように見てみると、六十五歳で亡くなった上田がいかに早く、完結したかたちでその生を終えたかが実感できるだろう。年譜を見ていくうちに、死というゴールへ、わき目もふらずまっすぐに進んでいったような気になる。他に寄り道する手もあったかもしれない。コースをはずれてもよかっただろう。どうしてそうしなかったのか。できなかったのか。そんな思いもする。追悼記事のなかで、故人の遺志で葬儀・告別式は行わないという報道がなされていた。しかし、実際は執り行われた。

無宗教ということで、個々人の心からなるお焼香だけが行われたが、無言ではあまりに寂しいからと、上田さんの歌を朗読することになり、最も淡き交わりだった私がその役を引き受けた。ちょうど昨年七月に『短歌』が特集した際の「上田三四二百首選」が取り出され、それを読んだ。

（馬場あき子「短歌研究」一九八九年三月号）

葬送の読経の代わりに、張りのある声の馬場が作品を朗読する。偶然だったかもしれないが、その方が上田三四二らしい感じもする。私は通夜にうかがえず、告別式に出たが、寒い日で、上田宅の周りで足踏みしながら出棺を待っていた記憶がある。

歌人としての付き合いはほとんどなかった。当時、こちらは一冊の歌集を出したばかりの若輩でしかなかった。会えば挨拶する程度であった。しかし、編集者として若干の関係があった。

以下はやや私的な回想になる。岡井隆、篠弘、島田修二とともに『昭和万葉集』（講談社、全三十巻）の編集に、上田三四二も参画しているが、その派生企画として『昭和万葉集秀歌』全三巻を、講談社現代新書で出そうということになった。その編集担当が私にまわってきた。

第一巻が島田修二、第二巻が岡井隆、第三巻の解説が上田三四二だった。解説原稿の催促と打ち合わせに、何度かお宅にうかがった。初めてお邪魔したとき、裏へまわってくださいといわれ、いぶかしく思ったものだ。細長いお宅で、書斎は裏から入れるようになっていた。

あるとき、じつは血尿が出た、これから検査入院する、おそらく長くかかるだろう、解説は残念ながら書けそうもないので、島田修二さんに代役をお願いしたい、と言われた。顔つきが深刻そうであったし、断固とした口調であったことをよく覚えている。おそらく自覚症状がつよくあったのだろう。急遽、ピンチヒッターとして島田さんに再度登場していただいて、事なきをえた。そんなこともあり、上田三四二について書くのに、何やら因縁を感じるのである。

さまざまな追悼

新聞は昭和天皇回顧一色であったから、文化欄などでの思い出や追悼の文章はほとんどない（読売新聞の岡部桂一郎「上田三四二さんを悼む」が唯一である）。しかし、文芸誌、短歌総合誌は、数多くの上田三四二追悼特集を組んだ。

短歌総合誌以外でも追悼されるところに、上田の位置が示されている。「新潮」では桶谷秀昭が、「群像」では大庭みな子、高井有一、岡井隆、高橋英夫が執筆していた。

上田氏とは座談会などで何度かお話する機会があり、その度に性来《ママ》の公平さを血肉の中に持っていらっしゃる方だと思った。すぐ目の前にあるものを遠くに漂わせるように、動くままに追う詩人の感性が伝わって来て、上田さんとの同席は貴重なものに思えた。

（大庭みな子「群像」一九八九年三月号）

というように、その公平で、温厚、誠実な人柄を語る文章が多い。次の回想など最たるものだ。

どういう所が最も敬しかつ愛する思いを誘いだすかといえば、ほかでもない、控え目でつつましやかな心の、並外れて自然な率直さ、こだわりのなさ、ということになる。

（川村二郎「短歌研究」一九八九年四月号）

このような評はほかにも少なくない。しかし同時に、何かどうしても譲らない側面を感じる、という文章もあった。「人への接し方は穏かでも、しんは大そう強い方だったと思う」。（竹西寛子「短歌研究」一九八九年四月号）

上田は、第一に歌人であるが、いうまでもなく「群像新人賞」評論部門でのデビューという文芸評論家の顔ももつ。さらに、晩年になって小説にも手を染めた。また、古典エッセイ、人生論のような随想も少なくない。どうして仕事の範囲を、このように広げていったのだろうか。これは、上田三四二を解くひとつの鍵である。

桶谷は、上田における小説の言語と批評の言語の同質性を指摘している（「新潮」一九八九年三月号）。さらに、短歌の方法を散文に転用することで小説が書かれており、長編小説が必要とする造形性に関心を抱いてない、つまり、この方法では、長編は書けなかったというのである。

私はそこに眼が留まる。多様性と人柄。内的関連がないだろうか。桶谷はこうも言っている。

短歌、評論、小説は、上田三四二において中心を同じくする三つの円である。生活において一つの特定のコオスを選択し、それに自分の生涯を繫げることを放棄した生き方が、文学のヂャンルに相渉るときにも同じあらはれとなつた。多才といふのは当らない。断念がもたらした多様性である。

この発言は本質を鋭く抉り出しているように思われる。断念。上田三四二を考えるキーワードかもしれない。「控え目でつつましやか」という印象の内側に秘められた断念。

上田の抱えていた問題とはいったいどんなものなのか。短歌という詩型は、他ジャンルよりも、ものごとを露骨に表現するところがある。長く作品を読んできた歌人仲間の追悼・回顧は、作家や評論家の文章よりも、ずっと率直である。言い換えれば遠慮がない。手厳しく、辛口なのである。あけすけといってもよい。

上田さんは賞の似合う人であった。その点が、（賞の似合わない人間の側からいうと）上田さんの弁慶の泣きどころでもあったろうと思う。なにを書いても、誰からも好かれてしまう。敵からも味方からも票が入る。わかってほしくない人からも、よくわかるといわれてしまう。

（岡井隆「群像」同前）

多くの追悼文のなかでも、これほど痛烈なものはない。暗殺されるまで、実朝が官位を次々と上げていったように、毎年のように文学賞を受賞したことは、事実である。さらにポピュラリティのある歌人として、多くの読者、とりわけ女流歌人の絶大な信頼を受けていた。これは小説においても変わりがないようだ。ある意味では常識的、何かを踏み外すということがほとんどない。安心だというのである。つまりはだれにでも分かるということだ。

人柄プラス作品のもっていた万人性。そこに文学としての食い足りなさを、言外に岡井は指摘している。「短歌研究」一九八九年五月号では、その岡井に加えて、馬場あき子、篠弘の追悼座談会「歌界と文壇をつないだ業績」が掲載されている。このタイトルにも、彼らの上田にたいする認識がみえている。

馬場、岡井がこんな風にいう。

馬場　だから茂吉の晩年（『茂吉晩年』か？）なんかも、初めからわかるようなところがあるのよね。それは非常に広い大衆もみんなそう思うであろうところだから、極めて説得力が出て来るでしょう。予定調和に行くところの論理を、ちょっと冴えた心底にひびくような、小林秀雄風のタッチで言うのがうまいというところがある。それは日本人が好きな論理なのよ。

岡井　だからホロッとするんだけど、しかし、その前にいろいろトラブルもあるよという気持ちがどうしても残っちゃうね。

彼らの発言は確かに、上田の本質をついているところがある。

馬場は、上田が文科に転科しようと悩み、ノイローゼになった事実から、兵隊にとられないために理科にいったのではないか。それは、「上田さんの書かれざる小説」ではないか、という仮説を提出している。岡井は、そういう兵隊逃れの理科マンがいっぱいいたと応じる。しかし議論は、それ以上は深まらない。本当にそうだったのか、どうか。

そのほか、鑑賞家としての上田三四二の特徴、あるいは小説の甘さ、美文調の文体、常識人の文学、作品における女体論、鴨長明でなく吉田兼好的、アンチ塚本邦雄の側面、牢固として抱いていた二流意識、結局のところ宗教的人物ではなかったか、など興味深い指摘がなされている。

多岐にわたるこのような率直な発言は、岡井らが長年、上田三四二と付き合ってきたゆえのおもしろさであり、激しさである。だが、座談会なので、言いっぱなしの感じがしないでもない。

また上田三四二について言われていることは、上田個人というより、短歌という詩型がもともと持っている、あるいは持つことを運命づけられた性格なのではないか、とも思えるところがある。たとえば、短歌という様式はいつのまにか作者を、予定調和（つまりホロッとさせる）に向かわせるところがあるのではないか。そんな疑問も出てくる。

上田の持っていた大衆性とか常識性という点も、似たところがある。名歌であることは、どこか通俗性に通じるところがある。それがない場合、決して流通しないし、愛唱されもしない。芭蕉でも、晶子でも、茂吉でも、あるいは岡井、馬場でも、じつは上田について言っていることと、同じところがあるのではないか。それはなにも上田固有の問題だとは思えない、そんなことも論じてみたい。

上田三四二には、そういった、短歌を考えるひとつのリトマス試験紙のようなところがある。

病と死生観

『上田三四二全歌集』の年譜を見ていると、いかに病に取りつかれた一生だったか、あらためて驚く。もちろん二度の癌ということは、よく知られている。しかし、それだけではない。


一九三四（昭和九）年、微熱がつづき、肺門淋巴腺炎の診断をうけ、運動を禁じられた（十～十一歳）。

一九四二（昭和十七）年、夏、神経衰弱にかかり、二学期より休学（十九歳）。

一九五〇（昭和二十五）年、左鎖骨下浸潤のため約一ヵ月京大病院に入院し、四月まで静養（二十六歳）。

一九五二（昭和二十七）年、五月、血痰を見たため学位論文のための実験挫折。六月中旬より、丹後由良の教員のための保養所に入って、一夏をすごす（二十八～九歳）。

一九六六（昭和四十一）年、五月、結腸癌を病み、癌研究会附属病院外科に入院、六月八日手術、同月末退院、生涯の転機となる（四十二歳）。

一九七二（昭和四十七）年、自律神経失調症の病名により、乞うて一月より休職。隠遁的気分のうちに月を送る（四十八歳）。

一九七三（昭和四十八）年、四月、復職するも下血あり、癌研外来にて精密検査を行い、五月末まで欠勤（四十九歳）。

一九八四（昭和五十九）年、七月九日、癌研究会附属病院泌尿器科に入院、八月十七日、膀胱前立腺全摘、回腸導管造設、あわせて術前検査によってポリープの発見された上行結腸の一部切除。最終診断、前立腺腫瘍。十月五日に退院した。定命をさとる（六十一歳）。

一九八五（昭和六十）年、十二月二十二日、背部と左足浮腫のため、癌研泌尿器科に再入院、胸椎への放射線治療を行う（六十二歳）。

一九八六（昭和六十一）年、三月から七月にかけて、外来にて右坐骨放射線治療（六十二〜三歳）。

一九八八（昭和六十三）年、癌研病院に再び入院。四月にも再入院（六十四歳）。

一九八九（平成一）年、一月八日、死去（六十五歳）。


書き写しているだけで、病との壮絶な闘いを実感する。しかし、怯むことなく病気に立ち向かったものだと、つくづく思う。こういうなかで、短歌を、小説を、評論を、そして膨大なエッセイを残している。上田三四二の享年にだんだん近づいている私は、よけい驚嘆する。病に弱い私は、逆立ちしても太刀打ちできそうもない。上田三四二の主要な仕事がこのような環境のなかでなされたことを、私たちはまず確認しておきたい。

上田の死への自覚は、すでに幼いころから始まっている。

小学校三、四年のころ、寝ていて、不意に自分はいつか死ぬのだという恐怖に襲われたことがある。危うく叫び出しそうになり、眼を開けると、周りの闇が脅かしの棘を立てながら、無限の厚みをもってひしめいていた。自分がいつかこの世にいなくなる。間違いなく、消えてしまう。この実存の自覚ともいうべきものの不意のおとずれは、人生をはじめたばかりの柔らかい心には苛酷すぎた。

（「知命の嘆」、『ゆらぐ死生観』所収）

同じ体験を『俗と無常』でも語っている。私にも、同じ記憶がある。死という現実を想像するのが怖くて仕方がなかった。何かの本の「死は忘れることだ」という一行に、私は救われたのだが、上田はこの苛酷な経験を、生涯に何度も何度も繰り返したわけである。しかも、長じてからの癌という事実は、忘れるという方法をとらせるわけにはいかなくなる。同時に、職業としては医者である。多くの死者を看取っている。そのなかで死にもっとも近い病を宣告される。自分だったらどうだろうかと、ついわが身と引き比べてしまう。

初期の上田に「アララギ病歌人の系譜」という評論がある。正岡子規から長塚節、島木赤彦、中村憲吉、古泉千樫、土田耕平、松倉米吉、金田千鶴、そして相良宏まで、多くの歌人の病跡と作品を辿ったものだ。ほかには曾根正庸、白水吉次郎、小暮春助、門間春夫、徳田白楊、佐藤清、稲垣鉄三郎といった、短歌史のなかであまり馴染みのない歌人にまで目配りした文章である。

そのとき上田は三十六歳であった。普通なら、まだ青年の客気が燃えさかっている年齢だろう。

そういうときに「病歌人」の系譜を追う心境は、やはり自分の体験が翳を差していたものにちがいないし、上田三四二という歌人の関心のありようが、透けてもいるだろう。三十六歳の上田が、死についてこんな風に書いている。

ところで、死は経験として持つことができないという意味で観念である。しかし何人にも必至だという意味でそれは現実である。この不得要領性が死を不気味な恐怖にみちたものとする。観念たる死を、のがれられぬ間近い事実として実感するとき、実感はなんの経験の手だてによっても支えられることがないから、人はただ想像のなかで苦しむほかはない。

（『アララギの病歌人』所収）

おそらくこれは、少年時からの上田の実感なのだろう。しかし、そのわずか七年後に、運命のいたずらのように、直接、自分の身に似た事態が到来するとは、神のみぞ知ることであった。しかも、紙の上に書きつけていたこととは、まったくレベルの異なった恐怖に襲われる。

歌集『湧井《わくい》』の作品を引用してみよう。

告げられて顔より汗の噴きいづとおもふそれより動悸してをり
たすからぬ病と知りしひと夜経てわれよりも妻の十年《とせ》老いたり
本読みてこころ鎮めんと直居《ひた》れどいつしか膝がふるへてをり

もはやじたばたしても叶はねば身のまはりをすこしづつ整理しはじむ
動揺ののちにしづまるこころなら夜は安らけく眠らんものを
そひ臥してはぐくむごとくゐる妻のさめざめ涕けば吾《あ》は生きたしよ
何もしらぬ子が甘えよるいひがたくそのやはらかき髪もてあそぶ
死はそこに抗ひがたく立つゆゑに生きてゐる一日一日《ひとひひとひ》はいづみ
教科書にはなき幸運の除外例あるいは良性のものかも知れぬ
死後には用なきものを予約せし諸橋漢和大辞典をことわりぬ

「五月二十一日以後」という三十首詠から、十首を引いてみた。一首一首から、本人の動揺がなまなましく伝わってくる。たしかに死は「想像のなかで苦しむほかはない」。しかし、考えていた以上に、動悸がしたり、膝がふるえる。これは当然である。だからこそ、読者はわがことのように作品を受け取り、感じ、はらはらする。私も一度、癌の疑いがないとはいえないというので、摘出手術を受けたことがある。実際は良性ポリープであったのでほっとしたが、傍目にも分かるくらいの狼狽ぶりであった。みんなに笑われたが、四十歳代半ばであった。

実際に、上田は自分の造影写真も見せられている。医学に携わる専門家にもかかわらず、その上で、除外例であることを願う。人間の変わらぬ心理なのであろう。職業として死を多く見送っていても、自分のことになれば動顛してしまうのだ。長男は十代半ば、次男は十歳にもならない。家族のことも気になる。「学校にもやれぬ貧窮の母子家庭いたきかな想像の死後におよぶは」という作品も残している。この気持ちは痛いほど伝わってくる。特別に鑑賞するほどもなく、作品にいつの間にか身をよせている自分を発見する。巧拙をこえたノンフィクションの強さなのだ。
「たまものとしての四十代」というエッセイに、そのときを再現してこう書かれている。

「切りますか」この一語にすべてを了解して、病院を出、帰りの路を大塚から電車に乗り、池袋で降り、乗り継ぎのあいだに、付き添ってきた妻とおそい昼食をデパートの食堂でしたためるあいだ、私は心のうちで、「そうだったのか、やっぱり、そうだったのか」と呟《つぶや》いていた。意外な、信じがたいことが起きてしまったことに動顚《どうてん》しながら、選ばされてしまったその運命を否定するどんな根拠《こんきょ》も見当たらなかった。電車の中でも、食堂でも、相客が急速に背景に退き、私の足は宙に浮いて、いわば外界は私の前から消えていた。
（『短歌一生』所収）

作品と併せて読むと、よけい現実の場が見えてくる。ここに、「常識人の文学」といった簡単なレッテルは通用しない。たとえ常識でも、自分の身においては、死は一回性の断崖である。もしかしたら真っ逆さまに墜落するかもしれない。誰しもがもつ渦巻く不安。短歌という詩型は、それをあざやかに掬っている。「アララギ病歌人の系譜」で大きなページを割かれていた長塚節が、喉頭結核の宣告をうけて、「往きかひのしげき街《ちまた》の人みなを冬木のごともさびしらに見つ」と詠んでいることも、上田は忘れずに付記している。

かなしみの三日を経つつ熟睡といふ感じにて今朝は目ざめぬ
ただ手術を待つのみの日々あひむかふおそき昼餉もあそびのごとし
僥倖をたのむこころに日を経つつ癒えし未来のするゑもおもはな
（『湧井』）

動揺から覚悟へ、そして病が日常になる。病者のパターンであるかもしれない。最初、病院にいくとき、みな違和感と緊張感をもつ。しかし、慣れてくると、病院に通うことが特別ではなくなる。それと同じであろう。そうやって人間は自分の環境に順応しようとする。死に近接しながらも、いつしかそういう場所になじんでしまうのである。先の作品のあとの「入院前後」というなかから、三首を引いてみた。手術を待つ心理の機微がよく出ている。自分のようで自分ではない。いわば手術という目的だけが先に歩いており、それについていくだけになる。思考は中断される。だからこそ死の恐怖は、不思議なことに若干やわらぐのである。

世間には、病に敏感なタイプと、そうでない歌人がいる。上田はいうまでもなく前者であろう。健康に自信のある歌人は、つねに病に同情的でない。だから病の作品にきびしい。そういう人には、上田のような作品はまだるっこくて仕方がないであろう。日記とどこがちがうのか、と言うかもしれない。

以前、上田三四二の『現代歌人論』の、宮柊二の箇所を読んで、仰天したことがある。宮柊二の作品は歌壇の枠を超えて人気があり、その秘密は彼の短歌に文学性があることだという。そこまでは何でもないのだが、そのあと、では文学性のない短歌があるかと反問し、あると答える。文学性のまったくない第一級短歌が、小暮政次だと断言するのである。そしてこんなことをいう。「小暮氏は短歌の文学性を歯牙《しが》にもかけない。一切の文学性を振り払った所に、氏は自らの短歌をすえている。氏の作品に、氏の人間性が生のまま刻まれることは決してない。氏は悲鳴や、嘆声や陶酔の密語や、すべてこれらの肉声を短歌とは考えないのだ。肉声はいったん、非情の音楽のように、言葉のそっけなさに変身しなければならぬ。それが表現と呼ばれるものの冷酷な意味である。こういう氏の態度は、作品を氏の人間から突き放してしまう」。

短歌はたしかに様式の文学である。刃のように磨かれた「言葉」と、その組み合わせに尽きるところがある。だから当然、小暮政次の達成もひとつの道であろう。つまり「芸」の完成を目指す方向として。しかし、上田は激しくこれに抵抗する、拒否する。そこで宮柊二に目を向ける。彼ほど作歌に懸命であり、歌人であることが生活であるというような例は、類がないとまで言い切るのである。私はそこに、上田三四二の願望を見る。

つまり、ややもすると、宮の作品は、「甲高い思い入れ」や、「溺れすぎた詠嘆」(上田のことば)になりがちで、そういった過剰さが、また読者を酔わせるというのである。それは上田の自画像でもある。

宮柊二論にならっていえば、上田は自分の短歌を普通の人間の位置に据えているのだ。それが意識的か、無意識によるかは別にして、おそらく若くして脳溢血で倒れた父親や、みずからの病も、その視線に影響を与えているだろう。そういうことをひっくるめて、上田は短歌を、なまの生のレベルにまで戻している。甘い、常識的という作品への批判をあえて甘受するという意識が、はっきりとある。その点ではかなり頑固である。

大患のあと上田は、古典の世界に沈潜する。なかでも『俗と無常』で読み解いた吉田兼好と、そして『この世　この生』の大きな主題になる西行に、自分の生をかさね、自分の現在に根拠を与えようとする。雑念を振り払うように、彼らの死生観や生き方にくりかえし言及するのだ。

まず、死をこんな風に考える。自分に残された時間を、滝口までの河の流れに重ねる。落下は死である。平面であるから滝口は見えない。しかも、刻々滝口まで近づいているが、それもいつだか分からない。死はあるが、死後はない。こういった想像が、いちばん納得のゆく死の理解だというのである。だから私たちは、滝口までの線分の生をどう生きるかに、思いをひそめればよい。

希望も欲望も執着も、およそ生に付着する情動的なものを一切否定し、真水のような時間的存在となれば、その死をはるかな未来に持ち越すかのような長閑《のどか》な境涯が出現する。それこそが兼好の「つれづれ」なのだと上田は解析する。そこに深く共感するのだが、しかし、不満も覚える。兼好の行き方は死の恐怖に対処するもっとも姿勢の低い態度で、眩暈を鎮める最良の手段であるが、もうちょっと頭を上げてみたいという。そのあたりが、いかにも上田三四二らしい。そこで出てくるのが西行なのである。

兼好と西行

西行には兼好とちがい、後世が信じられている。しかし、西行はただ死に憧れたのではない。

「願はくは花のしたにて春死なむそのきさらぎの望月のころ」という周知の一首を例にしながら、上田は次のように言う。

死をも輝かしいものとする月と花――この現世の景物でありながら現世のものとおもわれぬ感動を呼びおこすもの、それに対《むか》うとあやしい浮遊感につれてゆかれ、陶酔に誘われるもの、美感としか名づけようがないために仮にそう言っておくが、人のこころを至美、至純、至極の境《さかい》にむかって押しあげ、昇りつめさせるもの、そしてそこでは時間が空虚ではなく充ちており、充ちることによって時間を忘れさせるもの、そういう蠱惑の源としての月と花への憧れを、語っているのである。

（「花月西行」、『この世　この生』所収）

憧れたのは死の向こう側の死ではなく、月が輝き、花が絢爛と咲く死の瞬間の死であった。ただ向こう側の死には、死の瞬間の持っている高揚と光輝が不足している。つまり月と桜がないと感じられているという。であるから、いまの時間を死後にまで延長したい。

逆に、「花月への憧れによって心と身のあいだに緩みが生じ、その緩みが大きくなってついに分離するとき、それが死だ、と感じている」。つまり、西行は現実の光景にとことん執着するのである。憧れる心を優先するのだ。すると、どうしても身を忘れがちになる。心は花月に憧れ、飛翔しようとする。しかし、生きているのだから身は存在する。それが心の錘《おもり》になり、中空への心の飛翔を許さない。結果として、身は地上一寸ほど浮き上がることになる。

いささか観念的な上田の西行理解を、強引に要約するとこんな粗筋になるだろうか。一寸ぐらい浮いているので、結果として、心身の調和がとれているというのだ。西行の作品を貫いている不思議な透明感は、この地上一寸の浄福感から来ているのではないかという。

他の人より死がはっきり見える、近々の死を予想している上田が、みずから生きる根拠を、西行を通して探し、懸命に論理化しようとする文章である。かならず明日は死ぬ、だから希望も欲望もすべて一切を否定しろ、という兼好のような考えと、わずかでも異なる生き方は存在しないのか。もう少し、自分に沿ったモデルを見つけたい。それが、上田三四二にとっての西行発見であったのだろう。

『俗と無常』（一九七六年）と『この世　この生』（一九八四年）の間には、実は約十年近い時間が横たわっている。『俗と無常』は、目前の死の恐怖と戦っている気持ちが反映している。『徒然草』を読みぬくことによって、病、死をできれば乗り超えたい。というより、当面忘れたい。おそらくそういったぎりぎりの読書ではなかったか。ゆとりなどない。

兼好は、絶えず死を見つめ、その臨界点から人生という時間を過去にさかのぼる。人間は誰しも死を免れ得ない。死は誰にでも平等に訪れる。そのことに気づくか否か。気づくことが、今の時間のかけがえのなさにつながってくるのだ。平凡な感慨というかもしれない。しかし、病者にとってはちがう。このように読み取ることが、どれほど切実だったか。おそらく、病を知らない人にはわかりにくいだろう（こういった感慨を常識的と切り捨てる人は、病を想像できない強者に多い）。

一方で、それは生の現実を厭うことではない。兼好は、「俗を出てしかも聖ならぬ」隠遁の生活を選ぼうとしているからだ。何者にも煩わされることなく、ひたすら独り静かにあることのすすめといってもいいだろう。名利や欲望から離れ、透きとおったような生。それこそが生きる手触りだということを、兼好のメッセージとして、リアルに受け止めるのだ。このようなとき、古典がいかに生きる力を与えてくれるか。上田は端的な実例である。

そして、結論のようにいう。

凡夫たる現世のつれづれ人《びと》兼好にとって、死は、とうてい解決することのできない壁だった。解決できるのは、その死までの、彼に与えられた有限の時間だけである。それを彼は、「縁を離れ」「事にあづから」ぬ心身安静の境をもって「しばらく楽し」もうとする。彼は死に曝《さら》されて生きているが、その死に曝されてあることの自覚が、生きて「しばらく楽しぶ」ことの理由であり、「つれづれ」とは兼好にとって、その表面の意味とは裏腹に、死に向かってする瞬時も懈《け》怠《たい》なき心の意にほかならなかった。（『俗と無常』）

彼岸をたのむ「信」ではなく、あくまでも「知」によって死を理解しようとする。そのとき、自分も生きられるという論理を、上田はおそらく獲得できたのだろう。

しかし、人間は欲張りなものである。時間がたつにつれ、命を拾ったという感覚、当面はまだ生きられるという感覚が、上田の内面にいつしか広がり始める。諸縁放下《ほうげ》し、物みな幻と思うだけではどこか寂しくなる。そこで、西行が上田の前にあらわれてきたのだろう。同じように出家しながら、兼好とどこかが違う。内実はどうなのだろう。それが、先に引用した文章になってあらわれている。

西行は、現世の花月を味わい尽くそうとした。はたしてそれは出家なのだろうか。上田はそこの地点にたちどまる。花月とは何か。美であり、それを味わうというエロス的態度を肯定することだ。兼好を一歩すすめ、生きていることの不思議さ、生の超自然性に目覚めることを、花月は象徴している。それが西行をとおして、上田が看取したことだった。死はもちろん絶対である。それは癌の手術をした自分も、健康そのものに跳ね回っている目の前の少女も、変わりない。

しかし美に執着することによって、死はいっとき宙吊りにできる。「時間を忘れさせる」と言っていることに注目しよう。つまり現世を見尽くすことによって、新しい世界が現出するといっているのだ。死という滝口までの時間が豊かに充ち、時間としても長くなる。この論理こそ、上田に美を味わい尽くすことを許すのである。

一九六六（昭和四十一）年の手術のあと、一九六九年四月、吉野、一九七〇年五月、当麻寺、六月、平泉、八月、詩仙堂と貴船、九月、足摺、十月、琵琶湖、竹生島という風に、まるで憑かれたように旅に出るのも、そういう認識が背景にあったのかもしれない。いや逆に、行動を起こしてしまった自分の根拠を、西行にもとめたのかもしれない。

兼好に出会う前から、上田三四二には隠遁への憧れがあった。すでに若書きの『無為について』（一九六四年刊。一九八八年、講談社学術文庫）にもこんな一節がある。

口にすれば身《み》も蓋《ふた》もないが、寝られぬ夜のもの思いのはてに、きまって私を誘う空想がある。海岸から程よく高まった断崖に、私は分《ぶん》にすぎた別荘風の家をもっている。海に臨む南の部屋は、大胆《だいたん》に硝子窓をひろげた二十畳の洋室で、勿論《もちろん》私の書斎である。書斎には仰臥《ぎょうが》のためのゆったりとしたソファがあって、私は机によるよりも、このソファを愛することの方が多い筈である。人家にとおい一軒屋の、この書斎の外面《とのも》には、磯馴松《そなれまつ》が夏は濃いかげをつくり、冬は潮風を和《やわ》らげてくれる。（中略）無為徒食《むいとしょく》の私はここに一人住む。身のまわりの世話には、いっそ若く美しい婢《ひ》を置くべきであろうが、賢明な私はこの甘美な誘惑に抗して、もの言わぬ孤独の真の友、犬だけを置くことにした。

ここからも分かるように、普通の隠遁とは、かなり様相を異にしている。俗世を否定し、沈黙を守り、枯れるように生をまっとうするというイメージはない。物質的にも豊かで、環境的にも恵まれた場所に籠もりたい。これはいわゆる後世をたのみ、狭い空間をよしとする隠遁とは違っている。どこかに俗の気配を感じる。隠遁というと、欲望に執着しない生き方を、私たちは想像しがちである。多くの上田に対する誤解も、そのあたりから始まっている。

上田の隠遁は、吉田兼好に通じ、西行に憧れる気分を内蔵している。『徒然草を読む』というタイトルは、文庫版（一九八六年、講談社学術文庫）の改題名であり、原題は『俗と無常』（一九七六年）であったことを、あらためて想起しよう。兼好をどうとらえるかという視点が、その題名にはっきり提示されている。

上田の理解する兼好は、決して世間と切れていない。上田の言いかたによれば、「緩やかにつながっている」。つまり、兼好の脱俗は俗の延長線上に存在しているのだ。『無為について』のやや幼い夢想にも直結しているだろう。

飲酒も、色恋も同様である。兼好は、それらを否定しつつ、否定しえぬものとしてとらえる。だからといって積極的に肯定するわけでもない。だからこそ兼好は、飲酒や色欲を情緒化するのだと上田はいう。これはまさに、上田の志向する姿勢とも一致する。

月の夜、雪の朝、花の下、またつれづれの家居や旅の仮屋のうちで、しかも心の通い合った相手がいる。そういうときの酒は大きなよろこびとなる。色恋も同じだという。そして、上田は『徒然草』の一〇五段を引用する。

北の屋陰《やかげ》に消え残りたる雪の、いたう凍りたるに、さし寄せたる車の轅《ながえ》も、霜いたくきらめきて、有明の月さやかなれども、隈なくはあらぬに、人離れなる御堂の廊《らう》に、なみ〳〵にはあらずと見ゆる男、女となげしに尻かけて、物語するさまこそ、何事にかあらむ、尽きすさまじけれ。かぶし・かたちなどいとよしと見えて、えもいはぬ匂ひのさと薫りたるこそ、をかしけれ。けはひなど、はつれ〳〵聞えたるも、ゆかし。

こういった冷え冷えとした情緒こそ、兼好にとっての恋であった。上田も共感をもってこの一節を引用している。考えてみれば、上田の短歌にも、あるいは小説にも、このような気配のただよう作品が少なくない。

ついでに一言いえば、兼好が匂いに敏感だったという記述が、『俗と無常』の飲食、色恋のあとの記述に付言されている。これもまた、上田の短歌と見事に符合する。初期から最後まで、彼は匂いに敏感な歌人であった。

全歌集をひもといてみると、匂いをモチーフにした作品や、背後に匂いの立ち上ってくる作品が少なくない。こういった兼好と自分の不思議な共通点に、上田三四二本人も驚いていたのではないか。

麻酔からさめて

話を死生観にもどそう。

あとで詳しく論ずるが、身体論のスタイルをとりながら、自分の死をめぐる体験を綴った『うつしみ』（一九七九年）という、エッセイとも評論ともつかぬ一冊が上田にある。

「再起」「自然」「他者」「自己」「無常」という目次のとおり、手術から日常に復帰するプロセスを、自分の感覚を振り返り、丁寧に追ったものだ。手術の際、麻酔をかけられ、眠り、そして覚めた経過を、擬似的な死の体験として記述する。

そこには滝口の比喩によって語られた兼好の時間論を、発展させようという意図があったにちがいない。『うつしみ』は、類例のない独特の「死の身体論」であり、「死の哲学」になっている。もし上田の中で一冊をあげるとすれば、私は『うつしみ』ではないかと思うほどである。

眠りは私にとってほんの一瞬だった。私は麻酔の途中で、眠ったばかりのところをふと目覚めたのだと思った。そう思ってわれにかえったとき、二時間半にわたる開腹術は終わっていた。あの私には一瞬の、客観的には二時間半の手術時間をふくむ何時間かの空白は何だったのだろう。のちしばしば考えて、考えの落ちてゆくところに、あれは死だ、という答が返ってくる。感覚が開いたまま停止している普通の睡眠とちがって、この麻酔による昏睡では感覚は完全に消滅し、意識も容易に呼び戻しようのない遠くへ追いやられる。そこでは生のざわめきはかげをひそめていた。そのとき私が置かれていたのは能うかぎり生に遠い地点、いわば生の崖っぷちであった。

上田はこのように記述したあと、こう言い切る。

この麻酔による死の予行は、私に死を以前ほど怖《こわ》いものと思わなくさせる効用をもった。何にもなくなるということはかぎりなく怖ろしいが、その怖ろしさは観念上の怖ろしさであって、実際は眼を閉じて、そして開けるだけの瞬時の眠りとちっともかわらない。ただ開けるときが多分永遠に来ないだけだが、それとてこの眠りの無時間性、無内容性に何の変化が生じるわけでもない。死はほんのちょっと眠るだけだ。ほんのちょっと。

年譜によれば、『うつしみ』は、『俗と無常』刊行の翌年（一九七七年）から書き始められている。ここには、兼好を読みぬいたことによって得られた心境が反映しているのだろう。そして、命を拾ったという身体的安心感が、身体や自分の意識を、外部から客観的に眺められる視点を生んでいる。麻酔からさめたときの身体感覚。それは泥のようなものであった、と述懐する。意識のない一個の物体。それが何を意味するか。まさにもう一度、母胎から生を享けたと同じ状況だというのである。つまりそれは、もう一度生まれ変わり、ふたたび意識とか心というものを獲得するプロセスに近似している。個体発生は系統発生をくりかえすというのと同じように、手術を、麻酔による死の予行、そして新しい生の誕生として捉えているのだ。

そこには、兼好、西行だけでなく、道元の時間論も反映している。道元は一瞬一瞬、一呼吸一呼吸、人は死に、そして生まれ変わるという。

上田は、道元の論理の展開の難解さに悲鳴をあげながら、自分にとっての死の問題を、『この世この生』でつかみなおそうとしているが、その大きなポイントが時間の捉え方である。

わが方法の痼疾

上田三四二は医学部を卒業した医者であった。つまり理科系の人間である。ヴァレリーなどの西洋近代文学を好み、兼好や西行、良寛、道元などの古典にふれたエッセイを読んでいると、つい彼が、本来、科学畑の人間であったことを忘れてしまう。

上田の著作には、宇宙論や、私たちには縁のない数式などがときおり出てくる、しかも実に自然に。まるで、科学畑の人間であることを思い出せといわんばかりである。

そういうこともあって、死にからむ時間という難問を、論理的に突き詰めようとするのではないか。一気に「信」に飛躍しないのである。「宗教的人間」という批評もあったが、つぶさに著作に当たってみると、宗教に憧れはあったかもしれないが、みずから論理的に納得できないと、決して前にはすすまないといった印象が強い。時間論においてもそうである。

私は以前、上田の筑摩叢書版『斎藤茂吉』を読んで驚いたことがある。冒頭の「斎藤茂吉論」は評論の部の群像新人賞受賞作で、まとまったものであるが、驚いたのは、その後に書き下ろされた「斎藤茂吉」の方である。目次はこうなっている。「一、病誌をめぐって、二、父母および風土の問題、三、性格的人間、四、深処の生、五、医学徒たる不如意、六、女人障礙のこと、七、明治人の国家観、八、短歌とその方法」。

冒頭から、茂吉関連の資料を渉猟して、延々と、執拗なまでに茂吉の身体問題が語られてゆく。茂吉には少なくとも二つの異なった系統の病気があった。循環器系の硬化現象と、肺における結核性病変であったという。そして、『白き山』以降の茂吉の老いについて詳細に記し、さらに遡ってゆく。こうして三十年にもおよぶ病歴を通観し、次のような疑問を提出する。

昭和四年、佐々博士によつ《（ママ）》て診断された慢性腎炎が、果してその名のとおりのものであつただろうか、という疑問である。疑う方がどうかしているのかも知れないが、仮定として、茂吉には本態性高血圧症がはやくからあり、蛋白尿はその結果として起つた腎不全によるものではなかつたか、ということも一応考慮においてよいと私は考えている。

（『斎藤茂吉』）

茂吉の頻尿はよく知られている。尿瓶代わりのバケツを極楽と名づけ、いつも部屋の隅においてあったことなど、短歌をかじった人ならほとんどが知っているエピソードである。茂吉記念館にはそのバケツが展示されている。たしかに茂吉の作品と人間を語るのに、頻尿はひとつのポイントかもしれない。しかし、その頻尿がなぜ起きたかについて医学の立場からここまで論ずることが、はたして意味のあることなのか、私にはよく分からないところだ。茂吉と同じ医学徒である、というだけでは計れない上田の過剰さが、この『斎藤茂吉』には充満している。

それは病歴に見られるように、外側から、資料的にも徹底的に茂吉を調べ上げる執念というべきものである。例えば同じ内科医の岡井隆にも、『正岡子規』『文語詩人宮澤賢治』といった著作がある。しかし、上田のような記述スタイルは見当たらない。もっとラフな入り方である。岡井の例だけで決めつけるわけではないが、上田の記述には、医学者特有の問題とはちがう要素がありそうだ。

最後の著作になった『島木赤彦』でも、第一章「事件としての死」が、同じようなタッチで多くの資料を駆使し、詳細に、綿密に記述される。そしてこんなこともいっている。

私は赤彦の全体像を辿るのに、その死の際《きわ》から書き出そうとしている。こういうやり方は「斎藤茂吉」以来のわが方法の痼疾ともいうべきもので、赤彦の場合は別して、彼は死においてまぎれもなく偉大であったと思われるところから、そのことに固執しないではいられないのである。

（『島木赤彦』）

「痼疾」。本人も自覚的なのである。『斎藤茂吉』の場合、病歴だけではない。茂吉を茂吉たらしめた父母、そして成育の環境たる風土、これについても外側から、遺漏なきよう徹底的に固めるのである。

かつて学位のために、上田が家兎を毎日一匹ずつ殺し、組織検査をくりかえした気の遠くなるような実験に、どこか似ていないだろうか（小説『夏行冬暦』）。だから煩瑣な引用も厭わないのかもしれない。

強情我慢・頑固、しかも飄逸、才気のあった小男の父親、鷹揚で、鈍重だが、あたたかな心をもった大女の母親。こんな風に茂吉の両親をスケッチし、次のようにいう。

すなわち、父系の非妥協的で狷介なまで「謹厳」な気質が、呑気で常識的な「肝玉粗笨」によつて薄められ、母系の「祖父は酒客であつたので、母は比較的若くて中症になつた」（「母」）体質が、「不飲酒」の血脈を導入することによつて茂吉の中症は高齢にいたるまで発病をまぬがれたのである、と。

（『斎藤茂吉』）

このような分析が、茂吉の文学の本質に意味をもつのか、疑いを抱きながら上田自身も止められない。

第三章の「性格的人間」では、最後になって、「茂吉の性格そのものがすでに難解である。紙幅を費して追尋して来た果てに、茂吉の性格の結局はわからないと白状しなければならないのは口惜しいが、それが茂吉の茂吉たる所以であつてみれば、結果の不首尾ははじめから見えていつ《(ママ)》たようなものである」とさえ告白している。

四〇〇字換算で三〇〇枚弱（全体の約三分の一）の分量を、こういった、「下部構造」の解明にあてるほど必要なのか。しかし、上田ははじめから確信犯なのである。

> 「斎藤茂吉」のもくろみは、比喩的にいえば、一文学者の文学上の系統解剖図をつくることにあつた。骨、筋、脈管にはじまり、内臓、感覚、神経とすすんで人体の構造を明らめる解剖学の方法を真似て、私は茂吉を、身体から感情に、感情から精神に、というふうに辿ろうとした。文学のうえに、こんな自然科学との比較の成立たないのは勿論であるが、ともかく私のとつた茂吉論の方法は、人間学的なそれであつて、文学史的なものでなかつたことを断つておきたいのである。
>
> （『斎藤茂吉』あとがき）

ついつい長くなったが、彼のとる方法の固有性を知ってもらいたかったためである。このような評論に見える態度・姿勢が、みずからの死を考える時にも発揮されていた。だから「信」に逃げ込まなかったのである。いや、逃げ込めなかったのかもしれない。これは上田三四二を論ずる際の大事なポイントだろう。

永遠と一瞬

遠回りしてきたが、道元の時間の論に入ろう。ここでも、上田は論理的なのである。道元には「瞬間生起瞬間消滅」という考え方がある。一生というかたちで生が継続するというのは間違いで、一瞬の間に、生と死をくりかえしているというのだ。

人間の命が刹那の命だという釈迦の教えは、人間の無常を衆生に印象づけるための譬えであったたろう。道元はそれを譬えではなく、真実だとした。人は瞬時に生き、瞬時に死に、瞬時に生れかわり、先の瞬時の生と後の瞬時の生とは前後切断である。一瞬前の我は一瞬後の我ではない。信じがたいことを信じよと道元は言う。

（「透脱道元」、『この世　この生』所収）

確かに日々、膨大な数の細胞が死滅している。厳密にいえば昨日の自分と今日の自分は、細胞レベルでは違う生命体なのかもしれない。今日赤く見えている夕焼けと、明日見る落日の真紅は、本来は異なった色なのかもしれない。しかし、その身体や感覚を制御している「私」は、一貫して存続していると信じているので、人間はそれほど不安を感じない。道元は、その「私」の一貫性までも否定する。これはどういうことなのか。上田の思考はここから始まるのである。

薪は薪であって、灰は灰であり、薪が灰になるのではないと道元は言い、生と死の因果関係を一切否定する。この考えをどうすれば理解できるか。

上田はそこで極大と極小をもちだす。たとえば宇宙の時間を考える。夜ごと私たちに届いている星の光は、何億光年もの果てから発せられたものだ。光年とは光が一年間に進む距離である。すると、一光年は約九兆四六〇〇億キロメートルになる。星からの光は、それの何億倍の彼方からやってくる。よく分からないまま、上田の文章を書き記しているが、じつはここにある数字はほとんど意味をもたない。無限であり、私たちの日常性をはるかに超えるからだ。

仮に光年のような単位を基準に考えてみれば、私たちの人生はどうなるだろうか。七、八十年という一生の時間は、おそらく一刹那、一呼吸に変わってしまうだろう。

逆もまたありうる。原子、原子核、素粒子、さらに素粒子を構成するクォークまで想定するならば、そのレベルから計るなら、人間の一生はまた宇宙銀河の無限に相当してしまうのではないか。

つまり時間は相対的としかいいようがない。自分の一生を軸に考えれば、たしかにそれなりの長さかもしれない。しかし、それはあくまで相対的なものでしかない、夏に生まれ出て、その秋に命をなくす虫たちと人間の命に、どれほどちがいがあるだろうか。はかない命というのは、決して情緒的なものだけでない。論理的に言ってもそうなのである。

邯鄲《かんたん》の夢、邯鄲の枕という成語がある。科挙に落第した盧生という青年が、趙の邯鄲で、栄華が意のままになるという不思議な枕を借りて寝たところ、次第に立身して富貴を極めたが、目覚めると、枕もとの黄粱がまだ煮えていないほどの短い間の夢であったという。よく知られた中国の故事で、時間論において、象徴的だと上田はいう。

私もいまや実感として分かる。いままで、大変長い時間を生きてきたような気もするが、一方で、何かあっという間に、この年齢になったような気分を、このごろとみに感じるからである。時間とはこのように伸縮するのである。

若い頃、人生の先輩たちから、時間はあっという間に経ってしまうものだとよく言われた。そのころは何を寝ぼけたことを言っているのかと思ったものだ。しかし現在、まるで同じ思いを抱いている。たしかに、時間とは極めて主観的なものである。

道元の「瞬間生起瞬間消滅」を解釈しながら、上田は、その極大と極小がどこかでつながり、循環していることを夢想する。時間における「メービウスの帯」のようなことを、上田は考えるのである。

前世の闇と後世の闇が繋がっていて、闇から出てきて、また闇に消える。この闇こそが永遠であり、かつ一瞬なのではないか。つまり永遠と一瞬は一つのものではないか。こんな風にして、時間と存在をつなぎあわせるのである。はたしてこういった考えが、万人にリアリティをもつのかどうか、私にはわからない。しかし、少なくとも、兼好、西行、道元、良寛などを通し、上田三四二は自分に予想される死を、時間論のなかに位置づけ、論理的整合性を得ようとしたのである。

是非はだれにも検証できない。上田なりの解釈でしかない。しかし大事なことは、上田がこのようなかたちで、自分の死に納得を与えようとしたことである。自分のための文章であったということだ。

だれでも死は怖い。いま、ここという時間・空間が無になる。いてもたってもいられないはずだ。そのとき人は、あきらめる、忘れる、まぎらわすといった選択から、他界という宗教的装置を想像し、そこに転生するという物語を信じる道まで、いくつかのルートを眼前に思い浮かべる。しかし、上田はどれも選ばなかった。どれにも納得しなかった。

おそらくそこに、いままで道筋をたどってきたような自前の論理を構築する作業がはじまったのである。

兼好の「先途なき生」から、寸暇を惜しんで生きよというメッセージを受け取る。しかも、死は客観的にはあるが、死を体験できないとすれば、主観的には死はない。

西行は死後を信じていたが、死後の世界に憧れたのではなかった。むしろ死という瞬間に向かう時間の豊饒さを貪り、その結果として死を超越する道が暗示される。

道元によって、存在と時間をつなぎあわせる。そこで、再生を夢想する。

くりかえすが、個々の考えが全体として整合性をもっているのかどうか、私には分からない。おそらく上田自身にも、はっきりとはしなかっただろう。しかし、「死」が摑まえられたという実感が生まれた。それは確かである。逆にいえば、生きること、表現することに根拠が成立したのである。そのことが、次の発言に繫がる。

私は日常的な人間で、決してロマンチストでもなければ、神秘的な人間でもない。歌のほうでも普通の日常の、間尺に合った、自分の歩くような型の歌を作っておりますが、それを支えてあるものというのは、実に神秘的なものではないかと考えて、死ぬことも割合楽にいけるのではないかというふうに思ったりしているのです。

（『ゆらぐ死生観』）

以下は、「死」を考え、「死」と格闘しつづけた上田三四二の、表現と人生の軌跡である。

第二章　短歌と批評の関係

戦争中のとまどい

人はどのようにして短歌という詩型に近づくのだろうか。上田三四二の場合、家庭のなかに短歌的環境があったのではなく、長じて、みずから選び取った文学形式であった。「私の処女作」というエッセイで、「朝日うけて白くかがやく霜柱の林はもろしこもごも倒る」という自作をあげ、次のように語っている。

歌も、作った場所も覚えているのに、年がはっきりしない。京都、吉田山の麓に下宿していたころとだけはわかっている。昭和二十二年のこととして、私は医学部の学生であった。
吉田神社の側《そば》にあった下宿から山を越えると、何とかの宮の別邸があって、そこから下りになって浄土寺のほうに出る。浄土寺にはＦという三高時代からの友人が住んでいた。気のいい友人で、淋しくなると時となしに遊びにいった。私のほうから出向いてばかりいたのはどういうわけだったろう。

一首は日曜日か何かの、そういう途中の光景で、霜柱の林というのは大げさなようだが、赤土の山肌に、見事に伸びた霜柱がびっしりと並んで、それが陽のなかで輝きながら一方から倒れるのである。苦労して作ったのではなく、ふと口からこぼれ出たのをあわてて拾って、手にとってみると、何だか傑作のように思えてきた。それで、忘れずに覚えている。何のことはない、歌といえばこれ一つであったから、忘れようがなかったのである。（『短歌一生』所収）

自筆年譜によれば、一九四五（昭和二十）年、約一カ月、舞鶴港に勤労動員で、穀類の荷揚げ作業に従事し、その間に改造文庫の茂吉自選歌集『朝の蛍』を愛読し、短歌に関心を抱くようになったという。

すでにふれたことであるが、上田は第三高等学校（理科甲類）に入学したが、文科に転科したいという気持ちが強く、二年の進級の際、準備もしたが思いとどまり、その夏より神経衰弱にかかり休学した。この事実から、兵役逃れの理科進学と本来の文科志望との狭間に苦しみ、ノイローゼになったのではないかという仮説や、すでに紹介した追悼座談会での岡井や馬場の、「一種の恥」（岡井）、「書かれざる小説」（馬場）といった感想が生まれる。

私は誰に相談するでもなく、親にも相談しないで高等学校を受けることに決めていた。何になりたいという希望も目的も持てないまま、とにかく高等学校に入りたいと思っていた。高等学校ではまだ専門を決めなくて済む。文科にするか、理科にするかだけを決めればよい。これという理由はなかったが、私は理科を考えていた。

（「補助線」、『深んど』所収）

だが生き難い思いは私のなかに生得のものとしてあった。高等学校は理科を選んだが、職業はどれひとつ私に似合いそうになかった。戦争がはじまっていた。いずれ兵隊にとられるだろう。この考えは私の気持を軽くした。戦況が長引くにつれて、先の見通しはますます暗く、勤労動員やら、繰上げ卒業やら、学業どころではないどさくさのうちに医学部に入ったが、大学を出るまで戦争が持ちこたえられるとは思えなかった。

（「詩人」、『祝婚』所収）

私は何になりたいか。何になろうとしているのか。問うて、ながいあいだ答えがみつからなかった。詩人（歌人）、という言葉は意識にのぼらなかった。なれるとも思わなかった。

（「適性」、「神戸新聞」一九八六年三月十日付、『私の人生手帖』所収）

この類の記述は、上田のエッセイのさまざまなところに見られる。そしてまた、「徴兵をまぬがれた私は」という率直なことばも散見する。徴兵を意図的に逃れた「一種の恥」を心に感じているならば、おそらくそんな風には述べないだろう。この上田にとっての「書かれざる小説」という指摘は、どうも事実とはちがうようだ。

絶対的根拠はないのだが、上田が徴兵をおそれ、それゆえに理科を選んだという推理は、無理があるのではないか。つまり、神経衰弱と理科選択の理由はそれほど関連がない。むしろ、青年期特有のありふれた（本人にとっては重大だが）ノイローゼだった。地方中学から来た青年が、学力の不足と才能の乏しさを実感したのだろう。事実そのように書いている。

具体的には「理科を選んだのに数学や図学の不得手なことが私を嘆かせた」（『私の人生手帖』）とも述懐している。「鼻の奥がつまったような、頭の芯が濁ったような、そして蹲《うずくま》りたくなるような憂鬱がそこにはあった」（同）とも回想している。あまり、神経衰弱と戦争を直接的につなげない方がいいのではないか。

文科系の徴兵猶予が停止されたのは、一九四三（昭和十八）年十月十二日である。「閣議、〈教育ニ関スル戦時非常措置方策〉を決定（理工科系統および教員養成諸学校学生の他は徴兵猶予を停止、義務教育8年制を無期延期、高等学校文科を1／3減、理科を増員、文科系大学の理科系への転換、勤労動員を年間1／3実施）」（岩波書店版『近代日本総合年表』）。

上田は一九四一（昭和十六）年、第三高等学校（理科甲類）に入学し、文科への転科で悩んだのは、翌四二年である。神経衰弱になった時期は徴兵猶予停止より、かなり早い段階である。こういうところからも、戦争に行きたくないために理科を選択したという推理は、妥当ではないだろう。

それにしても、上田の回想に戦争の翳がないのは、やはり驚くべきものがある。はっきりいうならば、眼前にある戦争に対して自覚的ではない。おそらく古都京都にいたということも大きいのではないだろうか。戦争は東京ほど、日々の生活に及んでいなかったのかもしれない。

特攻出陣した大和から奇跡的に生還した体験から、戦後になって『戦艦大和ノ最期』を文語調で描ききった吉田満も、上田と同じ一九二三（大正十二）年生まれである。吉田は東大法学部に在学中、学徒出陣した。彼と比較すると、上田の青年期の回想はひどく稚く、甘いものがある。同じくエリートなのであるが、時代への意識には、正直いって格段の差があるように感じられる。軍部や天皇制についての発言も少なく、微温的である。

あるいは米沢高等工業学校に通っていた同じ理科系であり、一歳年下の詩人でもあった吉本隆明の戦後を考えてみると、よけいはっきりする。あえて、吉本の文章や詩をひくまでもないだろう。私は上田が劣っていると言っているのではない。むしろ、否応なく極限の状況に放り込まれた吉田の方が、特別なのであり、また天皇を信じ不敗を確信していて、そのためにも自覚的に日本の敗戦を必死になって受け止め、考えようとした吉本の方が、例外だったのかもしれない。上田はごく普通の、平凡な学生であったのだろう。あまり戦後の目で、戦争中の彼らの生活や行動を判断しない方がよいと思うだけだ。上田はこうも書いている。

学制が短縮されて、前年の九月に大学に入ったが、傾く戦況をおもえば卒業はおぼつかなく、理科系に残されていた徴兵猶予の措置も微妙になって、郷里にちかい明石市で徴兵検査を受けた私は岡山の工兵隊への入隊も決まり、期日だけが未定のままになっていた。戦争に行っていたら、私はどうなっていただろう。学徒動員で戦場に赴いた文科系の友人たちを思えば卑怯者にだけはなりたくなかったが、かけても勇敢な兵士ではあり得ず、有能な兵士には遠かったにちがいない。

（「詩人」、『祝婚』所収）

くりかえし上田は、「私は何になりたいか。何になろうとしているのか。問うて、ながいあいだ答えがみつからなかった」と言っている。渡し守に憧れていたというエッセイもある。「渡し守になれないならば、せめて、辻の煙草売りになりたいと思ったものだ。これなら、可能性がある」(「渡し守」、『ゆらぐ死生観』所収)。

このような一種の隠遁への願望と、戦後の生活。そこに短歌が忍び込んできたのであろう。一人っ子だとか、友達が少ないとか、あるいは活発に友人と話ができず、どこか口ごもりがちだったという自己分析も、くりかえし語られている。臨床よりも医学史のようなものに進もうかといった文章もある。ともあれ、上田は、医学だけでなく、敗戦後の現実とも調和がとれなかったのである。短歌という表現はそのような時に力を発揮した。

短歌という選択

短歌は要するに、手軽にできる。その効用はあまりにも実践的であるから、多くは見逃されがちだ。しかし、窪田空穂なども短歌の第一の特徴として挙げているくらい、効用は大きい。ただ、その手軽さの反面、長く短歌を続けることは意外に大変である。簡単に短歌から離れてしまうことも多い。しかし、上田は生涯、短歌という詩型を手放さなかった。いや放せなかった。というより、小説、評論、エッセイといった彼の幅広い活動のすべてが、短歌という光源から発せられたものであった。

ちょうど、茂吉の『朝の蛍』を読んでいた時期であろう、上田の二十二歳から二十四歳にかけて書かれたと推定される『赤裳集』という私家版の詩集がある。古い大学ノートに書き溜めていたものを、三回忌後に、家族が冊子にまとめたものである。一、二紹介してみよう。

「うれひある日に」
死なむとおもふ
それもかなはねば
いたづらに生く
きみがあはれみのまなざしの
わがぬかにおつるをかんじては
かなしや
生きむとおもふ

「くちづけ」
散歩路　森の木陰の
ひと影すぎしたまゆらを
ぬれいろ黒きまなざしに
つとさしあてしくちづけの

ほのにせつなし紅《べに》の香の
うつりの色は燃えながら
身をやきながら燃えながら
生《せい》のわか芽のうす紅に
はじめてこころ顫ひそめにし

詩について多く語れるほど知識はないが、上田の習作は私の眼から見ても稚いように思える。もちろん、それをいちばんよく知っていたのは、鑑賞家であった本人であろう。尼崎安四《やすし》という無名詩人の生涯を追った「詩人」という一篇がある（『祝婚』所収）。上田よりほぼ十歳年長で、おなじく第三高等学校文科から京都帝国大学にすすみ、卒業を放棄し、戦地に赴き、戦後も詩だけに力を注ぎ、骨髄性白血病で三十八歳十カ月の生命を終えた純粋詩人に、満腔の共感を寄せた短篇だが、その最後を、上田らしからぬ高い調子で次のように結んでいる。

「尼崎安四よ。あなたは純粋詩人だ。私の魂の上の兄だ。あなたの奇矯、あなたの苛烈、あなたの生き難さ、あなたの悲運は、みな私の手をもれた、いや、私が身を翻して避けて通った、私の生きるべきであったろう軌跡の、そのつらい実践だ」と。

詩人として生きたい。しかし、生きられない。そのとき人はどんな行動をとればいいのか。自分が凡庸であることがはっきり見えたとき、何を選べばいいのか。感傷的ではあったが、ナルシシズムを才能と見誤るほど、上田は愚かではなかった。そのことは大事な点であろう。自分を恃めない。短歌という詩型がそんなとき、内面にするすると忍び込んだのではないか。

茂吉をのぞけば、上田が、短歌史の稜線ではなく、どちらかといえば、島木赤彦や古泉千樫、あるいはアララギの病歌人といった裾野に多く関心を寄せるのも、上田の個人的な思いが投影されているのだろう。「この文学好きの若者は、青春の途上において、そのあり得べき理想の状態を輝かしい詩人の上に見たいと願ったことであろう」(『島木赤彦』)という箇所は、まさに上田自身のことでもあった。出奔もせず、師範学校に入り、入婿という安全な道を歩こうとした赤彦の選択。上田にとっても医学は、同じアナロジーで捉えられている(医学は現在のような位置になかった)。

二十四歳で結婚したことも大きな意味をもつ。つまり、青春期から一気に大人の世界へ。生活が文学に優先する事態が到来してしまった。以後、約五年間、結婚相手の実家に同居している。そういうことを、上田が意識していなかったとは思えない。

上田の小説は、『花衣』を除き、ほとんどが事実にそった私小説である。少年時代の『深んど』、『惜身命《しやくしんみよう》』が京都での歌人時代、『夏行冬暦《げぎようとうれき》』は結核療養のために丹後で過ごした体験と、最初の病魔に襲われる直前の佐渡への長期出張がもとになっている。『祝婚』には晩年の回想や日々が描かれている。

しかし、結婚にいたる経過や、そのときの情感などは、小説にもエッセイにも、一度も、一行も登場しない。このひどく極端な禁欲ぶりは何か不思議な感じがする。ただ、全歌集を読んでいると、意外なことに妻が大きな素材として存在していることに気づく。つまり、日常性の象徴として妻はよく登場するのだ。しかし、エロス的存在としては姿をみせないのである。

『黙契』の謎

上田三四二が短歌を本格的に作り始めたのは一九五〇（昭和二十五）年ごろのようだ。年譜によれば、前年の十二月、山本牧彦について、結社「新月」に加わったとある。二十六歳のときである。二十四歳で結婚していることはすでに記した。二十七歳のとき、鎖骨下浸潤のため、約一カ月入院、第一子も誕生している。学位論文のための実験が、血痰を見たために挫折という記述もある。つまり、そういうなかでの作歌開始だったのである。

上田が作歌を始めたこのころ、戦後短歌史は第一の激動期にさしかかっていた。塚本邦雄『水葬物語』の刊行は、一九五一（昭和二十六）年であった。茂吉、迢空が世を去ったのが、一九五三（昭和二十八）年。一九五四（昭和二十九）年には、雑誌「短歌」が創刊され、一方、「短歌研究」では中井英夫の手によって、短歌研究新人賞（五十首詠）がスタートし、中城ふみ子、寺山修司が脚光を浴びる。

上田は、その中井が始めた第一回短歌研究評論賞を、「異質への情熱」で、菱川善夫とともに受賞する。三十一歳のときである。翌一九五五（昭和三十）年、ほぼ四年間の作品をまとめて、第一歌集『黙契《もっけい》』を刊行する。おそらくそのあたりが、医学の道から短歌（文学）へ大きく比重を移した地点なのであろう。

「短歌研究」や「短歌」といった総合誌に、歌人として上田の短歌作品が載るのは、第一歌集刊行後、だいぶたってからである。「短歌研究」では、一九六一（昭和三十六）年二月号の「創生」十五首が最初である。「短歌」は、一九五八（昭和三十三）年七月号の「中世」十首で、青年歌人会議特集のなかの一人として取り上げられたにすぎなかった。

しかし、地元京都においては、かなり有望な新人として嘱望されていた。

一九五五（昭和三十）年六月号の「新月」は、歌集『黙契』の批評特集号である。新村出をはじめとして、加藤順三、平井乙麿、鈴江幸太郎、高安国世、和田周三、山本成雄、小島清など、錚々たるメンバーが文章を寄せている。また同号の掉尾に、歌集『黙契』出版記念会の写真が掲げられている。こうした力の入れ方を見ると、いかに上田が「新月」で、その将来を託されていたかが分かる。

そこに、東京と京都といった、当時の地域差もうかがえる。作品を読んでみよう。

　　年代記に死ぬるほどの恋ひとつありその周辺はわづか明るし

巻頭のよく知られた一首である。そして、上田三四二の生涯全体を暗示している作品とも思える。それはなぜであろうか。年代記という発想には、断念の影が透けてみえるからである。つまり、過去を振り返り、過去を埋葬しようとしている。作歌当時、上田は三十歳前後であった。世間的にいえば輝かしい現実を誇っていい年代である。ところが、『黙契』には神話や天空に託した観念的な物語は紡ぐが、自分を取り巻いている実際の家庭や生活に対しては決して気持ちが弾まない。

しかも、『黙契』の四部構成のタイトルは、「黒き序章」「青春埋葬」「療養地帯」「旅人歌抄」である。このことば選びにも、当時の上田の意識は覗いているだろう。序章が黒く、青春は埋葬されるのである。断念を想像しろといわんばかりではないか。先にあげた巻頭につづき、次のような作品が並ぶ。

伝承はかく言へり比《たぐ》ひなく心浄きゆゑ精霊をはらみし処女《をとめ》のひとり
堪へがたく夜半に嘆けばうつし世の処女礼讃はいつの時よりか
涙洄るるまで水の面《おもて》にかげうつしナルチスは自らを恋ひて死ににき
信仰の歓喜は思惟の抽象をつきぬけみづみづしき等身の処女マリア

先に「恋ひとつあり」といい、その次に処女を持ち出してくる。かなり物語性を意識しているが、恋と心浄き処女との間に何らかの関係が暗示されていることは明らかである。観念的かもしれないが、上田にこのような場面設定を強いる具体がまったくなかったとはいえないだろう。意識的な出だしであるからだ。後年の小説などに描かれる女性賛美の原型が、ここにある。

一方で、『上田三四二全歌集』を行きつ戻りつしていると、妻を描写した作品の多いことにも気づく。「甦る神々」という冒頭作品のあと、『黙契』にもこんな妻の作品がすぐに登場する。

夜ふけて答案に朱を入れむとすためらひて妻いねしかたはら
しきりに書を欲りきわれはわが妻の下着の破《や》れを知らざりしなり
意識して華美にもとほくなりゆかむ貧しきわれの妻となりてより

日常の具体としての妻がリアルに描かれている。寝ている妻、下着の破れている妻、華美から遠い妻。先の処女の抽象的・観念的な描き方にくらべ、この落差は大きい。以後、一貫して、こういった聖なるイメージとしての処女《おとめ》対生活のシンボルとしての妻という二項対立の構図を、上田は変えようとはしなかった。

「青春埋葬」という第二部は、「銀河物語」十一首、「昼の夢」四首、「堆き情緒」十七首、「花の残像」八首、「海浜療舎」五十六首の五節で構成されている。「銀河物語」は、牽牛と織女に仮託した甘美な連作である。

ぬばたまの夜さりくれば天《あめ》なるや恋の若星の嘆きのひかり
悲しかるうつつの恋を高光る星にたぐへて遠く嘆きき
彦星はかなしき星か河こえて織女《たなばたつめ》のかがやくみれば
しろがねの光清らに倚る君をいのちのごとくひと夜抱きき
天雲の暗きがなかにくづほるるわれを支へてとほく君あり

浪漫性を濃厚に秘めた悲劇の物語であることは、いうまでもない。なぜこのような一連をここに置かねばならなかったのであろうか。何を意図しているのであろうか。そして、「昼の夢」四首、「堆き情緒」十七首が続く。

あひ見ざる日のをりをりに浮びくる笑顔がわれを甦らしむ
思出もきえつつあれば楽しかるなにを思ひてこの夜ねむらむ
降りゆきて歩める君がなほ佇てる車窓のわれに眸あげにき
匂ひつつわが傍にやさしかりき映画果つるまでの二時間あまり
ふたたびの秋となり君が幸《さきは》ひになにを加へしわれと思はむ
むなしき日常にこころ炎だつときあり白昼にたてるまぼろし
逢ふことも難からむ日の暮れかたにここの通《とほり》をきみ帰るとも
見おろしにかぎりなき灯は見えをりて別れてぞ来ぬ夜の高架線
たどきなく恋ふるを君の許すべし黙契は身をきよくあらしむ
紗をへだつごとく追憶もしづまりて汝を幻に永遠《とは》に顕たしめよ

描き出されているのは清潔な恋と別れである。ここには「銀河物語」の虚構性はなく、内実を作品の背後から確実に、私たちは感じ取ることができる。じつは全歌集の刊行に際して、上田は元にあった一首を、なぜか削除している。こういう歌だ。

巷きておもひぞ満つれうちふかくきみ住む部屋の鍵を秘め持つ

鍵という具体。秋元千恵子著『含羞の人』もふれているが、なぜこの一首を全歌集から削除したのだろうか。上田は『黙契』後記で、次のように書いている。

もう一つの群作、「堆き情緒」およびその周辺のものは、大凡虚構に支へられた作品である。かういふ気持は事実であつたとしても、その気持を支へる実体は極端に貧弱であつた。つまり、私の対象はあくまで抽象的でいまだ現身を得てゐなかつた。それだけ感情は純粋であつたと言へるが、情緒だけで作品が出来るわけはない。私は勢ひ天上の星に仮託し、又架空の邂逅を設定しなければならなかつた。かういふ夢ふかき方法の危険を、自ら知らなかつたわけではない。さうする外なす所を知らなかつたのである。

少々弁解めいた匂いをここから感じる。つまり、「堆き情緒」も、「銀河物語」と同様に「架空の邂逅」だということを、より強く打ち出したかったのであろう。しかし、そのような行為こそ逆に、私たちに連作の背後の内実を想像させるのである。とりわけ秘めたる「鍵」の一首には、虚構を越えた手触りを感じる。馬場あき子はこの「堆き情緒」に対し、「やや現実的虚構として試み、そしてたちまち自戒し、禁断した」(「初期作品の浪漫性」、「短歌」一九八七年七月号)という。「現実的虚構」とは少々歯切れが悪いが、おそらく馬場も、作品の核に事実を想定しているにちがいない。

上田は断念した。あきらめたのである。「君が幸《さきは》ひになにを加へしわれと思はむ」というかたちで、自らを納得させたのである。虚構というよりも、この一連はやはり、青春を埋葬させた体験として読むべきなのではないだろうか。「黙契は身をきよくあらしむ」というあり方によって、過去を封印したのである。上田はそういう宿命を生きようとした。おそらく短歌は、そういった傷痕の代償行為なのではないだろうか。『黙契』という題名も、その印象を強くしている。

そのあと、上田にはこのような作品はあらわれない。日常性を抜け出ることはしなかったのである。浪漫的志向は、自然との間にしかみられない。

現実との不調和

一九五二(昭和二十七)年、丹後由良の保養所に入り、一夏をすごす。それが「海浜療舎」五十六首になっており、後年の小説「夏行」に生まれ変わるのである。

小説では、療養所にきた主人公の感慨と、いっしょに入所したグループの会話、さらにかすかな恋情のようなものが描かれている。後年になって書かれた小説であるから、デフォルメもあるだろうし、どこまで当時の上田の心情にそったものかは明らかではないが、微妙な表現もある。

彼は自分を過去から切離して、別の者のようになって、ひっそりと暮らしたい願いをもってここにやってきたのだった。何も考えないこと、そしてあえて、自分自身でさえあろうとしないこと――そういう判断停止、行為停止のひと夏の休眠のあいだに、それでもなおそこにまぎれることのない本当の自分というものがあるなら、それが見えてくるだろうという気持だった。あるいは妻から肌着類などを送ってくる場面を次のように描写する。

小包は包装の角が濡れてとどいた。小包のなかに清子の手紙は入っていなかった。期待したわけではなかったが、香村（主人公）はやはりそのことにこだわった。

彼らを取り巻く外的な条件を取り除いた純粋の夫婦といったものを想定すると、彼らはむしろ気の合った夫婦かもしれなかった。それを証明するためには、いまの生活を変えることが必要だった。といって、どう変えればよいのか。それがわからない。清子の実家にいつまでも寄生することの不自然はいずれ解決するとしても、香村のなかにある生き方の迷いは、容易に解けそうもなかった。

夫婦の間に存在するぎくしゃくした感じを、上田は伝えたがっている。後に書かれた小説によって、短歌を解釈・鑑賞するのはいささか危険である。ただ、作品だけを読んでも、「堆き情緒」の実体をひきずっているのかどうかは別にして、当時の上田が現実との不調和を起こしていた印象が見える。冒頭にふれた、血痰を見たため挫折したという、博士号取得のための動物実験のことだけではなかったのではないか。「海浜療舎」にもこんな作品がある。

骨肉につながるなきはやすけしとかかる暇をわれは独語す
書を読みていよよ寡黙になりゆかむわれを或るとき怒り言ひし妻
ひとり臥すわれにまつはるもののかげ久しき愛を経し妻のかげ
たえだえに切なき嘆きつたへきぬなに葬《はふ》らむとしたる吾等ぞ
鐘鳴ればひとりの床《とこ》をのべて臥すいまよりのちを守らせたまへ

はじめの二首は連作五十六首の巻頭近くに置かれたものだ。妻の実家に同居している状況を想像することができるし、また妻とのズレも想像できる。問題は三、四、五首目である。これは一連の最後に置かれている。妻と対比されている「われにまつはるもののかげ」とは何だったのか。「たえだえに切なき嘆きつたへきぬ」という。そして「葬《はふ》らむ」とする「吾等」とは、誰と誰なのか。最後の祈りのような一首はどのような内容をもっているのだろうか。はっきりしないだけに、さまざまな想像を呼ぶところがある。ここには何か、うごめくものがある。

現代詩との断層

一九五四（昭和二十九）年、「短歌研究」の新人評論賞に、上田の「異質への情熱」が入選した。筆名は高原拓造。同時受賞が、菱川善夫「敗北の抒情」（戦前、改造社懸賞論文で芥川を論じ受賞した宮本顕治「『敗北』の文学」を意識しているだろう）であった。前年に斎藤茂吉、釈迢空が亡くなり、この頃はいわば歌壇の大転換期にもあたっていた。当時、「短歌研究」編集長だった中井英夫は、こう書いている。

> 歌壇が湿っぽいとか、窓を明けろとかいっているうちに、斎藤茂吉が死んでしまった。これはもう窓どころではない。空気孔のつまったようなのかも知れぬ。それにしても大家と称される人々が次々消えてゆくのを見ると、その一人一人にひとつずつ灯の消されてゆくさびしさを感ずる。この劇場はもうはねたのである。未練たらしく冷えた座敷に坐っていても、もう二度と脚光のつくこともないし、幕のあがる気配もない。だいいち、お客というものが出演者と代りばんこ、舞台へあがったり客席で拍手したりというのは、一流の都会の劇場にあるまじき行いであって、これでは村芝居やのど自慢と選ぶところはないのである。
>
> （『黒衣の短歌史』）

そこで、中井によって仕掛けられたのが、「短歌研究新人賞」という企画だったわけである。第一回が中城ふみ子（四月）、同じ年の第二回が寺山修司（十一月）。これは短歌史としてよく知られている事実だ。スキャンダラスな事件といわれてもいいような新人の登場であった。

上田らの入選評論は、その寺山修司の受賞と一緒に発表されたものだった。中城や寺山についてはページを割き、多くを語っている中井も、上田などの門出についてはそっけない。


その十一月号には併せて新人評論を募り、菱川善夫の「敗北の抒情」、高原拓造の名で応募した上田三四二の「異質の《（ママ）》情熱」二篇を選んだ。作品と違って応募の数が少なく、この二人がずばぬけていたからこれは当然だが、その二人がのちにますます翼を広げて、現在もすぐれた仕事をし続けている（上田三四二はのちに『群像』の新人小説と評論の賞を同時に受賞したし、菱川善夫は今日まで一度も会ったことはないが、いよいよ冴えた文章を見せている）ことが、編集者は誰でもそうだろうけれども、そしていま初めて歌人がよく「淡あはと」という語を使う心境を理解したけれども、「淡あはと」嬉しい。（同）

どこかさめた文章のように感じられる。そこには、当時の短歌における評論のもつ位置が反映している。

では、「短歌と現代詩との断層の問題」という副題がついている、この「異質への情熱」とはどんな評論だったのだろうか。

いまでこそ停滞の印象が濃いが、現代詩は、戦後一貫して文学のトップランナーの役割を担っていた。鮎川信夫、田村隆一らの「荒地」、関根弘、黒田喜夫らの「列島」、その他、大岡信、吉本隆明、谷川俊太郎、谷川雁、吉岡実たちの作品は、読んでいて当たり前であった。私の世代でも、教養として読んだ記憶のある人は多いはずだ。それに比べて、短歌、俳句はどちらかというと、時代遅れという通念に支配されていた。私なども若い頃、短歌・俳句をまったく読んでいない。そういう時代状況を背景に置かないと、上田のサブタイトルは理解しにくいと思われる。

現代詩の短歌に対する口吻は例外なく傲慢であつた。短歌の現代詩を見る眼は、しばしば卑屈であつた。現代詩はその近代精神をふりかざして居丈高であり、短歌はその偉大な伝統のためにかえつて身を屈めた。断層は断層のまま投げ出され、対決は実践以前の感情的対立の域を出なかつた。

（「異質への情熱」）

以前にも紹介したが、上田は詩作の体験をもっていた。そして、いつの間にか短歌の方に身が入るようになった。そういったみずからの記憶が投影されている。自分はなぜ、短歌に惹かれるのだろうか。そういうモチーフが、現代詩に対する厳しい視線になってあらわれている。

このままでは現代詩は孤独のまま、日本という土壌に花開かないのではないか、という問いを投げかける。詩という外来種の花が根をおろすには、土壌の改変か、あるいは花自体の変異が必要だという。そこに出てくるのが短歌である。方法の問題、あるいはその根にある「抒情」の伝統、それらはひいては、日本人という土壌にまでつながっている。短歌という詩型は、長年、そういう伝統と苦闘してきた。やりきれないほどの重圧のなかでの作歌であった。現代詩にはそういう覚悟がない。伝統を甘くみているのではないか、というのである。次の言葉など、上田の予言のようにも思える一節である。

短歌は現代詩との対決を経過せずとも、生命を保つだろう。けれども、現代詩は、将来短歌との憎悪に満ちた雑婚を遂行せずしては或いは憔悴し果てるのではないか。（同）

上田の想像は当たっていたといえる。近年の現代詩の衰えはつとにいわれるところだ。愛好家の人口自体、減少しているといわれる。それに比べると、短歌は現代詩のようなことがない。詩人にいわせれば、短歌には元気があってうらやましいという。しかし、現代詩という隣接ジャンルへの畏怖や脅威がなくなり、短歌は伝統に安住しはじめている。そこが逆に気になる。そういった感想が出てしまうほど、時代の変化は激しいのだが、それはともかく、短歌を基点にした上田の文章は、目配りの広さ、確かさにおいて、いままでの短歌批評の水準をはるかに抜いていた。

当時としても、おそらく瞠目されてしかるべき評論であったのだろう。つまり、短歌という一ジャンルを越えて、文学という横に広がる視野があったのである。とりわけ、西欧の詩歌への造詣の深さは、この当選作からも窺うことができる。

上田三四二が一躍、批評家として短歌総合誌から注目されたのも、自然の流れであった。その後、毎月のように文章を発表している。

翌年の一九五五（昭和三十）年一月号から、「短歌研究」に「現代歌人論」の連載をはじめ、それが一九五六（昭和三十一）年に単行本としてまとまる。

批評の根底

当時の「短歌研究」や「短歌」の目次に、上田の名は頻繁に登場している。そのような文章を、小文を除いてまとめたのが、第二評論集『アララギの病歌人』（一九五九年）である。この評論集は、二部構成になっており、第一部は先にふれた「アララギの病歌人」を中心にした歌人論であり、第二部は「異質への情熱」をきっかけに、「ジャンルとしての短歌」について書かれたものである。第二部のタイトルをまず列記してみよう。

「異質への情熱」「詩にも俳句にもない要因」「新しさということ」「限界をこえる勇気」「方法論序説」「詩人の狂気と時代の狂気」「伝統と正統をめぐって」（これらのほとんどが「短歌研究」「短歌」に執筆されたものである）。ここに、短歌という詩型の位置を定めたいという、上田の願望を読み取ることができるだろう。

自分が短歌という詩型にひきつけられ、しかもそれがどのような意味をもっているのか。つまり、個人の営為に一般性を与えたい。それが、伝統詩としての短歌の役割を再認識すべきである、という議論につながる。もちろん、脳裏には桑原武夫から始まった「第二芸術論」があったことは言うまでもない。

歌壇は塚本邦雄、岡井隆、寺山修司といった前衛短歌の旗手を、実作のうえでもつことができた。大岡信や吉本隆明との論争においても、一方的に敗退し、最初から卑屈になるという第二芸術論の頃のレベルから、対等に、あるいは勝利するような力をもちはじめていた。つまり、第二芸術論の痛手から、戦後短歌は新しい段階に移っていたといってよいだろう。

おそらく上田の登場は、評論の面において、そういう前衛短歌の動きに相応して迎えられたところがある。新しい時代の評論の書き手としての上田三四二。しかし、皮肉なことに、上田は、前衛短歌運動のなかの塚本、岡井と積極的に同伴することはなかった。むしろ、どちらかといえば批判的であって、短歌の位置や役割においては、自ら進んで反対の立場をとることになる。

先に進みすぎたきらいがあるので、第二部の「異質への情熱」に続く、彼の論点を整理しておこう。

例えば、「詩にも俳句にもない要因」という文章がある。これは、「短歌」一九五六(昭和三十一)年二月号の小特集「新しい短歌の効用」の一本として発表されたものである。同時執筆者は、松野谷夫「生活記録を超えるもの」、山名康郎「人間形成に役立つものとして」、塚本邦雄「高度のアミューズメント」。タイトルを比較しただけでも、そこに当時の各歌人のスタンスや志向がうかがえる。

上田の論の要を、少し多めに引用してみよう。

例えば短歌は韻律の権化のように見なされている。同じことを逆に言えば、短歌は韻律の奴隷のように見なされている。これは現代詩に比して著しく韻律的であるばかりでなく、俳句と較べてもいたく韻律的である。詩人にとって、歌人は「うたう人」と見えるだろう。しかし、短歌の韻律は、五句三十一音という音数律だけである。押韻上の制約は勿論、切字のような句と句との連続上の制約もそこにはないのである。定型詩とよばれるもので、短歌ほど詩型に寛大な詩がかつてあっただろうか。

現代短歌の本心は無拘束なこの浪漫的詩型に、言葉の最大の重みを托することによって、真《まこと》の韻律を得ようとしているのである。

これは何も、現代短歌の新しい試みなどというものではない。詩が詩であるかぎり、いつでもそうであるほかないものである。現代詩が、日本語をもって新しい発想を築こうとするのなら、こういう短歌の定型詩としての特異性、即ち、わが国定型詩の非定型性をこころにいたく思わねばなるまい。

わが国に詩は不毛であると言われる。が、それは逆であろう。わが国の言葉には、詩情があまり豊かすぎるので、厳格な韻文構造をもつ詩型を必要としなかった。

短歌的発想がいまでも日本の詩歌の、および広く日本の文学の根底としてあること、そういう歴史的意識と言語認識なくしては、詩歌の更新はあり得ないこと等、すべて奇もないことどもであった。私は新しいことを言わなかった。この立言ののちに来るべき激しい語気は、いまも世に決して乏しくないのである。

後年、有名になった「短歌を日本語の底荷だと思っている。そういうつもりで歌を作っている」(『短歌一生』)という断言につながる発想は、すでに三十代前半に形成されていたことが読み取れる。短歌に対する信頼は、あるべき短歌に対する憧憬の強さになり、一方で、それに見合わない惑溺した詩歌の現実に我慢ができなくなる。つまり保守的であるがゆえに、結果として過激な原理主義に変貌するのである。

いまの時点で読んでみれば、特別の違和もなく、穏当で正統的な発言と思えるだろう。しかし、第二芸術論の余燼がくすぶり、かつ一方では前衛短歌の台頭がはっきりしているとき、上田の立場はかなり保守的だと思われたにちがいない。

現代詩を裁断した上田は、返す刀で塚本邦雄を俎上にのせる。それが「短歌のなかの現代詩」(初出は「短歌研究」一九五六年八月号)である。

上田は、塚本の第一歌集『水葬物語』がもつ、世紀末ダンディズムや、超現実図絵の華麗にすぎる古めかしさに、不満をもったことを告げる。西欧文学に詳しい上田にとって、塚本の試行はそれほどの驚きではなかったかもしれない。それに較べると、第二歌集『装飾楽句』は現代詩の方法をもってする三十一文字の実験の、貴重な中間報告だといい、「奇抜なイメージのなかに真実の発見があり、自在な修飾のうちに意外なリアリティを植えつけるに成功している」と評価する。

しかし、短歌技法の卓抜さを堪能することはあっても、『装飾楽句』が意図した現代詩の新意匠には心打たれないという。

さらに、「壮美・冷厳な交響楽『現代詩』の中にひびく、孤独な然し輝かしい『装飾楽句《カデンツァ》』として繋がり得てゐたら、それも現在の小さな喜びとしよう」という塚本の跋にも厳しい論評を加える。つまり塚本における、「現代詩への不安のない倚りかかり」が気になるというのである。それはすでに述べた、上田の現代詩への危惧からきている。現代詩という方舟は、千年降り続いた短歌の洪水に耐えられるだろうか、という疑問を投げかける。

結論として、「想像の結晶が空想の拡散とわかち難くむすびついているという実感」を禁じえず、生の深淵に突き立つにはまだ遠いという。ここにあるのは、日本における現代詩の脆弱さへの認識であり、短歌を中心とする短詩型のもつ力強さへの自覚である。「新しさということ」（初出は「短歌」一九五七年十一月号）では、こんなことをいっている。

> 手法の固定にみちびかれるまで強力な詩型をもつとは何という幸運であろうと。断罪に値するまでそこに人間がひしめいているとは願ってもない恩寵ではあるまいかと。

逆説的な発言だったかもしれないが、少しずれれば信仰に似た発言になる。古風な評論家があらわれたと思った人も多かったのではなかろうか。

塚本邦雄との応酬

どうも塚本邦雄と上田三四二は対極の関係にあったように思える。すでに見たように、上田は塚本の仕事に冷淡である。かつきびしい視線を崩していない。しかし、忘れてはいけないのは、同時にまた、塚本も一貫して上田には関心を寄せようとしていないことだ。

ゆまに書房版『塚本邦雄全集』（全十五巻・別巻一）をひもといてみても、上田を論じる文章はみあたらない。驚くべき鑑識眼で近代・現代歌人について、多くの文章を発表している塚本が、あえて上田を無視する姿勢は偶然ではない。それは塚本の回答でもあるはずだ。

一九五八（昭和三十三）年四月号の「短歌」に、「詩と批評をめぐって」という鼎談が掲載されている。出席者は、塚本邦雄、上田三四二、前登志夫。おそらく、関西在住の歌人の顔合わせという意図が編集部にはあったのだろう。

今となってみると、じつに珍しく貴重な記録である。座談は相互批評の応酬で、緊張にみちた内容だ。

相反しがちな美意識と世界観（詩歌における感性とインテリジェンス）を意識しながら、塚本は、日本の悲劇を通じて人間の悲劇を抉りたいという。不条理の重なり合っている世界の、そのもっとも暗い部分に生きる日本人を、ひいては自分自身をもみつめたい、とも。だからこそ、暗い現実を直視し、それをくぐり抜けたあとに来る明るさでなければならないのであって、生半可な民衆短歌のもつ晴朗さのようなものを信用しないと、塚本は断言する。それに対して、上田はこんな風に応ずる。（新旧仮名遣いは原文ママ）

塚本君の言う先天と後天の二つの面、体質的な美意識と立場としての懐疑的なものが一しよになつていまのようなものに進んで来たのは大したことだと思つている。ただ僕には「アララギ」が持つている健康さに対する郷愁もあつて、その懐疑的なものに懐疑的ならざるを得ないんだ。

それに対して、塚本の反応も激しい。

上田君の今までの作品で僕の一番気になつたのは啓蒙的な一種の常識臭なんだ。（中略）批評家として広い目で見るという反面の弱点として、例えば宮柊二とか、佐藤佐太郎とかが、よく言えば渾然と、悪く言えば要領よく取り入れられていてね。一寸、正統《オーソドックス》派野郎といつてみたいようなところがあるよ。

読みながら、「おっ、すごい」と感じる人も多いだろう。現在では、このような厳しいやりとりなど想像もできないからだ。率直というべきか、正直というべきか、ノーガードで打ち合っている若き歌人の清々しい姿がここにある。

少し横道にそれるが、興味深いので前登志夫についてのやりとりも紹介しておく。塚本が、「惰性的に短歌のリズムに流してしまうと、何かアナクロニズムな祝詞《のりと》みたいになつて、甚だあきたりないんだ」と前を挑発する。

前は、「現代詩を永らくやつていると、短歌に求めるものが自ら違つてくる。古いリズムも今日に生かしたいね」と答えるが、上田がそこに入り、「前君の物足らんのは詩が足らんのじやない。技術だね」。すると、前はこう応じる。「……新しい意識の地点に立つておりながら、僕の友達の塚本君に対していくらか薄情なんだな。というのは、いわゆる短歌的技術が自分にないから過去の既成品みたいなものにほろりとするところがあるんだね」。上田は話を塚本に向ける。「気にしなくていい。塚本君のいいところは、彼の世界以上に彼のテクニックだよ」。さらに前が、「技術といい、更に言葉といつても全く逆な場合がある」（技術がない作品にも感動することがあるというニュアンス）というと、上田は、「その外のことは手を下さずに置いておく方がいい。彼（塚本）は言葉の魔師なんだよ。正統派野郎からみればすこし胡散臭いという形容詞がつくがね」と、辛辣なコメントをさしはさむ。三者三様の問題が、それぞれの口からもれている。

鼎談は戦後派のこと、批評のあり方、現代詩、古典と伝統、言葉をめぐってなど、多岐にわたるが、三人の歌人としての歩みなどを思い併せて読むと、興味深いことばかりである。

こと、上田に関していえば、塚本の評は当たっていないこともない。上田の書くものは、西欧文学への造詣や短歌に固執しない、文学一般への知識に裏付けられた本格的批評であったが、それは塚本にいわせれば、まさに「正統派《オーソドックス》野郎」であっただろう。おそらくそこに、それ以後ずっと相容れない、塚本と上田の文学意識の差が見える。「短歌」一九五九（昭和三十四）年六月号に発表された「塚本邦雄論」は、いままで紹介した鼎談への、上田の総括にも思われる。そのなかで、驚くことに作家論にもかかわらず、塚本の短歌は一首も引用されていない。しかも、ものいいにどこかひっかかるものがある。他の歌人に対する批評とは、かなりちがっている。

それは批評というより、棘のようなものであるかもしれない。たとえばこんな風である。

彼の表現には一つの謎言もない。成程、彼の表現は難解であり晦渋であるかもしれぬが、それは彼の思想が難解であり、晦渋であるからにすぎない。表現は彼の暗澹たる内部に抗して、意志と智慧をもってする明晰への徹底的な努力に終始している。そして、それが表現と呼ばれるものの本当の意味である。

こうして表現に関するかぎり、彼は職人根性を丸出しにし、才気を勤勉によって研ぎ、彼の言語技術は、彼に、現在における最高のテクニシャンたることを保証する。

あくまで塚本を言語技術者とする。そして、方法が制覇するにつれ、彼の中で抒情詩は死ぬ。なぜなら方法に献身するかぎり、作者の生理的な発想は後ろに退かざるをえなくなるからだ。「晩夏」とか「真冬」という季題が塚本の作品に頻出するが、ここでの季節は自然と風土をもっていない。「青年」や「われ」も、現実の作者と呼吸や心搏《しんぱく》をわかつことがない。つまり、「晩夏」や

「われ」などは、塚本の駆使する方法という将棋のひとつのコマにすぎないというのだ。だから抒情性は失われ、次第に作品は機知に傾かざるをえない。それは見事な現代詩の装飾楽句《カデンツァ》かもしれないが、短詩であって、短歌ではなくなる。

そしてさらに続ける。塚本の短歌はおびただしい死の形象にみちている。それは、現世が塚本を許さないだけではない。現世もまた彼にとって我慢できない存在だからだ、と言う。だからこそ、作者は世界の背後に身を潜め、呪詛の言葉をはく。生は塚本にとって、「どのような共感の足場をも持たず、生きること自体、不毛であり罪である」からだ。

このような塚本批判は、上田の短歌論の骨格ともいえる。つまり、批判の根拠が、そのまま上田の短歌の考え方になっている。だから上田にとっては譲れない思いがあったにちがいない。

短歌原論としての『現代歌人論』

年譜にもどっておさらいをしておこう。一九五四（昭和二十九）年に、「短歌研究」の新人評論賞に入選し、翌一九五五年から「短歌研究」に佐藤佐太郎以下の歌人論を連載、同時に第一歌集『黙契』を刊行。一九五六年には、『現代歌人論』を刊行したことはすでに述べた。あわせて、「青年歌人会議」に参加したことも大きい。この会は、折からの前衛短歌運動に呼応して、結社を超えて集まった新鋭歌人のグループで、東京の岡井隆や武川忠一、吉田漱らだけでなく、北海道の菱川善夫、関西の塚本邦雄、清原令子、前登志夫らを含む全国的な組織であった。そこでは在野の歌人を糾合し、それによって、ジャーナリズムに橋頭堡を確立したいという志向もあった。

誤解を恐れずに言えば、その当時の上田にとって、始めたばかりのこのような短歌を通じた活動は、そのまま、生きることと同意義であったはずである。短歌をつくり、歌人の営為を跡づける作業を通し、戦中、戦後と、迷いに迷っていた自分の生き方に曙光が見えてきた時期である。新たな人間関係が生まれた。そういう支えもあって初めて、それほど関心が強くあったとも思えない医学実験も続けることができたのではないか。

結果として一九六〇年、論文「脊髄電気刺戟による心電図波形の変化に関する実験的研究」によって、医学博士の学位をうけることができた。この研究がどれほどの価値があるのか、もちろん、私にはまったくわからない。素人としての直観と、上田の回想に加算していえば、多くの文学的著作よりずっと価値が高いとはおそらくいえないだろう。しかし学位取得は、医学でメシを食っていくためには、たぶん通らなくてはならない道だったはずだ。そのためにも、上田には日々、生きるための文学が必要だったのであろう。

「生きること自体、不毛である」という塚本の世界に我慢ができなかったのは、このような上田の現実に照らし合わせれば、容易に理解できる。

書くという行為がそのまま、自分の状況をすべて反映しているというのは、俗説にすぎないだろう。しかし、上田の場合、本人の実生活と、多くの歌人論が無関係だとは到底思えない。『現代歌人論』から引用してみよう。

詩とは平常なるものの、ただ、その陰影のわずかに濃いものにすぎないということを、氏はその出発において、はっきりと自分に言ってきかせている。ことさらに詩の世界があるわけはない。ただこの平凡きわまる日常が、ときとしてあやしく詩人の心をうつのだ。

（佐藤佐太郎について）

この氏の誠実の眼光には、風物はあっても社会はない。つまり、氏の孤独な独白は、いつの時代の詠嘆ともつかぬのだ。

（同）

文学的過剰が、すなわち氏の「毒」である。毒は読者を酔わせる。

（宮柊二について）

佐藤佐太郎氏に現在に生きる茂吉は、佐藤氏に、詩が痛烈な人間極印の証《あか》しであることを教えはしなかった。僕らがいま、宮氏に見ようとする茂吉は、佐藤氏が受けあました、そんな茂吉だ。

（同）

だが、木俣氏の詩人としての不幸は、氏のうちに自己を越えるデーモンを持たぬことではないだろうか。茂吉は正確病に悩んだためしがなかったように、氏は、逆に混沌《こんとん》としか呼びようがない、不合理の鬼と格闘したことがないに違いない。一種の狂気をはらむ混沌は、もちろん、それを克服しなければ作品とはならないが、しかしまた、それなくして作品は生きないのだ。

（木俣修について）

つまり、短歌では裸形のまま、空しくたたずむほか手の下しようがなく、本音を吐く以外には、なんの救いもないというのであろう。

（前川佐美雄について）

斎藤茂吉は短歌を業余のすさびなどと呼びながら、彼の短歌にたいする確信には無邪気なまで明らかなものがあって、その確信が彼に天才的な詩業を約束した。文明は、時代的にはこういう茂吉に雁行《がんこう》し、また言葉によせる信頼において茂吉に劣らず、さらに『山谷集』を通過することによって、いたく新しい境地を開きながら、短歌を茂吉のように信じることが出来なかった。彼の「無用もの」意識には、朗然たる覚悟の声はなく、なにか罪深い嘆きの底、歌人にしかなり得なかった忿懣《ふんまん》の思いがある。

（土屋文明について）

かなりはげしい言い切りである。多めに引用したのは、こういった箇所に上田の思いが籠められていると考えられるからだ。また、どこか上田自身のことではないかと思わせるところも少なくない。

一つ一つの正否は問題ではない。そして、その批評の刃が、対象の歌人の内側にどれほど深く突き刺さったかも問わない。むしろ大事なのは、このように歌人を読み解き、われを忘れて衝迫することによって、上田が短歌への確信を固めていったという事実なのである。『現代歌人論』はその意味において、初期上田の短歌原論なのではないか。

時代順に上田の仕事を振り返っているのであるが、同じように批評を書く立場にもある私にとって、驚異という以外に言いようのないことが一点ある。それは資料である。現代歌人を論ずるにしろ、「アララギの病歌人」など近代の歌人を追うにしろ、必要な膨大な資料が揃わないとかなわない。それを、どのようにして上田は集めたのだろうか。

短歌批評のやりにくさに資料の不足ということがある。歌集が書店にあまり流通しないこと、歌集・歌書自体の刊行部数が圧倒的に少ないこと。さらにいえば、公共図書館などが所蔵していないことも大きい。これらは執筆するための前段階に、執筆と同じくらい、もしかするとそれ以上に時間と労力が奪われることを意味している。資料が集められないため、執筆を断念することも稀ではない。そういう経験をもつ人も少なくないだろう。

上田三四二は当時、三十歳代前半である。しかも関西在住。初めから資料が完備していたとは思えない。そういう条件のなかで、よく毎月のように執筆を重ねることができたものだと感嘆する。歌集・歌書を借用するにしても、所蔵している歌友がまわりに多くいたとも思えないのである。一体、どのようにしていたのだろうか。

大学での医学実験、それに家庭生活。母が亡くなり、次男も誕生する。批評家としての時間をどのように捻出したのだろうか。上田論に直接の関係はないかもしれないが、それも、私などには大いに気になるところだ。想像するに、おそらくさまざまなものを犠牲にせざるを得なかっただろう。

それは必至だ。

そういうなかで、短歌における評論活動と並行して、上田にはもうひとつの野心があった。塚本のいう「正統派野郎《オーソドックス》」らしい発展であるかどうかは別にして、上田の幅広い文学意識が、短歌という一ジャンルに安住することを許さなかったともいえる。また青年らしい客気が、あたらしい挑戦をうながしたのかもしれない。それは短歌の枠を超えた、小説と文芸評論の世界であった。

一九六一（昭和三十六）年五月号の「群像」で、「斎藤茂吉論」により第四回群像新人文学賞（評論部門）を受賞、あわせて「逆縁」が小説部門の最優秀作にも選ばれた（ちなみに当選作はなし）。記録によると、小説は八八一篇、評論は一二一篇の応募があり、小説の候補作のなかには、三枝和子、佐木隆三といった名前を見ることもできる。

「逆縁」という小説は後年、上田がとった私小説のスタイルとはかなり異なっている。選考委員は中村光夫、大岡昇平、平野謙であるが、そろって、初期の三島由紀夫との類縁性を選評で述べている。それはどんな小説だったのだろうか。

「逆縁」のできばえ

「群像新人賞」（小説部門）の最優秀作になった「逆縁」は、一九六一年五月号に発表された。タイトルどおり、遅くなって授かった一人子を亡くした父親の視線によって描かれた小説である。登場人物は、再生不良性貧血で亡くなる息子の穂高、妻の千絵、息子の恋人百枝。はなしは、臨終の病床にあらわれ、やや大仰に泣き崩れるファッションモデルの恋人の描写からはじまる。

突然の闖入者に、親としてのかなしみを奪われてしまう夫婦のとまどい。フィードバックして子どもを授かった時の回想。一人息子の成長。その際に起こる夫婦の違和、葛藤。男の子が大人になっていく時の母親の気持ち。成人してからの発病など、医者らしい観察眼で丹念に描写されている。途中で警句のような断言がたびたび差し挟まれる。たとえば、「血縁という自然の関係によりかかって、素朴に愛情の交流を信じうる者は幸いである」「子は親に似はしない。同世代の青年に似るものだ」「通夜の意味が私に突然明らかになった。それは故人をとどめるためではない。故人を忘れるためのものであった」など。

小説の後半になり、納骨を済ませた後、語り手でもある父親が、百枝と墓で出会い、二人で穂高の思い出を語りあうシーンが、この小説のピークだ。上田らしいというべきか、息子とその恋人との具体的関係までを語らせ、こんな風に書く。後年の小説に通じる女性観察である。


私は卓をへだてた若い女の顔を眺めた。百枝が私の視線を恐れないのは、その上気した顔の語っている酔のためばかりではない。私の老年が、彼女の羞恥を曇らせているのだ。しかし百枝はあらゆる女の意味に満ちながら私の前に坐っていた。二重《ふたえ》の目蓋の下に、潤おいを増した黒い眼がある。血の色が肌を生々と染めている耳朶がある。さつきまで、巧みに動いていた肉の豊かな唇の間から、皓い細かい歯がひしめいているのが見える。柔かい細い頸を支える黄のスエーターの胸は大きく盛りあがつて、まともに私の方に向けられている。百枝が頭をめぐらした。すると、よじられた頸は、一本のやわらかな凹みを刻み、それがもとにかえると、凹みは些少の傷も残さないではじめの伸びやかな形にかえつた。

こういう描写を読んでいると、「身体の領域」（『遊行』）という上田の短歌を思い出す。

疾風を押しくるあゆみスカートを濡れたる布のごとくにまとふ
双肘《もろひぢ》を張りてみづからの乳を受く貢物《みつぎ》をささぐごときかたちに
大腿《だいたい》のせつに寄るところ翳を置く身じろぐなかれ眠れるものは
かきあげてあまれる髪をまく腕《かひな》腋窩の闇をけぶらせながら
貝殻骨うく背につづき秘密めく蒼きうなじがありてうなだる

肉体への粘っこい視線である。丹念に注視する描写は、小説も短歌も変わらない。しかもそこに、やや過剰なものが見て取れる。そういうところが、後述する中村光夫の感想を生む背景なのであろう。

結局、語り手と百枝には何も起こらず、ふたたび夫婦ふたりの生活にかえるのである。

平野　完全に三島由紀夫だと思つたな。アフォリズムめいた、なかなかうまいことといつていますよ。漢字のつかい方、文章の硬さなど三島由紀夫にそつくりだ。

中村　でも三島はうまいよ。これと一緒にしてはかわいそうだ。

大岡　一等おしまいは百枝という女と寝ちまえばいいんだな。この親父は全体の中で認知者というか、いろいろなことを知つて歩く係りだね。そうなるかと思つたら結局よけちやつた。

中村　この親父は変に色気がありすぎるよ。

大岡　最後は、やらせるつもりでやめたんだと思うな。（中略）この人はそういう抑制が働いたのだろうと思うな。

アトランダムに選考座談会のコメントを拾ってみたのであるが、大岡昇平が一番好意的、中間が平野謙、否定的なのが中村光夫である。「斎藤茂吉論」と「逆縁」の両方で応募したことの是非も論じられている。茂吉論ができあがっているのに、小説は青臭いともいわれる。「ほんとうにこういう型の人が出たということは新しいことですね。両方同時に問題になつて、ともにレベルに達している。ただ両方ともでき上がっている感じですね」（中村）。行ったり来たりしながら、結局、小説は当選には至らないのである。

今読むと、語り手という役回りにひきずられて、父親自身のかなしみがほとんど出ていない。それは私にも読みとれる。肉体的な若さと老いの対比、あるいは若い肉体の百枝と、いかにも妻という千絵の女性としての対比といった、作者がつくりあげる構造への意識が表だってしまうからである。それが選考委員のいう、観念的ということなのだろう。状況をシャープに切り取る、箴言めいたものいいが多出するのも気になるところだ。

ただ、出産をおそれる妻の姿はよく描けているし、成長する子どもへのとまどい、といった関係性もリアルだ。また、ニヒリズムに陥り、自暴自棄になっていく青年の変化も、見事に写されている。おそらくそこには、戦争を挟んだ同時代の観察が投影されているのだろう。第一歌集『黙契』の世界に通じるものがあり、とりわけ妻の存在は歌集と類似している。

先の女性の身体の描き方にみられるような過剰さは、いかにも中年をすぎた男を思わせるが、それを除くと、語り手である父親が、成人した子どもを持っている年齢にはどうしても見えない。つまり作者が、十分に作中人物を統御できていないのである。

上田がなぜこのような素材、あるいは設定をたくらんだのか。私には、その意図がもうひとつぴんとこない。本人も、この小説についてその後、何ひとつ感想を残していないので、詳細は分からない。しかし想像するに、物語りたいという野心があったのだろう。

選考委員のコメントに、上田はかなりの挫折感を味わったに違いない。その後、一九七八年ごろから書きはじめられた連作短篇（一九八一年『深んど』としてまとめられた）まで、二十年近く小説の筆をとっていないのは、理由のないことではない。普通、小説部門の最優秀作の作者であれば、ともあれ新しい作品を発表できる可能性は高い（編集部がそのような対応をとるのが通例である）。

しかし、第二作は発表されていない。小説家という道は、後年になるまで選択しなかった。当時の編集者・中島和夫の回想がある。山本健吉から、「逆縁」の作者は上田三四二という歌人だということを聞き、上田の書きあげた第二作を読んだ経緯を次のように書いている。予想通り、きびしい批評があったことがうかがわれる。

少し長いが引用してみよう。

ふた月、三月たって、成相さんこと上田さんが小説をもってきた。私は、十日ほど待ってもらいたいといった。

それから、成相夏男なんて妙な名前で、本名の方がいい、本名に腰を据えて、ものを書く覚悟をきめなけりゃあ、私は、山本さんの言葉をひき、笑いながらいった。上田さんは、顔を赤らめ、うつむいたまま、はあ、と声にもならぬ声をだした。肩が強ばっていた。三十の半ばをすぎた医学博士とは思えぬ、恥じらいぶりだった。

小説は氏の勤める府中刑務所の囚人の生態を書いたものだった。一応は書かれてあるが、明らさまにいえば、それだけのものだった。刑余者のすがたが模写のようになぞられてはいるが、作者は内部に踏み込むことはなかった。個々の特性など、観念的に言葉で説明されてあるだけだ。独自の感情やひらめきなど、これっぽちもなかった。おまけに、おとなしやかの筆つきは、ますます全体の色調を退屈にしていた。上田さんは赴任先で、はじめて囚人たちに接し、おどろきを感じ、小説になると合点したのだろうが、文学はそんな生やさしいものではなかった。

私は、裏切られた思いがした。なぜ、こんなていどにしか書けないのだろう。理不尽にも腹が立った。過度に思い入れがふくらんでいたのかも知れない。私は感想、批評というよりは、悪口めいたことをまくしたてた。あげく、勢いで、ドストエフスキーの『死の家の記録』まで、引き合いにだした。素材だけは似ていなくもなかったのである。上田さんは、ほとんど口を開かなかった、頭も上げなかった。あたかも悪事を冒したかのような神妙さだった。いい迷惑だったろう。

私も若かった。一新人賞の受賞者に、ドストエフスキーを、それも代表作をかつぎだしたのだ。これほど滑稽なことはないのだが、今、なお、恥ずかしさに肌に粟の生ずる思いである。

書き直せばよくなる、そんなものではなかった。私はぜんぜん、気に入らなかった。別の作品を書いてみたら、そういう親切気も起らなかった。性急《せっかち》すぎる結論だが、この者は小説を根本から考え直さなければいけない、いや、そうじゃあない、もともと小説にむかないんだ、そうも思えたのである。

「あなたはね、小説、評論のどちらもできる。ですが、当面、評論一本に力を注いだらどうです」

残酷ではあったが、氏の心事を無視して、宣言するようにいった。

つまり、私の意識うちでは、この作に限らず、上田さんは小説で落第したのである。

（中島和夫『文学者のきのうきょう』）

「斎藤茂吉論」の特異さ

一方、評論の「斎藤茂吉論」は評価が高かった。

中村　ぼくもこの中では「茂吉論」に一番賛成する。茂吉をよく読んでいるんだろうな。そういうふうに見えるように書いている。

平野　これは茂吉全集五十六巻をみんな読んでいることは確かだな。

中村　これは評論だつたら一人前で通る。

あらためて、この「斎藤茂吉論」を読んでみると、オーソドックスのようで、じつはけっこう特異な評論であることに気づく。上田三四二に「批評について」というエッセイがある（『眩暈を鎮めるもの』所収）。そのなかで上田は、少し芯の疲れる仕事にとりかかろうとするとき、小林秀雄「モオツアルト」を開き任意の一節を読むということを、長年の常としてきたといっている。それは、「考えてみれば、そこに批評という行為における、渦動の中心としての詩の働きというものを感じとってのことであったろう」という。

つまり、批評とはもうひとつの詩を書くことだというのである。受賞作の「斎藤茂吉論」は、小説と同様に歯切れのよい断言（アフォリズム）によって構成されている評論、といっても過言ではない。茂吉自身の短歌やエッセイ、あるいは茂吉に関する膨大な文献はほとんど引用されていないことからも、上田の客気ぶりはうかがわれる。

斎藤茂吉は文より人である。少なくとも、斎藤茂吉という一個の人物は、彼の膨大な文学上の業績を突破している。これは、文学者としての茂吉にとつて恥辱だろう。茂吉は、しかしこの恥をだしにして生きた。

書き出しの一節である。いかにも彫琢された文章だが、けれんも感じる（小林秀雄の文章のさわり集のような、あるいは武田泰淳『司馬遷』の冒頭を思い出す）。

第三歌集『つゆじも』が茂吉の結節点（転機であり、挫折でもある）だという。彼自身の青春、時代の青春に別れをつげ、ロマンティシズムとはっきり手を切ったからだ。それなしには、その後の茂吉はありえなかった。つまり、そこで「短歌をもつて日記を代用せし」めるスタイルが確立する。はじめて子規の系列に連なったことになる、という。

冒頭の書き出しのように、作品に劣らず気がかりな存在としての茂吉。断簡零墨まで徹底して収録した『斎藤茂吉全集』について、次のようにいう。

茂吉の文学が、この五十六巻の幾パーセントを満たしているか、それは見る人の心のうちであろう。しかし茂吉の人間は、間違いなくここに蟠居していて、資料の不足をいう中野（重治）

の歎きはもう当らない。全集はこう言つていはしないか。ここに文学は薄められ、人間は濃くなつた、と。そうだとすれば茂吉の全集は、彼の文学者としての口惜しさが、文学的なものを白眼視することによつて成つた、異様な自己達成の記念碑ではあるまいか。

そういった人間茂吉のあり方を、上田はさまざまな角度から照射する。ひとつひとつがどのように連関し、茂吉の肉体を通して文学に繋がってゆくかの論証は省略しているので、必然的に茂吉に関する「定義集」にならざるをえないところがある。こんな感じだ。

茂吉は全身を晒して生きた。（中略）茂吉に、彼の文学者としての精髄を伝えるような肖像の描かれたことはかつてない。

茂吉はたくさんの誤解につきまとわれている。この誤解の種は、一つには彼自身が好んで播いたと思われるふしがあるが、多くは彼の複雑な性格のなかに必然的に含まれていた。

茂吉に、抽象化の情熱は乏しかつた。帰納し、法則を見出し、それを体系化することは、「写生論」を展開した歌論家としての茂吉にも、「柿本人麿」を著わした茂吉にとつても、関心事ではなかつた。

茂吉は雑文の大家である。

茂吉はつまらないことを沢山書いた。

茂吉が既成の洗練された宗教を必要としなかつたのは、彼自身の存在が、どのように混乱した形であれ、宗教そのものであつたからである。

茂吉の、暗い底ごもる魂には窓がなかつた。

茂吉の書いたものは、文章と言わず、短歌と言わず、ことごとく氾濫の趣きを呈している。

茂吉はもと耳の人だつた。

茂吉のリアリズムは現象を分析せず、計量しない。観察という冷い眼の行為をつきぬけて、眼でなく、じかに胸で触れようとしている。

茂吉は〇〇であるという言い切りには、当然反証もありうると思う。しかし、読み手は強くいわれると、ともあれ次に進まざるをえない。すでにそこまでの論証は既知である、といわれているようなものだからだ。

「茂吉は誤解につきまとわれている」の後、例として好色があげられている。「男女の情交」への関心はあるが、かならず茂吉は、自分をその圏外に置いて言葉を構えている。そのような態度が、医者であるから科学的であるという伝説を生み、さらに客観写生という口調が、そういった誤解をいっそう助長したところがあるというのだ。このような客観性は科学的というものではない。まさにディオニュソス的であり、博物学的であり、雑然とした知識の輝きなのだ。そこから次に「雑文の大家である」につづいてゆくのである。

このように人間茂吉の断面図がトレースされ、構造的に明らかにされる。強引かもしれないが、説得される快感を味わえることは事実だ。

しかし、作品評価の箇所にくると、その鮮やかだった手技が、逆に唐突感を与えてしまう。作品を引用しないまま、『赤光』から『白き山』まで一気に作品を賛嘆しだす。ところが、縷々述べてきた人間茂吉の各側面と、その作品のもつ評価とがどのような関係になるのか、靄が立ち込め、はっきりしなくなるのだ。

そして上田は、芭蕉が凡兆に与えたという「一世のうち秀逸三五あらん人は作者、十句に及ぶは名人」という言葉を引き、茂吉はまさにそれに当たり、「端倪を許さぬ巨人茂吉のなかに、極小だがしかし透徹した詩人茂吉を発見する」と結論づける。いうならば、最初に立てた「斎藤茂吉は文より人である」というテーゼが、急にひっくりかえるのである。そのあたりには論証がないので、「初めとどうも逆になる」という指摘を選考委員の中村から受けた。そこで、筑摩叢書に収められた際、先に引用した「突破している」のあとに「一見そう見える」という言葉を挟みこむことになったのである。

上田三四二は文芸評論家と歌人の二刀流で、これ以後、活躍することになる。

第三章　歌人の誕生

なぜ東京に移り住んだのか

上田三四二の自筆年譜の一九六一年、六二年にはこんな風に記されている（『全歌集』略年譜）。

昭和三十六（一九六一）年　三十八歳
五月、「斎藤茂吉論」により、第四回群像新人賞（評論部門）受賞。あわせて「逆縁」が小説部門の最優秀作となる。成相夏男の筆名を用いた。八月、府中刑務所に転勤し、京都を去って東京都府中市晴見町の官舎に移る。
昭和三十七（一九六二）年　三十九歳
七月、〈短歌〉に「詩的思考の方法」を発表。八月、国立療養所東京病院に転勤。北多摩郡清瀬町野塩の官舎に住む。

「群像」新人賞受賞とともに、東京に移住している事実が気になる。上田自身、それまで一度も東京在住の経験がない。家族もずっと京都以外知らない。上田は妻の実家に同居していた。そういう環境を清算して、まったくなじみのない別な場所に移る。それはどういうことなのであろうか。普通に考えれば、その移住にはよほどの理由がなくてはならないはずだ。

上田は京都大学医学部出身である。世俗的なことをいうようだが、それは関西という地域において、より大きな力を発揮する。医学というのはそういう世界ではないか。とりわけ、当時はそうであっただろう。それを捨て去るのである。何があったのだろうか。

転勤と書かれている。しかし、普通の企業のように、会社の都合で異動・転勤させられたわけではないだろう。国立療養所が全国にあったとしても、本人のたっての希望以外には、そんな遠方への転勤はありえない。

現在、国立病院は独立行政法人になっているが、当時、上田は国家公務員であったはずだ。移住は、よほどの熱望があったと想像するのが普通だ。

しかし、家族にとってはたまらなかったのではないか。まだ幼い二人子をつれ、地縁・血縁のない東京に移住することに、反対がなかったはずはない。常識的で穏当、静謐で冷静というイメージの上田三四二のなかに存在する過激な一面が、このようなところにあらわれているだろう。この東京移住は、上田の生涯の謎のひとつである。三十八歳で子ども二人をもっているいわば中年医師が、突然、笈《きゅう》を負って文学修行に赴く、そういう一途な乱暴さと理解するだけでいいのだろうか。

後年の小説『夏行冬暦』の「夏行」には、研究をいっとき放棄し、国立療養所に勤めようと決心する場面がある。

『療養所に行こう。』

この考えは、いちばん現実性が在るように思われた。彼の所属する内科教室は、地元の二つの結核療養所を傘下にもって、そこに教室員を交代に送り込んでいた。結核療養所は就職先としては魅力がなく、行きたがらないので、一年と期限を切って、半ば強制的に教室員を派遣していた。香村が考えたのは、その療養所へ教室の都合とは別に、自分から希望して就職することだった。

そこに、「清子との気持ちのよじれを戻すのにもよさそうだった」という一節も加えられている。研究を放棄し、妻の実家で同居している問題も解決したいという決断の場面である。しかしそれに比して、東京に移住する背景や、理由などについては、小説はもちろん、エッセイの類まで渉猟しても、「文学のため」としか書かれていない。「療養所今昔」というエッセイがある（『死に臨む態度』所収）。

その十年間、結核療養所はいつも満床で、待機患者が列をなしていた。入所するのに二、三カ月待つという場合も少なくなかった。

そこを辞めて、東京に出てきた。そして結核のメッカと呼ばれていた清瀬にある国立療養所に移った。関西育ちの私が東京に出て来たのは文学のためだったが、それは表だって言うべきことではなかった。

文学のため、と言い切っている。本当に文学のためだけだったろうか。なかなか得心はいかないが、今となっては謎として残すほかない。作品はどうだろうか。その頃の作品は次のようなものしかない。

転送の手紙の束《たば》のとどきたるしばらくはかの山家《やまが》のこほし
みづからの選びし道を頼《たの》むとは従へば妻にいふことならず
東京にいでて銀座にもまだゆかぬ妻をあはれとわがおもへども
あかあかと大文字の山焼けてゐむころか東京の夏の夜の月
友達のいまだなき子が時おかず出でては自転車にただ乗りてゐる

「転居」という五首である。二首目のように、「みづからの選びし道を頼むとは」と「妻にいふことならず」の間を、「従へば」で繋ぐだけですんだのであろうか。分からない。もしかしたら、歌集には収録されていない作品がどこかにあるのかもしれないが、東京移住は上田のなかであまり触れたくない何かなのである。そのことだけは確実であろう。

文学的な笈を負っての東京移住だとしても、成算があったのであろうか。その前後の「群像」を繰ってみると、新人賞受賞後の七月号に、「小説の可能性」という評論が一本掲載されている。しかし、それ以後、翌一九六二年も、六三年も、六四年も、上田三四二の名を目次から発見することはできない。

当時は、いわゆる純文学誌の全盛時代だった。「群像」の目次を見ても、その絢爛たる作家名に圧倒される。中野重治、佐多稲子、壺井栄、佐藤春夫、広津和郎、丹羽文雄、伊藤整、三島由紀夫、埴谷雄高、杉浦明平、中村光夫、花田清輝、小島信夫、安岡章太郎。これはアトランダムに開いた目次のなかの作家名である。戦前からの作家、第一次戦後派、第三の新人、それに大江健三郎といった新しい小説家が、互いに鎬を削っている状況であった。そのなかで伍してゆくには、かなりのパワーが必要だっただろう。

「小説の可能性」という第二評論は、好意的に読んだとしても、受賞作にくらべインパクトに欠けている。サブタイトルに「純粋小説論補遺」とある。当時、議論がさかんだった「純文学論争」をうけた評論といえるだろう。

大岡昇平における「俘虜記」と「野火」、三島由紀夫における「仮面の告白」と「金閣寺」を比較し、いわゆる「純粋小説」(あるべき近代小説)の可能性が、それぞれ後者の作品にあることを論じたものである。

まだ物語りを忘れえぬ小説家のなかにも、詩と批評の可能性の生まれたのは、「野火」と「金閣寺」の作者に見てきたとおりである。この二人は甚だしく資質を異にしているが、文体の正確さに殉じようとする一点において共通し、二つの代表作は批評的文体をもつて覚めた「私」を描くことに成功している。

結語の一節である。この評論がどのような反響に出会ったのか。「群像」を見るかぎり、反応は皆無である。「群像新人賞」という栄冠があるからといって、つぎつぎに原稿依頼がくるような事態は生まれなかった。それほど甘くはなかった。多くの雑誌が群立し、そのため多くの歌人が「繁盛」している現在の短歌界のような状況を、当時に当てはめてはならない。

想像に過ぎないが、上田にも、自身の密かな期待を裏切られた思いがあったのではなかろうか。しかし、一方で、歌壇は上田を必要としていた。

「詩的思考」とは何か

一九六二年七月号の「短歌」には、「詩的思考の方法」というかなり長い評論が掲載される。また、二月号から十二月号まで、岩田正、田谷鋭、吉田漱と、「問題をさぐる」という時評的な座談会に参加している。このようなことは、東京移住によって生まれた機会であったろう。つまり、上田三四二にとってはもう一度仕切りなおしの時期で、この時間を使って短歌を中心にした文学全般を浚いなおしたのではなかろうか。

さらにいえば、群像新人賞がきっかけになって、筑摩書房から依頼され、一九六四年に刊行されることになる『斎藤茂吉』の執筆に専念した時期でもあった（自筆年譜にそう記している）。

「詩的思考の方法」は、いま再読すると、上田の短歌構造論のような印象を受ける。目配りがよく、論理的にも遺漏がない。見事な文章である。上田はどんなことを考えていたのか。どんな短歌を希求していたのかが見えてくる。骨組みを辿ってみよう。

> 私は雑草のなかに枯死している純系を護りたい。純系とは、言葉のもっとも厳密な意味での詩である。コトバの膨化《（マヽ）》し拡散してゆく現状に抵抗し、言霊《ことだま》のまことを伝える金石のひびきのような——詩である。

これは、先の評論「小説の可能性」と問題意識は近接している。上田は、小説のなかに純粋小説を求め、短歌のなかに詩を見つけたいと念願している。こういった生真面目な、あまりにもオーソドックスな問いに、歌人たちはやや躊躇したかもしれない。まっとうな問題の立て方はいかにも上田らしい。何のひねりもないが、東京に移住してまで文学に身を投じたいという思いが、このようなところにあらわれているのであろう。

ここに見えるのは、現代短歌の鳥瞰図を描くことによって、自己の文学の位置をもう一度さだめようという意思である。上田の評論は、実に明晰だ。論理に破綻がない。実証的である。二項対立的に叙述してゆくので、分かりやすい。医学論文の経験が生きているのかもしれない。

歌人は総じて散文が苦手だ。思いが余ってしまい、論理を構築できない。余計なものが入ってくる。その点、上田の文章はスッキリしている。しかし、その分だけ、よく考えるとどこか強引でもある。対象にぶつかり、立ち止まり、思い余って思案せざるを得ないといった箇所は、あまり見られない。論理からはみ出たものに、視線は決して及ばない。

「詩的思考の方法」にもどろう。

詩というものは言葉のどんな機能に保証されるか。それについて、上田はまず断言する。それは比喩によってなされる、と。「類推と、暗示と、象徴の、言葉の曖昧さ複雑さに由来する語法の混乱を盾として果たされる」。この比喩だけが、新しい感情を未来に向かって開くのだ。

その実例を、上田は芭蕉に求めてゆく。縁語と洒落を基調とした貞門の古風から、斬新奇抜な発想と佶屈奔放な措辞の談林にうつり、そして蕉風開眼にいたった芭蕉の足跡から、読み取れるものは何か。貞門の発想は、比喩をもっとも浅い地点において受け取った。談林風の比喩は、見立て、取成《とりなし》（連句のなかで前句中の同音の言葉を転じて使うこと）による古事のもじりになり、軽口や道化を出ることがなかった。

芭蕉がこの二つの俳諧から学んだものは何であったか。私は、機智の空しさであった、と思う。比喩が機智に口を藉《か》りているかぎり、詩の深化はあり得ないと悟ったことであったと思う。

上田はそこから隠喩、そして象徴へと論理をすすめる。そして次のようにいう。

詩は現実の強化だとは、かつて詩に与えられた定義のうち、もっとも的を射たものだが、現実の強化は、詩的思考の方法たる隠喩のさし示す新しい発見の驚きなのである。現実の強化とは、だからシンボルの上にシンボルを重ね、こうしてシンボルの次元を高めることによって、その体系を精妙にすることである。生きるとはシンボルを織ることにほかならず、その際最大のシンボル体系たる言葉は、詩によってはじめて微妙所にいたり、もっとも美しい布目を成就する。詩の最高を象徴と呼ぶ所以であり、「此秋は（此秋は何で年よる雲に鳥）」の一句は、まさしく象徴の名をもって呼ぶのにふさわしい。

このように述べたのち、現代短歌の問題点の指摘に入る。じつに用意周到といえるだろう。論文の筋をたどると、このようなことになる。

写生のゆきつく果てが象徴であると信じていた茂吉、幽玄の澄むところに象徴の絶対性をみていた白秋、それらを継承する佐藤佐太郎と宮柊二。現代短歌は彼らに恃むところが大きい。しかし同時に、彼らの作品への不満を、上田は隠さない。佐太郎の「自然」、柊二の「人間」は歴史を含んでいないという。作家自身が、言葉の「負荷する感情の厚い層」に、発想の基礎を置いていないのではないか。つまりそういう自覚に欠ける点があるという。現代という言葉の正統の失われた時代に罪があるにしても、彼らの作品が、芭蕉に比して隠喩・象徴に至っていないと言いたげである。

佐太郎・柊二につづく歌人たちはどうであろうか。上田の分析によれば、詩はさらに日常化し、瑣末化している。言葉は平板化し、散文化を免れていない。詩人とは到底いえないと慨嘆し、それらが土屋文明の影響下にあることを指摘する。文明にとっての視野拡大の一つの試みが、現代短歌の不幸をもたらしているというのだ。

見事な構造分析である。私たちの現代短歌においても、当てはまるところが少なくない。

頑固な美意識とその裏側

上田はさらに一歩をすすめる。瑣末化する短歌を脱却するために、二つの道が模索されたという。一つが、近藤芳美に代表される社会性の導入である。もう一つが、塚本邦雄に見られるメタフィジックな方法の開発であった。近藤芳美に代表される戦後短歌と、そのあとに生まれたいわゆる前衛短歌の核心を、このように取り出してみせたわけである。しかし、この双方にもまた、上田は注文をつける。

近藤のもつ市民的合理性や近代的な透明な発想は、言葉から感情の厚みを奪ってしまっているというのだ。イデオロギッシュではないが、そこには言葉のもつ伝統が喪失されている。結果として、「彼の透明な発想は近代的であり、それゆえ神話のあの謎語をもってする説得力を欠き、都会の生活は、この詩人に民衆より群衆を意識させ、ここから生まれる人間連帯の不可能性あるいはその著しい困難さが結局彼を孤独のなかにおとしいれる」ことになる。だから、近藤芳美のなかに隠喩の可能性を見出すことはできない。

確かにそうかもしれない。私たちが近藤の作品から暗示的なものを受け取ることはむずかしい。

しかし、作者側からいえば、むしろそうしたものを意識して拒んでいると言ってもいいかもしれない。

では塚本はどうか。すでにふれたが、上田は一貫して批判的である。くりかえすが、塚本の武器であるメタファーが、結局、機智に陥ってしまっているというのである。「塚本の大胆な比喩の試みに、その機智横溢するイメージの遊戯に、またその信屈を怖れない措辞の強力さに、潑剌清新な談林の面影をみることは不可能ではない」といって、次のように続ける。

彼の詩的世界が、歴史を、言葉を、正統として受け取るには、その人生は恨みに満ちすぎていた。こうして機智は負としての感情を正当化する為の具となり、そのにがい比喩は異端への道をひらいた。私は塚本の短歌を前衛短歌などと呼ぶよりは、美術用語を借りて表現主義と呼びたいが、人がこの謎にみちた詩的思考の達成のなかに往々抱く胡散臭さは、おそらく、彼の思考自身の異端のためなのである。

近藤芳美、塚本邦雄への分析と注文は、上田自身の理想を投影しているためか、きびしい立場を貫きすぎている気もする。しかし、総括的には当たっているところが少なくない。

岡井隆についてもふれている。岡井が希望をもって迎えられたのは、「塚本の発想を略取した岡井のなかに、詩の正統の復帰の可能性を見たためではないか」という。そしてまた、辛口でこのようにしめる。

> 理想化がすぎるというなら、私は岡井のなかに比喩は感情として塚本ほど生きていず、言葉の正統性は彼の語法の強引さに裏づけを与えるには遠いと言おう。

そして、歴史と正統をになう言葉は、どちらかといえば、佐藤佐太郎や宮柊二の側にあると、上田は言い切る。つまり、自分は近藤や塚本をとらないというのだ。

手法としては隠喩の強化。詩人としては人間的共感の回復とその拡大。それらが相互に媒介しながら、詩に結晶すべきと結論づけている。

戦後短歌史の上にたち、かつその中心のイデーをとりだし、そこに自らの文学理念を通し裁断してゆく。じつに切れ味のよい批評である。多くの読者は、名料理人によって、戦後短歌という素材が、大皿にみごとに盛り付けられたような印象をもったのではなかろうか。

隠喩と象徴という高みに、どのようにのぼってゆくのか。実例として芭蕉が持ち出される。それとの比較が物事を分かりやすくする。上田の理想も見えてくる。同時に前衛短歌を十分に理解しながらも、それに従《つ》かないこともはっきりと表明している。こうして見れば、確かに上田の文学的立場は筋が通っている。

もちろん、異論も成立するだろう。

芭蕉を一つの理念型として、論証をすすめているが、アナロジーであるとしても、はたして時代背景なしにそのような比較が成立するのだろうか。茂吉、白秋が挙げられているが、迢空、空穂などの作品系列はどうなるのだろうか。茂吉・白秋は稜線であり、迢空・空穂などはそこに包含される裾野の文学だろうか。彼らの作品や言葉に歴史性の不在を認める上田だが、それは果たして迢空、空穂など個人の問題といえるのだろうか。現代という時代そのものが、もはや歴史とか時間とかを喪失しているのではないか、などなど。そういった疑問は必然的に出てこざるを得ない。

実作者の立場からも言いたいことが出てくる。一作者にとっては、何か発したいという衝動がまずあるはずだ。象徴に上昇しなくても、隠喩にならなくても、ナマのかたちであっても、言いたい、述べたいという、短歌の発語行為としての側面が、まったく消失してしまう点だ。

たとえば、一九六〇年、安保条約改定反対運動は日本中を巻き込んだ。何かを言いたいという声に、短歌という詩型が多く選ばれた事実は、否定できないだろう。おそらく社会詠は、そういう素朴なこころのゆらぎから発せられることが、少なくないはずだ。もちろんそれは、諸刃の剣にもなる。狂熱した戦争詠という無惨な例もある。しかし、それらをひっくるめての短歌ではないか。そういう認識を、上田は排除している。

そもそも上田には、戦争を自覚的に考えた痕跡がない。まるで天災のように受け止める以外に関心がないかのように見えるが、どうであろうか。怒ってもいない。同時代に生まれた不幸をかなしんでもいない。もちろん嘆いてもいない。いうまでもなく反省もしていない。

そういえば、安保についても、同様だ。それによって何が見えたともいえないが、作品においても、文章にも、あれだけ大規模な抗議行動があった安保反対運動の、一片の影すらも見えないのは、上田の志向を明白に物語っているだろう。否定するのでもない。嫌悪するのでもない。比喩的にいうのだが、そもそも上田のなかには安保条約改定反対運動が存在しない。

ついでにいえば、一九六九年後半から七〇年代初頭にかけてのいわゆる全共闘運動にも、上田は何ひとつふれていない。関心がない。紛争は、東大医学部の封建的な講座システムに端を発している。医師であり、その階梯を昇って、あるいはその階梯から屈辱を味わった上田にとって、関係がまったくないとはいえないはずだ。しかし、作品のみならず、多くのエッセイの類をひもといても、それにほとんど触れない。

このような社会的動向に対する驚くほどの無視、無関心。これは忘れてはならない、上田三四二のひとつの特質ではないか。この一貫性は、上田の詩歌観の根幹にかかわる。それは、詩歌への頑固な美意識の裏側にある問題といった方がいいだろう。

もしかしたら、上田は先刻承知なのかもしれない。むしろそのようなことを枝葉に追いやることで、自分の論を成立させ、現代短歌の自分なりの領海をつくりたかったのだ、とも思える。

短歌をいわゆる純粋文学の場に位置づける。詩として甦らせる。つまり、批評を他のジャンルと同一平面で交換可能にするために、短歌のもつ夾雑物を一度、括弧に入れて、純粋詩として見たらどうなるか。上田の試みの根底には、そういった、短歌を一般文学のなかに位置づけるという意図もあった、という見方も成立するだろう。

いままで短歌はあまりにも、その固有性の場で語られすぎた。結社、読者、七五・五七調、韻律、定型、場、社会への発言といった、短歌につきまとう属性を除いて語るとするならば、どんなことが言えるのだろうか。そういう試みの批評なのかもしれない。その意味において、この評論は多くないからだ。しかし、大事なことは、上田三四二本人にとって大きな意味をもっていたということだ。

上田の短歌構造論だと先回りして言ったのは、こういうことを意味している。まずこのように鳥瞰図を描くことを通して、上田は、自分の各論にはいっていけたのではないか。

上田の試行は、当時の歌壇状況も背景にあるだろう。前衛短歌運動が絶頂期を迎えつつあったからである。上田の評論は、その熱を冷ますことに一役買った側面もあったのではないか。

その前後の「短歌」（角川書店）の目次を見てみよう。すでに岡井隆「現代短歌演習」が連載されている（のちに『現代短歌入門』にまとめられる）。例えば、一九六二年一月号では塚本邦雄、岡井隆が、宮柊二と並び巻頭に作品を発表している。二月号には、実験作品「短歌と詩による交響詩」と題して、寺山修司と山本成雄が作品をよせている。そのほか、いわゆる前衛と呼ばれる歌人たちが、宮柊二、近藤芳美といった戦後派歌人とともに、踵を接して毎号のように作品を発表している。四月号から「シンポジューム・現代短歌会議」という企画がはじまっている。第一回は無着成恭（教育評論家）、森秀人（評論家）、篠弘、森岡貞香、寺山修司である。以下、吉本隆明、松本俊夫（映像作家）、塚本邦雄、佐藤忠男（映画評論家）、岡井隆、佐野美津男（児童文学者）、金子兜太などの名が見える。毎回、寺山修司が出ているのをみると、彼のアイデアだったのかもしれない。

ざっと紹介したが、前衛、あるいはそれに同調する歌人が多く登用されていた。それは時代の趨勢だったのだろう。他ジャンルとの交流、あるいは実験的試み、そして思い切った論文の掲載。確かに編集者としての腕の振るいどころであった。旧態依然とした短歌を思い切って変えたい。その側面がクローズアップされている。それは間違いではない。

しかし、短歌のもつ機能という点においては、当時の一般読者のレベルからみると、やや先鋭すぎて、過剰だったかもしれない。現在という地点からの特権的意見かもしれないが、ともかく多くの前衛短歌が誌面を飾っていた。それはバブル的様相にも見えないことはない。

批評という問題

先に紹介したが、岩田正、田谷鋭、吉田漱とともに、上田は「問題点をさぐる」というアクチュアルな企画に、一九六二年二月号より参加している。これは、歌集、あるいは雑誌発表の作品、あるいは評論、あるいは他ジャンルの問題までをとりあげて討議するという、短歌雑誌としてはかなり大胆な試みであった。

第一回目に、宮柊二『多く夜の歌』をとりあげて、上田はこんな報告をしている。

『多く夜の歌』の作品が作られたこの時期を、宮柊二の停滞期だとし、「多くのものが衝迫を欠き、緊張に乏しく、詩人の眼というものも生きていないような感じを拭い切れなかった」と言い、ただ最後の「私記録抄」五十首だけは、この感想の外にあったと評価する。一緒に参加していた岩田も、「姿勢、方向、指向が、かつてより積極的になっているにもかかわらず、結果的には、素朴にしかも概念的に、事件を見詰めるというところで終わり、特異な個性的把握には不十分であったと思う」と総括している。上田はさらにそれに加えて、混沌の喪失を見、『小紺珠《しょうこんしゅ》』の「孤独なる姿惜しみて吊し経し塩鮭も今日ひきおろすかな」から見ると、退化していると、不満を述べる。

菱川善夫「戦後短歌史論」という評論が、「短歌」一九六二年九月号に発表された。それについてもきびしい評を上田は報告している。

私が、この一読はなはだしい難解な文脈をたどって得た感想は、難解は文体のなかにのみあって、作者の布石した理論の網はむしろ極めて明快だということである。理論が明快なのは、彼に短歌の理念がはっきり見え、そこから、教義にちかい指導理論がみちびき出されているからであろう。およそ指導理論の空しさを知ったと信じるところから批評をはじめたような私には、作品を後ろにこぼして進むこのいさぎよい評論の足もとに、何か寒い風の立つのが、感じられる、とあえて言ってみたいが、しかしその風も、彼の歩みを危うくするほどのものではないようである。

（「短歌」一九六二年十一月号）

柔らかに述べているようだが、痛烈である。一刀両断になり、論理が通り過ぎてしまう空しさをいつも考えなければならないと、自戒もしている。「作品というものは、論理の及ばないところに価値がどの程度かともかくあるわけで」ともいう。

批評という問題には、いつもこういうところがあるのだろう。どうしたって、作品の細部を切り捨てざるをえないところがあるからだ。菱川に投げかけた問題は、天に唾するようなもので、そのまま上田にも返って来る。文章の明晰さを除けば、菱川について述べたことは、そのまま上田に通じるだろう。おそらく、上田はそのことを深く自覚していたにちがいない。突き詰めていえば、「詩的思考の方法」のような総括的なものいいが、歌人を大きく動かすことはないということを。

実作と批評がはらむ緊張感は、こういうところにあり、しかも、いつも批評の側は挫折を強いられる。実作は、ともかく身体を張って創作しなければならない。批評はそれを待っているだけではないか、という素朴な非難は、単純だが、しかし単純ゆえの譲らぬ強さをもっている。

このあたりから、上田は発言をより局所的、鑑賞的なところに限定していったような印象がある。しかも、同時に短歌評論家の立場をどのように脱却してゆくか、さらには歌人上田三四二をどう構築してゆくかという風に、スタンスというか、立脚点を移していったように見える。

理念と現象

上田の評論はかなり辛口である。先に紹介した宮柊二や菱川善夫に対するように、現在では考えられないくらいに厳しい。一九六三年、上田三四二は四十歳になった。現在よりも、ずっと大人を感じさせる年齢ではあっただろうが、当時においても目立った存在であったに相違ない。

いま読むと歯に衣きせぬ発言と思えることが多いのだが、しかし、あまりきつくとられていない。他の歌人たち、評論家たちの発言がよほど厳しかったからだろうか。小野茂樹に「ニヒリズムの遡行者」という、上田三四二小論がある。

ふしぎにかれは論争をしない。その、岩田正、吉田漱、田谷鋭といったメンバーと筆をまじえた「問題点をさぐる」合評のときも、かれはしばしば討論のリーダーシップをとりながら、そこから決定的な対立をひき起こすことがなかった。このことは、かれの控え目な発言態度をものがたると同時に、その豊富な知識と、高度の解釈力により、対象に対して常に妥当な解説と示唆がなされるということでもある。

（「短歌」一九六三年十二月号）

確かに論争していない。歌人や作品に対する、包容力をもった批評家という印象であったようだ。

女性歌人論を読むと非常に感覚的に受けとめ、そして表現も感覚的になってくるのね。甘いというのではなく、いたわりというような気分が先にあって、上田さんが取り上げた女流に限っていえば、対象に対してはかなりロマンチック、というか、聖域に近づくような批評の趣があって、女流は多く上田さんに批評されることを憧れたものよ（中略）。これは評論家としてではなく、むしろ作家論的立場から上田さんをみる時に興味深い視点だと思うの。

これは「現代短歌の時代と方位」（「短歌」増刊号「現代短歌のすべて　そして、ピープル」、一九七七年七月）の座談会における馬場あき子の発言である（他に塚本邦雄、前登志夫、上田三四二が出席）。このように、女性歌人からは、エロス的感覚をもった批評という受け止め方がなされている。一方で、たびたび述べるように塚本にはきわめてきびしい。その落差は、上田という歌人・評論家への興味ある視点であろう。

当時の水準でいえば、小野のいうように「豊富な知識と、高度の解釈力」は群を抜いていた。それゆえに歌壇において重みをもっていた。それは上田自身も自覚していたにちがいない。そういった背景があるから、何かを断言した場合、それが決定的になることも少なくなかった。そのひとつが、「前衛回顧」（「短歌研究」一九六四年十一月号）という時評だったのではないだろうか。歴史的にみると、上田のこの文章がきっかけとなって、前衛短歌運動批判が進行したようにも見える。

二度とこういう気ままなコラムに筆をとることもないだろうから、「前衛」短歌に一言しておくという前置きは、どこか遺言風で凄みがある。まず自分の立場をのべる。前衛短歌の同調者ではなかった。といって一つ前の世代のように、手きびしい批判者でもなかった。そういった車裂きの苦痛のなかに自分の批評があったと、前提をのべる。しかし、いま現在、塚本を中心とする前衛短歌への歌壇そろってのオマージュに、危機感を募らせる。そして、運動としての前衛は不毛であったという。『朝狩』をもって、前衛への転身を完了した岡井隆を見れば分かるように、そこには一個の個性が残っているにすぎないという。

> 私の関心は、運動に軽く個性に重い。その心を持って、では、岡井の試金石となった塚本の現況はどうかと問うとき、痛みは、もっともするどく私に帰ってくる。読者にどのように受けとられたかは知らぬが、かって《（ママ）》の「塚本邦雄論」は、また私の批評の試金石だったのである。

金婚は死後めぐり来む朴の花絶唱のごと蕊そそり立ち

こういう歌以後、塚本の試みたほとんど無惨というべき歌体の虐使については、私も言いたいことがある。

（「短歌研究」一九六四年十一月号）

ダリのデッサンの見事さを引き合いに出しながら、「私が塚本に見、彼を評価したものの一切が、同じく彼のレアリズムの妙であったことを、私は恥じるに及ばないと考える」と言う。いままでの短歌は個人の生活感慨を中心にしてきたが、句割れ・句跨りなどを多様した新しい調べとともに、喩のさまざまな表出によって、思想表現のための方法を獲得したというのが、一般的な前衛短歌の位置づけである。しかし、上田はそうではなく、従来の延長線上（レアリズム）に塚本を考える。

これほどはっきりと、上田の短歌観を述べた文章もないであろう。短歌は、歴史のなかで作りかつ味わう者たちの長い忍耐によって出来上がってきたもので、それを無視できない、とことばを繋げる。そして現象として見た場合、短歌は囲碁などの世界と、それほど異なったものではないとまで言う。

前衛短歌運動は短歌芸術至上主義であったから、こういう決めつけ方は、大衆への悪しき迎合だといわれたにちがいない。上田のことばはひどく評判が悪かったであろう。その後のカルチャー短歌などの盛況を挟んでみると、どちらが正しく短歌の核心を摑まえていたか、自明だろう。たしかに短歌はそれほど変わらない。あたかも上田の発言をきっかけにするように、前衛短歌運動は後退していった。

東京に移住してきて以後の上田の歩みは、「詩的思考の方法」に見られる、純粋詩に理念を置く側面と、時評にあるような詩歌の現状（マスとしての短歌愛好家の存在）を重視する要素が、併存していることが分かる。もちろん短歌はどちらか一方でいいというのではない。必ず双方相俟って進行してゆくのであり、上田の評論は、そのバランスを微妙に保っていた。しかし、実作においては、そうはいかなかった。

『雉』という第二歌集

一九五五（昭和三十）年から、六五（昭和四十）年までの作品を収めた第二歌集『雉《きじ》』の刊行は、一九六六（昭和四十一）年だった。彼のことばでいえば、まさに車裂きの状態の歌集ではなかっただろうか。

上田はほとんどの歌集にあとがきをつけている。しかもわりに長い。しかし、この『雉』にはない。その代わり自序という、箇条書きのような文章が素っ気なくある。その二に、「十一年間四百首は如何にも少い。選の厳なるがためではない。怠ること甚しかつたがためである」と自戒している。

もうひとつは『雉』という題名が、「父母のしきりに恋し雉の声」からとられていて、上田の芭蕉への傾倒ぶりがうかがえる。

実作にエネルギーを割いていなかったことは確かである。作品も、変化に乏しい。通読してみれば、多くは身の回りの小世界への嘱目である。妻、家族、そして年齢についての感慨が歌われている。ここでも、社会的なものはまったく歌われていない。詩歌というものはそういうことを歌うべきではないといった意思が、歌集の背後から響いてくる。その点においてはひどく頑固である。

をりをりに未来をなげきいふ妻はわれの日記を読みゐるらしき
マンボなどききゐる妻を憐れめどいくばくかわれの苛立つものを
こころ足らひて働く日々にあらざれば怒りをうつすひとり待つ妻に
いつまでも厨にうごく音のしてこのごろ妻の歌はずなりぬ
転職のねがひをもちて働くといふさへ妻のはかながりゐつ
眠らぬ子を負ひてうたへる妻のこゑ闇こくなりし庭よりきこゆ
豊かなりし妻の生立ちを負目とし家計をすこしつめよと言ひぬ
まれまれに妻のつかへる帚のおと機械音よりいたくやさしも
眉根よせて眠れる妻を見おろせり夢にてはせめて楽しくあれよ

後年の上田三四二と異なり、自然詠も多くない。「をりをり」ということばが歌集に頻出するように、日常に添ったささやかな気分の作品が大半を占めている。そのなかで、妻は一貫した素材である。

文学を志す夫に比して、実際は上田がいうようなことばかりではなかっただろうが、作品の上では、妻は一方的に日常性の化身としての役割を与えられている。対比がはっきりするからであろう。一首目。ひとりごとのように嘆く妻。なぜそれほど文学に執するのであろうか。妻はあくまでも妻なのである。文学的野心をあえて理解しようとしない。妻にとっては、子どももいる、当然のこと、目の前の生活が大事なのである。

マンボはペレス・プラードというピアニストが流行らせた、キューバからやってきたダンス音楽。「憐れめど」と「苛立つ」の対比によって作品にしている。生活のレベルでいえば、決して文学が上位で、マンボが下位ではない。たしかに、「憐れめど」のなかには、そのようにさせてしまった自分への反省が存在する。しかし、一緒になってマンボを聴こうとはしない。そして、三首目のように、日常の怒りを一方的に転嫁されては、妻はたまらない。このような文学絶対論が、上田三四二世代には濃厚に存在する。結果的には、文学のためには何でも許されていい、といった気分につながる。

もちろん、家庭内において、自分の行為が家族の、とりわけ妻の犠牲のうえに成り立っていることは自覚している。作品によってそのことを示す。しかし、だからといって、決して自分の時間をゆずるわけではない。「四十而不惑」という論語のことばではないが、上田は『雉』のなかで自分の年齢にもこだわっている。

かかはりなき過去を過去とし嘆かむに「三十を越えし無名のフローベル」
妻を子を守《まも》りことなき十年と言葉は針のごとくに襲ふ

寒の卵はのみどをくだる泥《なづ》み来し三十代もひとつの息よ
われよりもつたなき生《い》きの幾人ありや同窓会名簿が送られて来ぬ
綿菓子を子は買ひて持つ手をひける父は戦《たたかひ》をすぎて来しもの
声がはりせし子の声に目覚めたり亡き十年《ととせ》経し父のまぼろし
四十二歳の夏来むとして頭注の細かき文字が読みにくくなりぬ

無名で、つたない生にすぎない自分。志を得ない自分。子どもをもってしまったわれが、慨嘆の対象である。「来し」「経し」という動詞も多い。作品自体は特別のものではない。実作に力をそそいでこなかったという自序は、おそらく謙遜ではなく事実に近い。
評価において、特別にスペースをとってまで論ずる作品ではないかもしれない。しかし、大事なことは、上田個人にとってみれば、こういう作品によって、生活が輪郭づけられ、このような作品によって生きることが可能になったということだ。作品によれば、その毎日は決して平穏ではない。何かが作者を騒がせる。それはどうも、過去の何かが関わっているらしい。

すごすごと起きいでて眠剤をまた恃むその原因をわれは知れども
争はず妻とあれよといふ母の折ふしの手紙をわれはおそるる
あやまたず来し半生よ危ふかりしをりをりに勇気なかりしのみに
出できたりわが靴をそろへくれし夜を追憶の源《みなもと》として今宵をり

なほながき半生を空想することあれど愛恋のことはすでにそこになし
おのづから酒のめぐりののちに来し和解といへば寂しみて寝ぬ
うすばかげろふ来てすがりをり蟻地獄たりし過去世も罪につながる
起ちあがり手を洗ひなむつづまりは空想はわれを幸福にせず
（『雉』）

これらの作品には、過去がどこかにひっかかっている感じがする。棘のように折に触れ噴出してくる。蟻地獄だった日々、だからこそ断念した。そんな風にも読める。作品が妙にリアルなのである。どんな事実があったかは、もちろん判然としない。しかし、妻に象徴される日常性に、完全には埋没できない作者のひりひりした感じが、淡々とした生活詠のなかに混じっていることに、読む方としては注目せざるを得ない。その鬱屈が、当時の上田の背景にある。

それだからこそ、先に馬場が指摘していたような、女性性にたいする憧れというか、聖なる肉体を視るような作品が、上田に生まれるのではないか。これらは妻の対角線上に位置する。

身体への視線

揺られゐる軀幹よりいたく精妙にその春服の胸揺れてをり
うつくしきものは匂ひをともなひて晴着のをとめ街上を過ぐ
うつしみは香をともなふと思ふときかなしきまでにちかし処女は

身に副へる春服をもて装へば内実にして人の形象はあり

最初の一首は「ほろび」という五首のなかの巻頭の一首、あとの三首は「街上」という十三首のなかからである。とりわけ、「ほろび」五首には、「姦淫を今日十たびせり沈鬱に街ゆけばマタイ伝第五章」「照明のかがやく地下の駅にたつわがゆかむ闇はほろびのごとし」といった、何か言いたげな、鬱々とした上田がいる。そういう関連で、最初の一首を読んだ方がよいだろう。誰しも、そこに女性の肉体への意識、そして男性の性を感じる。これについては上田の自注がある。

これは「車中にて」とでも詞書《ことばがき》をつけなければ理解されがたい一首で、また浅い嘱目《しよくもく》だけに終わっている。ただ、さきほどの歌（「姦淫を今日十たびせり沈鬱に街ゆけばマタイ伝第五章」）の、眼の放恣《ほうし》ということから言えば、ここにおける作者の眼は反省によって心に沈鬱を醸《かも》す以前の、素朴《そぼく》なよろこびを伝えているかもしれない。（「春泥《しゆんでい》――わが歌の秘密」、『短歌一生』所収）

さらにこうも言っている。

さてバスの中で、（中略）前に坐っている女人を見ていたとしよう。車の震動《しんどう》は一様に乗客を揺り上げ揺り下げるが、骨を感じさせない女の体は、一つの震動が軀幹《くかん》を貫くと、その余波が胸のあたりにたまって、小さく微妙な揺れを二、三度繰り返したのち、乳房《ちぶさ》の尖《さ》きから逃げてゆく。棒のような男の体が一度どしんと揺れるあいだに、女は幾度もの細かい余震《よしん》を、コートから自由になった春服の胸のあたりに溜《た》めてゆくのである。それを私は「精妙に」としか言いあらわすことができないで終わった。（同）

「春服」の歌はいかにも表層的だ。そこには歌う主体と対象との間に、好奇の、官能の嘱目的関係があるだけである。

たしかに表層的な性のあらわれかもしれない。しかし、表層的だからこそ、読み手に刺激をあたえることも可能なのではないか、とつい言いたくなるが、こういったものいいは、第一歌集のあとがき以来おなじみの傾向である。

自歌自注では、こと細かに女性の身体の観察を試みているが、読み手にとっては、そんな場面をあえて考えなくても、鑑賞は可能だ。そして、結句の「胸揺れてをり」が、つよく響いてくる。当然のことだ。そこに、より男性らしい視線を感じるからだ。すでに紹介した群像新人賞の「逆縁」においても、眼前の女性の身体、とりわけ乳房について、上田はくわしく描写していた。おそらく、女性の身体に対し、どこかあこがれというべき視線が存在するのだろう。エロスというほどに、官能的ではないかもしれない。しかし、その視線の内奥自体を、本人は自覚していた。だからこそ、車内の震動といった場面のなかに作品を置いて、自注しているのではないか。

四首目を読んでみよう。ここでは覆われているから、かえって身体性が透けてみえるといっている。俗にいえば、想像しているのだ。こういうと身もふたもないが、これは言い換えの妙である。

第四歌集『遊行』で話題になった一連「身体の領域」の先駆として、これらの作品は語られることが少なくない。「身体の領域」は、島田修二が「医師である作者の感覚」（「短歌」一九八七年七月号）といい、岡井が「エロスとタナトスの歌人」（「短歌研究」一九八九年三月号）という風に俎上にのせた連作である。以前に一部分引用しているが、念のためひいてみよう。

疾風を押しくるあゆみスカートを濡れたる布のごとくにまとふ
双肘《もろひぢ》を張りてみづからの乳を受く貢物《みつぎ》をささぐごときかたちに
腕《たむだ》抱ける女《ひと》の謐《しづ》けき後姿《うしろで》の坐すときは壺立つときは瓶《へい》
くびれたる胴もて区切る半身の寛らの白の横たはりたる
大腿《だいたい》のせつに寄るところ翳を置く身じろぐなかれ眠れるものは
正座してくるしきばかり肉あつき膝ありおもて伏せたき膝が
みづからの胸をのぞくとひく面《おも》のしばらくは括りたるごとき頤《おとがひ》

十八首のなかの冒頭七首である。素材的には共通しているが、『雉』の作品に較べ、こちらのほうがより形象的であり、構造的だ。だから視線が俗におちにくい。『雉』所収の作品の方が、男性の眼は「なま」である。「身体の領域」の大半は、絵画、それも日本画の裸体図（小林古径や上村松園など）を見ながら、短歌的スケッチを試みたものとも思えるほどだ。

そんな想像をしてみたくなったのは、ここには匂い、香りがまったく出てこないからである。上田が匂いの歌人であることは、以前に触れた。全歌集をひもといてみれば、匂い、香りがモチーフになった作品のいかに多いかを知る。それはおどろくべき数にのぼっている。

いうまでもなく、匂いは五感のなかでもっとも動物的な感覚である。逆にいえば視覚はもっとも近代的（メカニカル）である。嗅覚↓聴覚↓味覚↓触覚↓視覚という具合に、五感は生物の進化に応じて位置づけられている。つまり感覚として、嗅覚はもっとも原始的なのだ。

話が少しそれるが、嗅覚に関する古典をふくめた日本語のボキャブラリーは、世界のなかで非常に豊かなのだそうだ。だから匂いに関する言葉の翻訳が、とても困難だとも聞いたことがある。たしかに「饐《す》えた匂い」とか「馥郁《ふくいく》」「熟柿《じゅくし》の臭い」とかいった微妙なニュアンスをもつことばを、外国語に移し変えるのはむずかしいだろう。

上田三四二についていえば、おそらく匂いは生（性）と密接に繋がっていたのではないか。日常詠に匂い、香りといった単語が多くはりつくのは、そこに生きているという感覚が濃厚な場合なのである。上田にとって匂いは、自然そのものだった。逆にいえば、匂いを消す時は、描写（視覚）に徹しようという意志、あるいは造型しようという思いが、つよく働いているときなのである。

「身体の領域」をふくむ『遊行』については、いずれまた論じたいが、先にあげた「疾風」などの四首はその意味で、素顔が無防備に出てしまった作品だといえるだろう。だからこそ自歌自注を添えたくなったのではないだろうか。それに較べ、「身体の領域」は自覚的な作品だ。そういった不用意な側面がない。きっちりと描写されている、逆にいうならば、描写しようと意識している。

上田の全歌業を振り返ってみたときに、『黙契』『雉』の二歌集には、若書きという印象をどうしても拭えない。自然発生的に歌に惹かれ、その集積を歌集にした、というレベルにいまだ留まっている感がある。おそらく、当時は短歌よりも批評の方が、上田には重かったにちがいない。また歌壇も、上田をそう見ていたはずだ。事実、作品発表は、一九六一（昭和三十六）年、「短歌研究」二月号の十五首、一九六三（昭和三十八）年、同じく「短歌研究」五月号の十四首だけである。ところが、評論、時評、エッセイの類は「短歌」や「短歌研究」に、毎月のように発表されている。この落差。おそらくその頃からであろう、自覚的に歌人たらんとしたのは。

そのプロセスのなかで、四十三歳の上田を病魔が襲ったのである。

「夫の文学」から「父親の文学」へ

初期上田と後期上田を、病を契機にした大転換と考えると、たしかに分かりはよい。しかし、病だけにその理由を求めていいのだろうか。上田の文学観の内側に、徐々に変化が起こりつつあったことも、見逃してはならないのではないか。

「斎藤茂吉論」で群像新人賞（評論部門）を受賞したことはすでに記した。その後、大岡昇平と三島由紀夫を扱った、「純粋小説論補遺」というサブタイトルをもつ「小説の可能性」という評論を、「群像」に発表したことも既述した。「逆縁」という上田の小説が三島由紀夫ばりだという、中村光夫ら選考委員の発言も紹介した。たしかにアフォリズムにみち、すみずみまで彫琢された上田の文体は、どこか三島を思い起こさせるものがあった。ところがおもしろいことに、このあたりから、上田のなかで三島への関心が沈んでゆく。逆に浮上するのが、庄野潤三の世界なのである。短歌の実作に重心を置いてゆこうという意思と、こういった庄野への傾倒は、どこか内的に関係するような気がするが、どうだろうか。

亀井勝一郎賞を受賞した『眩暈を鎮めるもの』という評論集がある。上田の評論集のなかで、いわゆる現代文学をあつかった唯一のものである。十八篇の文章が収められているが、そのなかで分量的に多いのが、庄野潤三であり、三島由紀夫である。前者は共感を前提にした全面的な肯定、後者はその人工である点において、はっきりとした否定論である。その対比はくっきりしている。

庄野論は三篇あるが、時期的にいちばん早いのが、「家庭の危機と幸福」で、「群像」一九六六年七月号に発表された。注意したいのは日付である。その年の五月より結腸癌の手術のために、入院していた事実を忘れてはならない。ということは、この文章はおそらく発病以前に書かれていたのであろう。何が言いたいのかといえば、庄野への関心は、手術以前からのものであるということだ。

家庭の危機というものは、台所の天窓にへばりついている守宮《やもり》のようなものだ。

それは何時からということなしに、そこにいる。その姿は不吉で油断がならない。しかし、それは恰《あたか》も家屋の内部の調度品の一つであるかの如くそこにいるので、つい人々はその存在に馴れてしまう。それに、誰だってイヤなものは見ないでいようとするものだ。

（庄野潤三「舞踏」）

上田は、このエピグラムめいた書き出しが、初期庄野の文学主題だといって引用している（「硝子戸に透けてのみどの息づける守宮《やもり》とわれとひとりの夜ぞ」という『雉』所収の昭和三十四年の作品は、庄野のこの書き出しに触発されたのではないだろうか）。つまり「ぞっとするような生活の割目」をのぞくような、壊れやすさ、もろさ。庄野の「舞踏」という小説には、夫の、若い少女に向ける愛によって妻が苦しむシチュエーションが提出されている。家庭とはそういうものの上に成り立っているというのだ。私たちも、名作「プールサイド小景」を思い出すだけで、そのことは容易に理解されるだろうという。

だが、一方、こういった指摘はどこか、第一歌集『黙契』のあの連作「堆き情緒」を思い出させないだろうか。上田が庄野に惹かれているのは、自分の状況を重ねていたからではないか。やや想像がたくましすぎるかもしれないが、それほど間違っているとは思えない。

すでに引用した、「あやまたず来し半生よ危ふかりしをりをりに勇気なかりしのみに」「出できたりわが靴をそろへくれし夜を追憶の源《みなもと》として今宵をり」「なほながき半生を空想することあれど愛恋のことはすでにそこになし」を思い出してほしい。かなり暗示的ではないか。

そのうちに、庄野作品は変わらざるをえなくなる。時間が介在し（親の死）、「夫の文学」から「父親の文学」に推移していった。いや推移せざるを得なくなる。

庄野は、死をとおしてそこに血の連帯を見、その上に、一種の諦念《ていねん》――むしろ安心を得た趣きがある。死のイメージは、実は種《しゅ》のイメージだったのであり、流行の考え方を借りれば、彼は

「家庭」のなかに、「家」の観念を持ち込んだのである。確かに子が「家庭」において持つ力の大きさは、それが、いくばくか「家」の側に荷担する存在であるためにちがいない。

（「庄野潤三論」、『眩暈を鎮めるもの』所収）

上田の年齢意識をそこに見ることも可能であろう。『雉』には肉親を歌い、思い出している作品が多い。つまり上田のなかで何かが変化しつつあったのである。

思ひ出でて父の一生《ひとよ》もさびしかりきわれに叱られし記憶さへなく
涙ながれてゐたりしかども追憶のなかに生きたれば母生く
年々の嘆きはすぎてつづまりに母には観せえざりし顔見世
幸うすきひと世ながらにわがうちに生きて年々《としどし》に重《おも》りゆく母
子は三つの誕生日すぎたちまちに母に四年《よとせ》の忌のちかづきぬ
七年の忌はすぎゆきて年々に写真の母は若くなり給ふ

しみじみとした回想詠である。母の死が影響しているのだろう。こういうものが上田のなかで重くなっていることがよく分かる。「思い出」「折ふし」「追憶」「年々」といった共通するイメージが、作品を包んでいる。それらをパターンといえば、否定しがたいところがある。作品として突出しているかといえば、それもなかなか頷けないだろう。しかし、上田の変化はこういうところから始まっていた。

媒介としての庄野潤三

庄野論に戻る。

「静物」「ザボンの花」「夕べの雲」という中期作品をとりあげながら、上田はこんなふうにいう。どこにも理想的な日常というものはない。しかし、子どもを中心とする家庭生活のなかに、折ふし、至福とも名づけたいような瞬間を、作者は味わったのではないか、と。その瞬間に「作者」は手を合わせた。それは祈るのではなく、その透明な上澄みをすくいとるためである。そして、すくいとるとき、底の濁りを見ないでおこうとする強い意志が、庄野にははっきり認められるというのである。

この時点で、小説史上ほとんど比類のない家庭小説――家庭内小説が生まれたと、上田はつよく主張する。庄野論は、歌人上田三四二の大病以後の道筋を明確に指し示している。

人生はかりそめであり、幸福もまた仮象であることは間違いない。そういう認識を、当然、庄野も持っている。しかし、決して表立てることをしない。むしろ認識を外側にあずけ、無心を目指したのではないか。つまり幸福を追求するよりも、幸福感そのものに身を任せようとしたというのである。ではその幸福感とは何か。それは自然と同化することであった。そして、庄野のこんな発言を、上田は満腔の共感をもって書き留める。

ぼくはむしろ、大ざっぱに自然も人間のうち、人間も自然のうちというような気持でいるんです。

（「文学界」一九六六年四月号）

中期以後の庄野の小説は、考えてみると不思議なスタイルである。筋書きがなく、季節の推移をともにする歳時記的な手法といってよいだろう。日記にも近い。そのスタイルが倦むことなく続いている。これは近代のもった小説概念を否定するものではないだろうか。小説は作りものであるという常識を捨て、断片にこもる真実を描き、一切の劇的要因を排除しようとする。庄野にとって長編小説は、たんなる長い小説でしかない。登場人物の大半は家族である。それが四季おりおりにいりまじって行動する。そして、それを丹念に書き綴るといった類の小説である。いつも淡々としている。どこが読者の心をうつのだろうか。おそらく魅力の根底にあるのは、描写なのだ。そこに、よく見る目、よく聞く耳、よく感じる心が必要なことはいうまでもない。上田はこう言う。

庄野は、目の人、耳の人というよりも心の人といった気味がつよいが、その心に感じとったことが、表現において生きるためには、断片は何よりも先ず正確な「物」として提示されねばならない。ここから庄野によく見ようとする努力、よく聞こうとする努力が生じ、総じてそれらは、記録への徹底した関心となって彼のうちに持続する。

（「庄野潤三論」、『眩暈を鎮めるもの』所収）

第三歌集以後の上田の方向は、庄野の足取りを追っているようなところがある。小説とはつくりものではなく、人生の断片だとする小説観は、そのまま上田の短歌観に直結している。人間との和解、自然との調和という自在な境地を、意志つよく文学に求めていると、上田は庄野を規定する。これもまた、上田の歌境にかぎりなく接近している。おそらく上田は、庄野を借りて、みずからの文学観を語ることができたと思ったにちがいない。そして、最後にこう言う。

いやなことを見ず、いやなことを書かない小説家庄野を、反時代的な微温作家として批判することは容易なことであろう。ただそう批判するためには、人は、あるむなしさの上にしっかりと背をのばして生きる彼の生き方が、如何に強い意志を要するものであるかを、その単純で無駄のない文章から読みとるという鑑賞の第一歩を、捨ててかからねばならぬ。（同）

これもまた、上田について言われていることと似ている。第二の庄野論は、「紺野機業場」と長塚節「土」を比較しながら考察の刃を入れた「リアリズムと現代」で、四〇〇字詰め十枚程度の小論である。そこで庄野と対蹠的に登場するのが三島由紀夫なのである。三島の文学についてはこんなことをいう。

三島の小説は、言葉の観念性を最大に生かし垂直に聳立《しょうりつ》するが、同時に、現実から具体的なものを借りてこざるをえない。現実は、あくまで観念の奉仕者にすぎず、物語に真実らしさを与える手段になってしまう。このことは、同評論集に収録されている二本の三島論（「作家と現実」「文体と肉体」）の要諦でもある。

上田の三島論は、やや晦渋で解きほぐしにくいところがあるが、要するに、三島の場合、言葉に先だって存在するはずの現実がないというのだ。「唯言語者にして無肉体者、そして言葉・感受性・想像力における化けものであり、肉体・現実・行為における小人《こびと》であるという運《めぐ》りあわせ——三島氏の文学はここから出発している。正しくは、その自覚から出発し、自己改造の試みによってそれを陶冶《とうや》したと言うべきであろう」（「三島由紀夫論」、『眩暈を鎮めるもの』所収）と断言する。かなりはげしい口ぶりである（すでに見てきた塚本邦雄論を思い起こさせる）。

現実に戻れない。だから天上に飛翔する以外に道はない。三島の場合、死のイデーとカタストロフを目指さざるをえなくなる（三島が防衛庁に乱入し、割腹自殺する以前の文章である）。

これに反して、庄野は現実の事物と一対一の対応をなし、現実の質量を持つように言葉を使用する。だから、決して三島のように飛翔しない。むしろ重力にしたがって横たわっている。マストのように船を導きはしないが、「底荷」のように転覆を防ぎ、やみくもの船足を弱めるにしくはないという。講談社学術文庫版の解説で、高野公彦も指摘しているが、のちに名言として結晶する短歌底荷論の初出である。庄野論が上田三四二の短歌を導いているのは、こういうところからも想像できるだろう。

庄野論はもうひとつある。「輪郭について」という文章である。庄野は輪郭を大事にしているという。では、庄野にとって輪郭とは何か。

それはまずもって、「限定」であると思う。庄野潤三は、経験の範囲に彼の文学を限定している。いわば実見と実感の文学である。彼の視野は、望遠鏡の果てに拡がる宇宙空間とか、顕微鏡の指嗾《しそう》する極微の世界とか、そういう想像空間に及ぶことはない。彼は裸眼において明視し、目の高さにおいて遠望し、その遠近法は、歩行の感覚に背馳しない。また彼の心理は、激情にも、狂気にも、ないしはふかい憂愁にも——要するにドラマの属性とは無縁のところで、「あはれとおかしみ」の爽やかな並行を維持している。(中略)世界観・思考・感情の全般にわたって、庄野潤三は、眼で見、手で触れ、心に感じることのほかを、意志して彼の文学から排除しようとしているのである。

(「輪郭について」、『眩暈を鎮めるもの』所収)

空間における「限定」は、「時間」における「不変」であり、「持続」でもある。これが庄野の文学の根底をかたちづくっているというのだ。このように引用していると、どこか発想が類似した短歌論に気づくだろう。遠くに佐藤佐太郎の純粋短歌論(佐藤佐太郎が提唱した作歌理念。抒情詩としての短歌は、時代性や社会性よりも、語のひびきやニュアンスが第一義的に大切だと主張する。五句を単位とした一首連続の声調であり、短歌特有の格調を持たなければならないという)が見えてくる。上田の、短歌における佐太郎への傾倒はこんなところから始まっているのかもしれないと、つい思ってしまうのである。

庄野の限定とは、不快なもの、醜いもの、正視に耐えないものを遮断する意志でもある。つまり、あえて見ないというところに、自己の文学を据えている。よく見える眼、よく感じる心を持っているが、それを選択と排除をもって律しようとするというのだ。

「リアリズムと現代」という第二・庄野論と、「作家と現実」という三島論が一九六九（昭和四十四）年、「文体と肉体」という第二・三島論が一九七一（昭和四十六）年、「輪郭について」という第三・庄野論は一九七二（昭和四十七）年に発表されている。大手術のあとの数年間の仕事である。おそらく庄野と三島は、上田のなかでセットなのだろう。つねに庄野に同感し、そのまま返す刀で三島を裁断するからである。そこには手術後の感慨も働いている、と見るのが自然である。

自然の回復

一九七〇（昭和四十五）年にも、「現代作家は何を考えているか」を「群像」に発表しているが、それはまさにいま言ったことを、そのまま実践しているような評論だ。

上田は、庄野と三島の間に安部公房をはさみ、見取り図を描こうとする。安部などが典型的に描く世界は、自然が希薄になり、「私」が曖昧になり、現実が漂うような風景でしかない。つまり、登場人物すべてが「根」を喪っている。目の前には繁栄がある。しかし、幻想かもしれない。安部はむしろそこに力点をおき、小説を構成しようとする。大方の作家は根の喪失の痛みを感じている。しかし、あえて安部は、根など要らない、むしろ根を問わない生き方を先取りすべきだという。そのことは何を意味するのか。風土やふるさとからだけでなく、民族や国家から切り離されて、空白で抽象的な存在に、人間がなったということなのである。孤独で、すべてから切り離された個人。

それこそ群衆というほかない存在である。時代はその方向に、なだれこむように進んでゆく。群衆化した社会の特徴は、幻想によって、言いかえれば虚像によって操作されるところにある。私が、安部公房の指さす方向の、収斂《しゅうれん》してゆく先を三島由紀夫のうちに見出すのも、三島のもつ幻想の体系のなかに、こういう大衆操作を可能にする破滅への幻惑と、死の陶酔の渦巻いていることを思うからだ。

（「現代作家は何を考えているか」、『眩暈を鎮めるもの』所収）

上田はこのように言い、安部を推し進めると、三島にいたるという。そして、カトリックの聖職者で、古生物学者、二十世紀の思想家であるT・シャルダンなどを援軍に加えながら、こんな風にやや強引に、自分の方向を定位する。

未来を信ずることのできない私に、進路はない。私には退路があるばかりだが、加速度のついた現代という時代は、進むより、退くことにより大きな力を必要とする。その力が、いわば私の世直しの意識だと、口ごもりながら私は言おうと思うが、退いて、さてそこから出直そうとするものが、自然の回復だというとき、私の口ごもりは一層大きくなるだろう。

（同）

結論的にいえば、安部でもなく、もちろん三島でもなく、庄野―T・シャルダンといった方向に身をおく。つまり有機的な自然の回復を願うのだ。どんなに錯誤であろうと、また、自然の中に根を求める発想が、農耕社会発生以後の歴史的な思いにすぎなくとも、こういった汎神論的感情の回復にしか、自分の慰藉を見出すことができないというのである。これは文学評論というより（もちろん、個々の作家の内側まで鋭利に分析されているが）、何か自分の祈りを、現代小説に託して語っているような印象が強い。

一九七二年には、「自律神経失調症の病名により、乞うて一月より休職。隠遁的気分のうちに月を送る」。年譜に記載されている事実である。手術からの回復はそう簡単ではなかった。有機的自然の回復という、評論「現代作家は何を考えているか」の結語は、おそらく上田を古典に向かわしめる源泉となった。一九六七、六九年に良寛を、七二年に西行を、「短歌」に掲載している（その最初の試行として、一九六六年に実朝が発表されている）。そういった姿勢が、一九七六年の『俗と無常』という、「徒然草」の発見にまでつながるのである。このプロセスは、庄野を媒介にした古典発見といっても、間違いではない。

上田の短歌も変わっていった。自然に身を任せようという覚悟が、変化させたのであろう。それだけでなく、評論から実作に比重をかけはじめた。端的な例は、吉野行など次々と実行される旅行である。もちろん身体のため、こころの慰藉のための旅であっただろうが、それだけではない。むしろ、作品をつくろうという積極的な意志のあらわれといった方がよいだろう。

何度も引用した上田三四二追悼座談会「歌界と文壇をつないだ業績」（岡井隆、馬場あき子、篠弘出席。「短歌研究」一九八九年五月号）にも、その上田の志向について、少し揶揄めいたものいいで語られている。篠が、上田がある公開講座の司会をさぼって、北海道の流氷を見に行ったエピソードを紹介すると、岡井がこんな風に続ける。

岡井　吉野山でもそうなんだ。吉野山だって本当に歌つくりに行ってるんだもん。何にも他に目的ないんだもん。

篠　昔のアララギの歌人たちがやった実体験の発見に触れることの何かを求めてるところがありましたね。

岡井　花の咲く少し前から行って、咲き始めるときまで一週間ぐらい、一生懸命見て、ノートにとって歌をつくる。

馬場　先人との精神の深い重なりだと信じていたところがある。

岡井　それこそ「花月西行」ですよ。僕らだったら照れちゃう。

他の仕事にかこつけてゆくのではなく、純粋に文学のためにでかける上田の態度にあきれてもいるし、そこには何となく、聖地にお参りする「行《ぎょう》」的要素というようなものがある、とも指摘されている。だからこそ浮世ばなれしていると、岡井たちはいうのだ。たしかに現代であれば、岡井たちの発言に同意する人が多いだろう。しかし、上田は断固たる姿勢を貫く。上方文化や、個人の性格に起因するという意見は、いままで見てきた上田の内面の推移を思うと、ずれているように感じる。上田の選択であり、譲らなかった、譲れない意志であったと思う。どんなに冷やかされても、あきれられても、命を拾ったということからくる文学的覚悟であった。

自然という胎内

自然への没頭と古典発見はセットなのだろう。自然への回帰を示しているもの以外、たぶん、上田にとって古典とはいえない。

先にあげた実朝、西行、良寛、あるいは兼好、明恵、道元、芭蕉。上田が、くりかえしくりかえし語る対象である。彼らは、みな現在から逸脱しようという意志の持ち主であった。簡単にいえば、隠遁志向の強い人間である。

上田にとって藤原定家は論ずる対象ではなかった。日蓮も親鸞も、上田にとって古典にはならなかった。もちろん紫式部も清少納言も関心の外にある。また西鶴、近松を俎上にのせたことはないだろう。万葉集もあまり論じられたことはない。つまり上田は、いわゆる一般的な古典愛好家なのではない。きわめて限定された対象にしか関心を持っていない。

「無為について」という文章を紹介したことを記憶しておられるだろうか。人家に遠い一軒家の海に向かう洋室に、無為徒食の自分が一人住む空想を、上田は若いときから持っていた。現実嫌悪とでもいうべき性向は、若いときから胚胎していたが、大病後、それが一気に噴出したのである。手術後の一九六八（昭和四十三）年、「批評」に発表された「自然と無常」という長文のエッセイがある（『西行・実朝・良寛』所収）。

小林秀雄、亀井勝一郎、唐木順三などによって語られてきた「無常観・無常感」を、上田らしく博捜・整理しながら、まず次のようにいう。

私は、隠遁は、こういう謂わば反人間的な現実に対する、人間性回復の批評的行為であったと思う。言いかえればそれは、「万一」のこととなってしまった自然を、もとの「自然」に返す行為であったと思う。隠遁は世に背くという無常的行為をもって、死臭にみちた世間の無常を截ることであり、截られた世界の無常の向うに、人間における人間らしさ、というよりむしろ人間における自然らしさ、その人間らしさの本源としての自然性を回復するところにあった。

隠者は世間を捨てて、自然に回帰する。あたかもそれは生を否定するかのように見えるが、じつはそうではないという。むしろ生きることへの積極性のあらわれだと位置づけるのである。

誰しもそうであろうが、生涯には何度かの転換期がある。かえりみると上田は、かならずその転換をみずからに納得させるかのような文章を書いてきた。すでに詳述した「詩的思考の方法」は、その一例であった。幅広く文献を渉猟し、自分の思索を重ね合わせ、確かめ確かめ、みずからのそれ以後の行動の指針にしようとする姿勢。そこで自分としての納得や確信が生まれてはじめて、断言や思いきった価値評価が下される。まさに上田は、一度腰をおとし、力をためる。「自然と無常」も、そういう文章であったような気がしてならない。

主題は西行と芭蕉なのであるが、上田らしいのは、リルケがその補助線として登場することだ。鳥や虫はなぜあれほど素直に歌うことができるのだろうか、という問いがある。鳥や虫は、人間が母胎のなかで育まれる過程を、野外のうちに過ごす。彼らはそこで孵るのである。だから、鳥や虫が自然のなかにあることは、人間が母胎のなかにいるのと同じことだという。つまり胎内で歌っているのである。まさに自然は、鳥や虫にとって母胎なのだ。だから素直に歌えるのである。

こういったリルケの考えを、西行や芭蕉にあてはめる。隠遁することによって、自然（胎内）に包まれるという実感が生まれる。西行の辞世といわれる「願はくは花の下にて春死なむそのきさらぎの望月のころ」などは、そういう気持ちに満ちていると説く。世間から脱落することによって眼前に拡がった自然、それと合一することによる美的安心を、西行は獲得できたというのだ。しかし、時代を下った芭蕉はもう少し複雑である。江戸期の世俗的で無事泰平の世に、なぜ芭蕉は隠居と旅による自然回帰を志したのだろうか。

芭蕉は歌う鳥、すだく虫といった純粋自然を志向していないという。むしろ、そういう素朴さに加担するのではなく、人間の構築してきた過去の文化（中国、日本を問わない）への自覚や信頼があり、それを経由して自然に到達しようとしているのではないか。つまり西行の時代よりも、時間的・空間的に自然の概念はずっと拡大している。しかし、芭蕉も、隠遁し、旅に出なければ、「夏草や兵どもが夢の跡」と同居できなかった。すなわち、そこで初めて素直に歌うことが可能になったというのである。

この評論の特異な点は、こういって西行、芭蕉を位置づけたあと、唐突に庄野潤三が扱われることだ。上田にとって、このころ庄野の存在がいかに大きかったかをうかがわせる。

そこでもまた、「ぼくはむしろ、大ざっぱに自然も人間のうち、人間も自然のうちというような気持でいるんです」という庄野の言葉を引用している（他の文章のなかにも引いているところを見ると、上田はよほどこのコメントに共感したのだろう）。一方で、現代の自然は、西行の時代が持っていた母胎のような力強さも、芭蕉が恃んだ風雅の種のような生命感もない、人間と同じ、脆く、はかない、根のない、無力なものになってしまった。自然が自然でなくなっている。

自然への回帰を希みながら、自然という根を奪われた庄野氏の無常感は、おのずから虚無的なものに近づかざるを得ないだろう。それは虚無主義というような積極的な虚無へののめり込みではない。ただ、生の帰結するところが無であるということを、ありのままに受取ろうとする平常心の上に立った虚無感なのである。

庄野氏の小説には、しばしば死が語られる。死は恐ろしい。しかし死者の思い出はなつかしい。庄野氏は、死を絶対の無と心得、その絶対の無を前方に見つめながら、無に向って流れてゆく時間の中を、もがくことなく流されて行こうとしている。如何にも自然な形で。（同）

特に後半部が、何か自分にいいきかせている文章のように感じられる。手術後のこころのざわめきを、このように文字に記すことで、一所懸命宥めているようにも見える。

庄野を通し、西行や芭蕉を通し、上田は生きようとした。自分の生を方向づけようとした。それが正しいとか、意味があるとかで選択したのではない。生の不安のため、いたたまれなく、揺れ続ける自分を、どこか大木にでも縛りつけられないか。どこかにあるはずの確信を、模索するような作業だったのではないだろうか。

西行、芭蕉、庄野を通した上田の論理は、いま読んでみると、やや形式的かもしれない。それは上田自身が感じるところでもあったのだろう。『西行・実朝・良寛』を刊行後、ふたたび最晩年、西行、良寛、明恵、道元（『この世　この生』）に再挑戦するのは、そういうことの自覚によるものだったような気がする。

短歌への沈潜

話を戻せば、このように、庄野潤三、自然への回帰、古典の発見といった三点セットのなかで、上田三四二の短歌への沈潜がはじまってゆくのである。

いままでと異なり、第三歌集『湧井』以後、自然詠に力が注がれるのは、上田の意識的行動だったのだろう。だからその自然詠も、単にそこに自然があるからといった単純なものではない。

自然詠に向かうのは、上田の意識のなかではきわめて方法的なのである。誤解を恐れずにいえば、自身のなかに自然を造型してゆくようなところが、少なからずあったのではないか。いいかえれば、喪ってしまった胎内をもう一度作り直すような試みである。自然としての人工胎内。きわめて顚倒したものいいかもしれないが、上田の自然詠を考える時、そんな思いに駆られるところがある。なぜかといえば、自分の生の危機をなんとかして凌ぎたいという、実践的に選択された道だからである。

先回りしていえば、佐藤佐太郎にひかれるのも、それと無関係ではないだろう。佐太郎の自然もきわめて人工的である。西行などがもっていた自然ではない。人間を包み込み、やさしくなぐさめ、許してくれるような存在ではない。むしろ、自分の反映としての自然であろう。佐太郎の作品は自己内対話のようなところがある。そこからは、具体的な自然はまったく見えてこない。むしろ、作者の寒々しい内面が、より透き通って見えてくるようだ。自然はまるで鏡のように、作者を映し出すだけだ。しかし、にもかかわらず、それも現代の自然にはちがいない。

上田は佐太郎よりも、どうしても浪漫に傾く。西行のように自然との美的合一を願うところがある。包まれたいという思いが濃厚である。佐太郎の側からいわせれば、それは過剰であり、余分な夾雑物でしかない。その差異はあるが、上田が佐太郎に接近するのは、そういった自己内対話の対象としての自然が、そこに見えるからであろう。

先の岡井らの座談会にもあったが、上田は作品を制作するために、あえて自然を捜し求めていたところも少なくなかった。流氷がきたといわれたら、約束事を放棄してまでもそこに行こうとする。先に述べたように、吉野山に旅し、「花信」という一連の作品をまとめた（『湧井』所収）。それについて、「花の咲く前から行って、咲き始めるときまで一週間ぐらい、一生懸命見て、ノートにとって歌をつくる」と岡井は皮肉っぽくいう。実際は「花にやや遅きころ、ゆきて留まること四日」という詞書があるから、おもしろく言いすぎているところがないとはいえないが。

一九六九年四月に旅をしているが、「短歌」に発表されたのは翌年の五月号であるから、たしかに短歌を作るため吉野に行っていることには変わりない。西行や芭蕉に倣い、上田はこのように忠実に実行するのである。そういう純粋さは、現代においてはやや過激な、奇矯な行為に見られがちである。しかし上田は、そこは譲らない。どんなに奇矯な行為といわれようとも、自然を求めて憑かれたように行動するのである。作品を見てみよう。

なまぬるき風に落花の地にうごく春をたのしとかつておもはず
しづかなる狭間をとほりゆくときにわが踏むはみな桜の花ぞ
夕闇のおりゐる谷はひとつ家の元湯がありて花にこもれる
岩むろの鉄《かね》さびしたる底つ湯にうつしみは病むこころを涵《ひた》す
「有山無事処《やまありてことなきところ》」かへるなき嘆きは古りし額に眠らん
百鳥《ももどり》の音《ね》に目ざめつつうぐひすのまぢかきこゑはしきりに歌ふ
盛りすぎつつはざまはなだるる花あかりにてうつしみは苦を忘るべし
散るはなは静《しづか》が髪にちりにしを吉水院の石階《せつかい》くだる
さびしさに耐へつつわれの来しゆゑに満山明るこの花ふぶき
あくがれは何にかよはんのぼりきて上千本の花の期《とき》にあふ
吉野山さくらのしたに咲く胡蝶花の白きあはれもみて登るなり
中千本上千本の花のふぶきひとつまぼろしを伴ひゆけば
ちる花はかずかぎりなしことごとく光をひきて谷にゆくかも
満山の花ぞさびしき矢倉すぎなほゆけば水分《みくまり》の社が見えつ

連作二十八首中の前半部十四首を抽出してみた。

じつに丁寧に描写している。恣意的な視線を投げかけていない。視野に入ってくるものを、ゆっくりと掬いあげてゆく。穏やかな調子。見立てとか、自然をこちら側にひきよせようという強い姿勢は、微塵も感じられない。ことばの使い方にも奇異なところがない。

先に述べた自然に包摂されたいという気分は、作品を読んでゆくこちらにも伝わってくる。六首目の百鳥の歌をみてみよう。たくさんの鳥の声に眼が覚める。そのなかで、うぐいすの声が間近に聞こえるというのである。平凡な景かもしれないが、一方、至福の時間でもあるだろう。自然という「胎内」に目ざめた実感が、上田に訪れたのかもしれない。

そうすると七首目が自然に浮かんでくる。「うつしみは苦を忘るべし」。この結句はまるで神の声のようではないか。眼前の花は盛りを過ぎつつある。そういう花あかりのなかに包まれている自分。西行の「願はくは花の下にて春死なむそのきさらぎの望月のころ」という辞世が、おそらく脳裏に浮かんだのであろう。

素直にみずからを自然の懐へ差し出している人物が、ここに見えてくる。吉水院に九郎判官は潜居していたという伝説を踏まえた八首目。義経と吉野で別れた静御前が思い出される。

こういった一連には、個性をそれほど感じない。モチーフがはっきりあるわけではない。特異な見方や発見ではなく、全体が温和でバランスがとれている。穏やかで暖かい。

気分は悪くないが、前衛短歌をくぐった私たちには、平凡かなといった感じも禁じえない。鋭敏なる鑑賞家の上田に、そのことが分からないはずがない。しかし、上田はあえて選んでいる。庄野を選択したように、自然をこのように見たいのである。余計な見方、過剰な意思を、おそらく自覚的に投げ込まないようにしているのである。

最後から二首目はよく知られている。現代短歌のなかの愛唱歌であり、上田の代表歌のひとつである。しかしこの一首も、連作の流れのなかで読んだ方がいいのかもしれない。結句の「かも」の使い方など、むしろ古風な作りである。ドラマティックすぎる鑑賞は、上田の本意にはずれるのではないか。

歌人としての再出発

歌集『湧井』で、上田は第九回迢空賞を受賞する。一九七五（昭和五十）年のことである。選考委員であった山本健吉の受賞記念講演「日本人の自然観」が、「短歌」（一九七五年八月号）に載っている。そこで山本は、こんなことをいっている。

人間は鳥のように卵から生まれることはできない。あるいは蝶々や蚕なんかのように生まれることはできない。（中略）卵や繭から生まれる蝶や虫なんかは、母の胎内から生まれる人間と違った自然観を持っている。それはどういうことかというと、自然がその広がりのすべてにおいて母の胎内にほかならないということなんですね。人間はその母の胎内とスキンシップな関係があるわけでしょう。ところが鳥や虫は母胎でなく卵から生まれますので、自然そのものが母の胎内のようなもの、自然そのものがスキンシップな関係で、鳥や虫という存在と繋がっているのだ。こういう考え方だと思う。

そして、折口信夫の「真床覆衾《まとこおうふすま》」につなげ、上田の自然観に内在している再生の喜び、復活の喜びを高く評価する。慰めのある、懐かしい世界を願い、それを読者に与える文学として、上田三四二の『湧井』の受賞を祝っている。上田に対する推挽はこれ以後、山本が亡くなるまで続く。九年にわたる作品、八四四首を収めた大冊を、上田は満を持して上梓した。そこに、評論家でもなく、短歌史家でもなく、歌人として再出発しようという意気込みがあらわれている。ここで、『湧井』に足をとめて考えておこう。

すでに詳述した発病時の作品「五月二十一日以後」三十首のほか、大病に関連した「入院前後」十五首、「過去」八首を除くと、全体にきわめて静謐で、淡々とした嘱目詠（目にふれた事象を即興的にとらえて歌う作品）で構成されている。いままでの、家族を中心にした日常詠よりも、視線が外部、というより季節の推移、自然の変化に意識して向けられている。それはかなり意志的のようだ。しかもその一貫性は驚くべきものがあり、そこには歌集をどのように提出するかという考えが、いままでよりずっと強く存在するように思える。

歌集には、前年に発表された「たまものとしての四十代」（「短歌」一九七四年十一月号）という長文エッセイが挟まれていた。すでにその一部は紹介したが、くりかえすなら、佐渡より帰って検査した結果、横行結腸に「著しい狭窄」があり、手術することになったみずからの衝撃をつづった体験的なエッセイである。さらに手術時の記憶、その後の心境が、自作をはさみながら語られている。入稿しただけでいまだ刊行されない時期に、作者が近く刊行される歌集についての文章を発表する。あまり例のないことであろう。しかも、それを歌集のしおりとして挟み込む。それもきわめて例外的なあり方だ。果たしてそういう事例が過去にあったのか、寡聞にして私は知らない。「たまものとしての四十代」は、みずから語った『湧井』の背景論でもあり、さらにそこには自歌自注の様相もあった。そのなかに、山本健吉が共鳴した自然観も、たっぷりと語られている。そういうものがあれば、読み手はどうしてもその範疇で歌集を読んでしまう。いや、読まざるをえない。それは当然であろう。

『湧井』は「たまものとしての四十代」という磁場のなかで読むようにという、作者の「強制・装置」がある。読者は、大病・手術そしてその後という、背景にひきずられてゆく。他者が介入できない強力な磁場だけに、そういう「読み」にならざるをえない。

短歌は、個人的な体験が色濃く反映する詩型である。ある時間を経過した作品を集め、パッケージした歌集には、よけい、そういう背景が滲むところがある。作者を離れた読みは、実際は不可能かもしれない。「五月二十一日以後」などの、重大な「事件」を扱った作品群がはじめの方に据えられるだけでも、読み手は影響をうけるのに、さらに、それに関連した四〇〇字詰め三十枚近い文章が歌集に添えられることによって、個々の作品への言及よりも、手術後の身体や精神状態、あるいは作者の再生といった私小説的問題の方に、どうしても読者の関心や鑑賞の針は傾いてしまう。

つまり緻密な、個別の作品鑑賞が、どこか封じられてしまうところがないとはいえない。

「いつくしむ心」という佐佐木幸綱の『湧井』論がある（「短歌」一九八七年七月号）。「告げられて顔より汗の噴きいづとおもふそれより動悸してをり」「たすからぬ病と知りしひと夜経てわれよりも妻の十年《ととせ》老いたり」といった作品を挙げ、次のように述べている。

> 一般的に言って、体験の質と作品の質とが直接関連するわけではないが、上田三四二はそのことを重々承知の上で、このきびしい体験を作歌の局面で積極的に参与せしめたのであった。私小説的な読みを、読者にあえて誘うような詠風。さらには、「教科書にはなき幸運の除外例あるいは良性のものかも知れぬ」。たとえばこういう、これだけ取り出したのではほとんど意味がわからない、連作の中に置いてはじめて意味と光とを持つ歌も大胆に採用して、体験と作品を重ね合わせようと試みたのであった。そこに新しい上田三四二の歌の世界が開けた。

佐佐木はそう述べたあとで、「では、この期の作品の特色は何か、とあらためて問うてみる。端的に言って、いつくしみの心が前面に押し出されている点だ、と私はみたい」と言う。「いつくしみの心」。佐佐木の指し示そうとする方向はなんとなく分かる。しかし、同時にこういう言い方でしかいえない評者の苦渋のようなものも、そこには感じられる。つまり、作品云々という個別的議論の展開がむずかしいことを、「いつくしみ」という単語は示唆していないだろうか。簡単にいえば、反論を含めた論がたてにくい歌集になっているのだ。意識しているかどうかは別にして、上田がそういうところに、歌集を追い詰めていったことは、否定できないだろう。「たまものとしての四十代」にこんな一節がある。

世界は違和感に満ち、苦痛に満ちている。その意識の露頭《ろとう》として、たとえば大学紛争があり、赤軍派の事件があった。それを歌うのが短歌だ。そういう立場を否定する理由を私は持たない。しかし私は、歌は本来憎《にく》しみの声ではなく、やや口籠《くちごも》る言葉ではあるけれども、愛の声であり、怨念《おんねん》ではなく、浄念《じようねん》だと思ってきた。憎悪《ぞうお》の生む告発の文学、抵抗の文学、革命の文学——散文や長詩なら有効に作動するかもしれないこれらの文学の系譜に、私の念持《ねんじ》する歌はつながらない。また唯美《ゆいび》主義的な幻想の文学にも、それはつながらない。浄念の境に向かって、細く、一筋に、吹かれつつ、身をもむように歩いてゆくところに、私は自分の歌う理由を見つけたという気がしている。

特別に反対する理由は見つけにくい。しかし、そういわれてしまうと、困惑を感じる人も多いだろう。なぜなら日常性を超越する文学としての短歌という問題が、どこかで消えてしまうからである。うまい・下手とか、短歌の方法、修辞といったレベルの問題がいつの間にか希薄になり、作者の人生そのものに向かうことになってしまう。先の文章で佐佐木は、溢れ出る「いつくしみの心」を以前は抑制していたが、『湧井』になって、「自由であり、ときにはわがまま」にさえなっていると言っている。なにか言外にものいいたげだが、それ以上、追及はしない。私にはそう思える。

『湧井』以後の歌集についても、多くの批評は佐佐木幸綱の線をこえることがない。

『湧井』のもつ磁場

大病、手術、再生という強力な磁場を設定し、その上で愛の声であり、浄念の文学といわれれば、異論は唱えにくい。個々の作品を俎上にのせた場合、『湧井』という歌集は、どう位置づけられるのか。あるいは作品としてのレベルはどうなのか。あるいは上田三四二個人史のなかでどうなのか。そんなことも思う。上田の死後二十年以上もたてば、そういう視点も許されるのではないか。といって、『湧井』のなかに感動する作品が少ないわけではない。例えば、こんな作品である。

つねうごく妻のにほひといふことをもこころにぞ沁む病みてこもれば
病名に触れてくるとき微妙なる反応をいくたびか人のうへに見き
かなしみの何のはづみにか二十三歳の妻の肉《しし》置きをこよひおもひ出づ
白木蓮《はくれん》のひと木こぞりて花咲くは去年《こぞ》のごとくにて去年よりかなし
交合は知りゐたれどもかくばかり恋しきはしらずと魚玄機言ひき
赤子のこゑする窓下をとほりをり生まるるはよしいつの世にても
内視鏡にあかあかとただれたる襞照りてみづからが五十年の闇ひらかれき
わが去りてのちにみのらんえごの木の花踏みかよふ過ぎし十年

とりあえず八首だけ引いてみた。これらはみな、病というものを背景に置いているし、また、その磁場のなかにおいてこそ作品は生きるし、よりよく鑑賞できる。

例えば、一首目。上田における匂いについてはすでに何度か触れてきた。手術後の、鋭敏にならざるを得ない自分の身体感覚。大病という前提が読者に見えている。「いふことも」といった言い方も、「こころにぞ沁む」ということばも、不思議と気にならない（『湧井』には「こころ」を使った作品が四十首を越える）。それはなぜだろうか。病という磁場が、そういう作品としての平凡さを覆い隠してしまうからか。いやむしろそのような言葉によって、逆に、読者が作品に強く感情移入できるところがあるからである。

あるいは三首目をみてみよう。上二句の「かなしみの何のはづみにか」は、やや曖昧かもしれない。前年の手術が、無意識に、無前提に入り込んでいる。「かなしみ」が、それと関係していることを知っていなければ、なぜ若い頃の妻の身体つきを思い出すのか分かりにくい。ただ、読み手は、ひとたびは死を覚悟したという状況を既知としているので、一首が迫力を持ち立ちあがってくる。「肉置き」といった生々しさをもつ古語が生きてくるのである。

『湧井』では、上田は「かなし」「さびし」「たのし」「明るし」「苦し」「はかなし」といった慣用語を、かなりの頻度で使用している。

四首目などはそういった作品の典型であろう。すでに引いたことのある「死はそこに抗いがたく立つゆゑに生きてゐる一日《ひとひ》一日はいづみ」「ちる花はかずかぎりなしことごとく光をひきて谷にゆくかも」などと並んで、『湧井』のなかでもよく知られている一首だ。

「こぞりて」とは、いっせいにとか一挙にという意味だ。白木蓮があっという間に咲いた。去年と変わらなく咲いたようだが、去年よりずっとかなしいという意味だ。誰しもすぐに、「年年歳歳花相似　歳歳年年人不同」という劉廷芝の有名な漢詩を思うだろう。翻案といってもおかしくないくらい近い。しかし、漢詩よりも読み手にずっと訴えるところがある。「かなし」が直接的に響いているからである。また大手術を経た上田という肉体が透けてくるからである。白木蓮を仰いでいる人間が浮かんでくるからである。つまり「かなし」が生きている。上田が多くの読者から迎えられる秘密もまた、ここにある。情緒がストレートに伝達されるのだ。大衆性を帯びる所以でもある。

五首目。この作品もよく引用される。「魚玄機《ぎょげんき》」は晩唐の女性詩人で、侍女を殺害した罪で処刑されたが、普通は鷗外の同名の小説によってよく知られている。「交合」といったナマなことばが使用されているが、作者の境涯が反映して、逆にしみじみとした気分に包まれる。おそらく魚玄機の置かれた環境と上田のそれを、誰もが重ね合わさざるを得ない。死が間近に見えている状況。それが一首への優しい眼差しになる。作者名も作品だということを、つくづく感じる。この場合、例えば若手歌人が作者だったら、この作品は拒絶されるだろう。短歌という詩型の微妙な成立地点をよく示している。また、逆にいえば、巧みに短歌の特徴を駆使していることも見えてくる。

六首目。生の誕生の場面である。「生まるるはよしいつの世にても」という下句の表現に特別なものはない。誰もが感じる一般的な感慨といってよい。しかし、『湧井』のなかに置かれると、特別な響きをもって聞こえてくる。生と死の対比。病後の上田にとって、再生を願う日々の連続であった。そのことは、読者には痛いほどわかる。そのなかでの赤子の泣き声。「生まるるはよし」というなんでもないフレーズが生きてくる。

最後の歌は歌集の終わりから二首目に置かれている。これも単独で読むなら、理解が届きにくいだろう。しかし、上田作品を読んできた読者にとって、重石のように感じるはずだ。つまり、十年の苛酷なドキュメントに同行してきたものにとって、今後、どうなってゆくかの感慨が、この結句の「過ぎし十年」にあらわされているからである。こういう作品は外部に開かれていない。しかし、作者を中心にした感慨を共有する空間のなかでは、濃厚に感受できる。『湧井』は、このようにつよい磁場の中で読まれるという前提の歌集なのである。それは、上田が強く意図したものである。

時間の推移に身を任せ

大病、手術を前提にしなくとも読める作品も、もちろん『湧井』には多数存在する。次にそれらを鑑賞してみたい。

日を継ぎて秋雨《あきさめ》ふればこのゆふべこほろぎ鳴かぬ軒端こほろぎ
呼ばふとも甲斐なきものをひさかたのあめの光は花のうへに差す
人をらぬ畳屋はこよひさしかけの畳に老眼鏡置かれたり
当直のこの夜の雪に死をみとりくだかけの鳴くころほひ眠る

感傷的で浪漫的気分のかすかにただようこれらの作品は、中期上田の達成を示している。先に引用した八首よりも、私には出来映えがいいように感じられる。

例えば、一首目。濁音が微妙なリズムを刻んでいる。特別なことを歌っていないにもかかわらず、何かを訴えてきている。季節の変化、時間の経過。一首から、「ああ」というような声が聞こえてくる。「軒端こほろぎ」は上田の造語かもしれない。そしてその「こほろぎ」のくりかえしも効果的である。作品に厚みが生まれている。目立たないかもしれないが、こういう作品が歌集の基礎におかれると安定感を生む。病後という前提抜きでも、しみじみとした感慨が浮かんでくる。

二首目もそうだ。「呼ばふとも甲斐なきものを」がどんな内実なのか、はっきりしない。しかし、柔らかな相聞の気配が伝わってくる。なだらかな調子があかるい気分を醸しだしている。

三首目も印象深い。「散歩道」というエッセイで、「夕方、一時間ほどかけて近所歩きの習慣がなかったなら、短歌にかかわる私の人生はいまよりずっと貧寒なものになっていただろう」と言い、上田は次のように続ける。

　すべてを忘れて歩く。仕事のことも、家のことも、その他一切のことから解放されて、大気に融け、眼に入るものをよろこびをもって受け入れながら無心に歩く。歌をつくろうとは思わない。歩くだけでいい。歩くことに意味がある。そういう気持ちで歩く。
　だが、そういう道の上で、ふと、歌が落ちてくる。むさぼらないが、落ちてくるものはありがたくいただく。その言葉を唇《くち》にのぼせ、吟味し、よさそうだと胸にしまいこむ。

（『死に臨む態度』所収）

そういうなかで「落ちて」きた一首なのだろう。作りかけの畳の上に置いてある老眼鏡。印象的な切り取りである。畳屋という手作業の現場がよく見える。腕には自信があるが、それほど商売はうまくいっていない、頑固な主だろうな、など余計なことまで想像してしまう。嘱目とはまさにこういう作品をいうのだろう。さりげないが巧みな作品である。スナップショットのおもしろさがある。『黙契』『雉』にはなかった豊かな世界だ。成熟は、このような作品によくあらわれている。「当直のこの夜の雪に死をみとりくだかけの鳴くころほひ眠る」という四首目もそうである。一度、死を直視した目とでもいうべきであろうか。もちろん、悟りを得たというようなものではない。淡々としている。医師である作者が看取る死は日常的であり、定めに従って処理される。まるで、朝、出勤し、夕刻、帰宅するように、死が日々消費（！）されるのだ。しかし、それについては何もいわない。その静謐さ。逆に、その空白が読者をうつ。

発想の似ている作品はある。例えば、「あかつきは死をよぶ時間当直のわが呼ばれ涸れてゆく脈を診てをり」「あかときの三時といへば鶏《とり》なきて看とりのあとを眠らんとをり」（『遊行』）などである。しかし、「雪」と「くだかけ」（鶏）によってこの作品に厚みが生まれ、結果として情緒が作品を包むのである。

『湧井』には連作仕立ての大作が多い。羇旅詠が、集中かなりの比重を占めていることにもよるだろう。手術後、上田が旅に励んでいたことはすでに触れたが、その足跡は作品に残っている。

それらに描写意欲があることは疑いない。風景の克明な描写は、作品をつくりあげようという意識から発している。しかし結果として、できあがった作品は丹念で細密かもしれないが、逆に、そのせいか、平板さは否めないのだ。

上田にとって、羈旅詠は、いわば短歌実作旅行のようなところがあったのだろう。いいかえれば、手法の実験場、写生の実験場であった。

『湧井』には比喩表現がかなり使用されている（ほぼ八パーセント、七十首近い）。『黙契』『雉』に比べ、格段に増えている。比喩を使おうという意識は、眼前の事物を超えた何かを表現したいという思いが、先にあるためにおこる。つまり、直接性を超えようとする。作っていくという能動的行為だ（虚から実にいたろうとする）。しかし、眼前の光景を受容しようという上田の根底にある姿勢と、その比喩表現という方法は、どこかですれちがっている。乱暴にいうと、比喩が一首のなかでうまく機能していない、飛躍しないのだ。そのせいか、ぎこちなく、リアルな印象が伝わってこない。

「水のごと澄みてあかるき」「植木市ありいこひのごとし」「うそのごとく歯痛がさりて」「あぶらのごとく濡れゐつ」「噴くごとく咲く」「さむ雨はささやくごとく」「うしほのごとく来る酔ひ」「霧のごと時雨はすぎし」「潮風のしぶきのごときかさの雨に」など、他にもこの種の表現が頻出するが、ほとんどが常識に終わる。もちろん私たちが、比喩表現の高度な進展に慣れているせいもあるかもしれない。

しかし、一方で忘れてはいけないのが、卓抜な鑑賞家である上田自身が、これでいいのだという確信をいだいていたことだ。それはどういうことか。

出来上がる作品という結果よりも、時間の推移、季節の変化に身をゆだね、そのなかに包まれよう、あるいは包まれたいというような意識を優先させているということだ。作歌するプロセスが、作品の〈出来〉よりも大事になっているのだろう。

『湧井』を特徴づけることばのひとつに、「おのづから」がある。「おのづから疲れのいでて籠るわれはこの世過ぎたる思ひにこもる」「もみぢ葉の大樹《おほき》が木したおのづから夕山風の寒くなりたり」といった作品である。似たことばとして、「をりをりに」「いつしかも」「おもむろに」「年ごとに」「頃となり」があるが、これらも使用例が少なくない。

これらの事実から、上田の志向がどこにあるかが見えてくる。気持ちは時間の推移に向かい、外側のものに身を任せようといった意識がある。一種の自己放下！

「おのづから」は「己つ柄」の意である。もとからもっている何かが顕われる。ありのまま、ひとりでに、という意味であろう。推移、変化、うつろい、こういうものを、それこそ自然に受け止める。そして、それをながめる。そういうところに上田は作品の場所を求めた。逆にいうならば、自分を控える。できるかぎり「われ」を零度の地点にまで引いてみる。すると見えてくるものがある。それを感受する。そして、それをすくいとる。作歌への流れをかいつまんでみると、こんな手続きなのではないか。

その結果、作品の良し悪しという問題は、作者にとって二の次になる。いや、なってもいいのだ、つまり時間に身を任せた痕跡が作品なのだから、といった、やや開き直ったような気分が潜まざるを得ない。

より穏やかに、より普通に、より平凡に

『湧井』の秀歌について、もう少し鑑賞してみたい。

若々しき息の弾みが耳もとに迫りて坂を追ひ越しゆきぬ
ぬれぬれと木原は黒くものの芽をはぐくむ春のみぞれ降りをり
はぐくみの満ちわたるごとわが庭の花をはりたる藤にふる雨
いでくれば穂ぞはやも熟れ夕風に麦は葉ずれの音かわきをり

一首目は、場面は特別なものではない。先に触れた散歩での体験だろう。追い抜いていったのは、道を急いでいる若者かもしれないし、あるいはジョギングの青年かもしれない。いずれにしろそれだけの素材だ。しかし、息の弾みに生のよろこび、生のうごめきが感じられる。余計なことをいわないだけに、切り取りが鮮明につたわってくる。

あとの三首は、一九七四（昭和四十九）年七月号の「短歌」にのせた五十首詠、「去る」という大作のなかの作品である。この作品には二つの詞書がある。はじめに、「去年の春、おろかに、惑ひ

のみ多かりしころの歌」。途中で、ふたたび「そしてことし、やうやくこころの定まりを得た」と付されている。その時期について、年譜にはこんな風に記されている。


一九七二（昭和四十七）年、自律神経失調症の病名により、乞うて一月より休職、隠遁的気分のうちに月を送る。

一九七三（昭和四十八）年、一月、評論集『西行・実朝・良寛』（角川書店）刊行。四月、復職するも下血あり、癌研外来にて精密検査を行い、五月まで欠勤。六月より勤務に復した。八月一日、岳父畑由蔵、京都にて死去。七十八歳。病気見舞いのため、初夏の頃よりしばしば京都に赴く。

一九七四（昭和四十九）年、一月、〈新月〉を退く。四月、日本文芸家協会理事となる。五月、『戦後短歌史』（三一書房）刊行。七月、国立東京病院を退職し清瀬上宮病院に移る。ただし勤務を午前中とした。退職を機に、一週間高野山に遊んだ。十一月、評論集『眩暈を鎮めるもの』（河出書房新社）刊行。


自律神経失調症。辞書には、神経症の身体的表現で、倦怠、のぼせ、冷え性、眩暈、頭痛、動悸不安、抑鬱など自覚的愁訴は多彩で強いが、気質的異常は欠くと記されている。つまりはっきりしないノイローゼ的気分に名称を与えると、こういうことになるのだろう。

癌再発のひとつの目安は五年経過だという。そこを越えると、再発の可能性はかなり低下するのだという。

必死に生きてきた時間には緊張がある。しかし、いったん緩むと、心にゆらぎが生まれてくるのは致し方ないのであろう。だが、医師という仕事から退くわけにはいかない。二人の子のこともある。家計もある。

「恩給がつかば辞めんといふねがひ切実にしてゆふべ帰り路《ぢ》」（一九七〇年）「感情の荒るるは金のゆゑにして銀行いでしわれは歩める」（一九七一年）といった作品に、その悩みは顕著だ。すでに紹介した「そしてことし、やうやくこころの定まりを得た」といった詞書の、鬱状態から脱出できたというよろこびには、ことば以上のものがあったはずだ。その安堵感は、短歌だけではなく、多くの著述活動になってあらわれ始める。

二首目を見てみよう。みぞれであるが、それは春の予感を確かなものにしている。精密検査で疑いが晴れた気分に照応しているのかもしれない。「ぬれぬれと」という初句にエロスを感じる読みもあるだろう。たとえ、いま黒く見えていても、それは春の先触れを内包しているのだ。包む＝包まれるという構図が見えてくる。山本健吉が講演で紹介した、あの自然観である。

三首目の上二句など、上田の気分の典型ではないか。「はぐくむ」は「羽包（くく）む」から発生しているという。つまり親鳥が、その羽で雛を「おおいつつむ」が原義である。作品でいえば、藤が雛鳥であり、雨が親鳥なのである。藤の花が散ってしまったとしても、雨はやさしく、あたたかく、降り続いている。アナロジーでいえば、上田と自然の関係なのである。観念ではなく、自然にそういう気持ちになったのかもしれない。おだやかな詠風が成立している。上田短歌の骨格は

『湧井』によって出来上がったという定説は、こういう作品からいえる。そしてそれは、以後、大きく変わることはなかった。

四首目を見てみよう。細かにことばを続け、転換させることによって、光景をあざやかに描き出している。丁寧な描写と濁音の効果、そして転換。修辞技術の確立が見える。

同時代の歌集、たとえば河野裕子『森のやうに獣のやうに』（一九七二年）、岡野弘彦『滄浪歌』（同）、佐佐木幸綱『直立せよ一行の詩』（同）、馬場あき子『飛花抄』（同）、山崎方代『右左口』（一九七三年）、山中智恵子『虚空日月』（一九七四年）、村木道彦『天唇』（同）、福島泰樹『晩秋挽歌』（同）、岡井隆『鵞卵亭』（一九七五年）を思い浮かべてみよう。表現に、思想に、あるいは修辞において、『湧井』はどのような位置を占めているか。

いま挙げた歌集には、どこか、時代をより鋭角に表現しよう、あるいは表現したいという意識が共通している。またその思いが濃厚である。いままでとどこか異なっていなければ、強くなければ、新しくなければ、歌集を刊行する意味がない、といった凸型の感覚がある。それにくらべ、上田のベクトルはまったく逆である。それを凹型への志向と言ってもいいのではないか。つまり、より穏やかに、より普通に、より平凡にという姿勢である。

『湧井』には、時代を切り開くような強烈さはない。しかし、それゆえに、上田の作品は時代に迎えられたのではないか。珍奇さや強引さに距離をおいた短歌。いわば、時代の反措定としての位置を選んでいる。これが歌集『湧井』の短歌史的意味だった。

第四章　短歌と小説の関係

『うつしみ』の語るもの

第三歌集『湧井』の刊行前後から、後期上田のめざましい活動がはじまる。その成果のひとつは、たびたびふれてきた書き下ろしの『俗と無常』である。サブタイトルは「徒然草を読む」（のち講談社学術文庫に収録、副題を書名とした）。もうひとつが、平凡社から刊行されていた「文体」に一九七七（昭和五十二）年九月号より、五回にわたって連載された「内なる自然」（のち単行本にするにあたって『うつしみ』と改題された）である。

「文体」は後藤明生、坂上弘、高井有一、古井由吉を編集同人とした季刊文芸誌で、彼らはそれぞれやや世代を異にしているが、一般的には「内向の世代」と呼ばれていた。どのような経緯があって連載をはじめたかについて、高井が上田の追悼の文章でこんなふうに書いている。

「文体」が初めに頂いたのは、五回連載の評論「このうちなる自然」であつた。創刊の準備にかかつて間もなく清瀬の自宅に伺つたとき、上田さんはしきりに「身体論」といふ事を口にされた。市川浩氏の「精神としての身体」にいたく関心をひかれた様子であつた。風通しのいい座敷で話してゐるうちに、私にはそれより小一年前の結腸癌手術が、上田三四二さんにとつてどれだけ重い精神的体験であつたかが、すこしづつ解つて来た。

（「大患からの出発」、「群像」一九八九年三月号）

「文体」創刊は一九七七年であるから、「小一年前」というのはおそらく誤植であろう。最初の手術は一九六六年であるから、ほぼ十年前である。

「身体論」と「徒然草」。それは長い回復期を経て、上田がようやく文学活動を再開する際の「手がかり」なのであった。すでに『俗と無常』については述べた。以前に西行との関連で紹介したが、エッセイとも評論ともいいがたい、特異な文章でありながら、不思議にこころに沁み込んでくる『うつしみ』を、ここでもう一度考察してみよう。

同じ結腸癌で四十歳足らずの人生を終えてしまった高橋和巳の臨床日記から、話がはじまる。十一年前の自分の手術を語るためである。

『うつしみ』は死を主題にしている。死の恐怖をどのように克服するかという一貫した関心がある。それは、手術後、「びくびくしながら過ぎたそういう過去十一年間」、上田をずっと摑み、放さなかった問題であったのだろう。自己の死について文章にできるというのは、死を客観化しうる環境やエネルギーが、上田本人の内側に生まれてきたことを意味する。すでに述べた『湧井』後半の作品を想起してもいいだろう。

麻酔による昏睡。そのあとの感覚。衰弱の極にあった身体と意識の関係を、上田はまず次のように描写する。

要するに私はこのとき身体であった。泥のような一個の身体であった。そして誇張していえば、意識はまだそこに芽生えていなかった。手術場にいたとき私は意識なき一個の身体であり、身体というより大方一個の物体であったが、そこから引出されたのちも、私は辛うじて身体であって、意識ではなかった。これが私の生の基底であり、この生の基底にうごめいている初源的な身体感覚が、わずかに意識と呼べば呼べるものであった。

こんな言い方でもって、私に何が言いたいか、推量のつく向きもあるかと思う。私は手術場を母胎にたとえて、そこからもういちど娑婆に戻って来た自分を第二の誕生に比定しているのである。（『うつしみ』）

再生。つまり死を経過して、ふたたび嬰児（身体）として戻ってきた。身体と意識の関係はそのようにとらえられている。『古事記』などに事物発生の記述があるが、そのアナロジーでもあるだろう。

その過程のなかから、「自然」が再発見される。徐々にあらわれてみえる外界は、赤子が自分の眼のなかに次第に定着させる風景にも比定されよう。しかし、その風景は手術前とちがっている。

そこに、市川浩の影響がある。上田は共感をもって、つぎのようなところに傍線をひいて読んだのではないだろうか。

こうした生体にとっての、もっとも広い意味での〈意味〉は、もっぱら生体によって付与されるものでもなければ、生体と無関係にとらえられた、いわゆる地理的環境に属しているのでもない。生体は自己以外の系と交渉しつつ、自己をたえず再統合し、自己の部分系を全体化することによって、はじめて自らの個体性を維持できる。こうした特殊な系が自然のなかに出現するとともに、生体系と他の系とのかかわり合いのなかで、〈意味〉が発生する。意味は、生体が環境にあたえるものであると同時に、環境によって生体にあたえられたものでもある。こうした〈意味〉の両義性は、生体の世界への内属を、すなわち生体と環境とが、相互に切りはなしえない相関者であり、生体は〈環境＝内＝存在〉であることを示している。

（市川浩『精神としての身体』）

ラカンの鏡像理論ではないが、人間はつねに自己を再統合し、部分を全体化しようとする存在である。部分であり、同時に全体を認識する。主体でもありながら、客体としての自分を認識しようとする。また、それができる。それは他との関係においても同様であろう。他と関わることによって（他を経由し、他を想像し）、自己が自己たりえるのである。それは他からの拘束ではない。むしろ、かかわることによって、自由が得られ、解放が得られる関係なのである。つまり身体を介して、他（たとえば自然）と関係をもち、その関係性のなかで自己を再統合する。その結果として、意味が発生する。そういう規定する＝規定されるといった両義的な存在が、「はたらきとしての身体」だという。属していながら、客観視する。それが可能になる。身体を差し出すことによって、世界との関係性をもてるのだ。

哲学的なものいいなのでかなり難解だが、要するに、病気後の「新しい身体」を差し出すことによって、上田にとって世界＝外界が大きく変わって見えたのである。

上田は多くのエッセイで、手術後、歩き回ることの習慣や、快楽について語っている。彼の自然発見はいま述べたプロセスから生まれている。それはよくいわれる復古的な、懐古的な自然発見ではない。歩くという行為、歩けるようになった身体を通すと、新しい世界が分節できたのである。甦った身体によって、世界が再解釈できるようになったといってもよい。つまり、上田に新しい世界が拡がったのだ。

『うつしみ』のなかに、手術後、病室の窓からありふれた風景をながめる印象的な場面がある。毎朝、若い女性が、手袋をした手に箒をもって道路を掃除している。それが終わると、塵芥の入ったポリバケツを道の角まで運び、それから家に引っ込む。あるいは通勤の男女が足早に通う姿。それをあきずにながめる。さらに遠くに高校の屋上が見える。そこは運動場になっているらしく、激しい練習をくりかえしている。自宅からオペラグラスを持って来させてまでして、それを眺める。

なぜ、何でもない風景が上田を動かしたのだろう。流動食から三分粥になるといった身体の回復過程が、風景と自分との関係に新しい横断線を生んだ。自分と世界が再統合されたのだ。それこそが、世界が違っているように見えることなのだ。手術後の回復する身体がなければ、窓の外の風景は意味をもって立ち上がってくるはずがない。

くりかえすが、上田にとっての自然発見とは、一度壊れた身体の再統合作用を支点に、関係の結び直しによって生まれたものである。一度「死んだ」身体抜きには語れないものなのだ。

以前に紹介した追悼座談会（「短歌研究」一九八九年五月号）で、上田の旅が、「吉野とか、那智の滝だったかな、彼にしてみると、一種の聖地めぐり」（岡井隆）だと揶揄されていた。確かに普通はそう見える。いまさら吉野の桜でもあるまいといった気分に、岡井を代表する健常人は加担するだろう。それも分からないわけではない。しかしそこに、壊れ、再生した身体という概念を挟めば、その関係は変わって見えてくるにちがいない。

上田は告白している。手術後、ベトナム戦争の最中であった。たくさんの無辜の血が流されていたが、しかし、何の関心ももてなかった。「ただ、戦争の報道を、一人一人の、おびただしい人の死として悲しんだ」と書いている。それはどういうことなのだろうか。

私たちが外界にむかうとき、何かを軸に、何かを知覚し、そこを基点に図と地の構図を描く。「私は何かを見ているということを意識している」（市川浩、前掲書）。いいかえれば、外側を対象化できているということだ。上田の身体はベトナム戦争を対象化し得なかった。つまり、関係性をつけるはずの身体に、志向性のポイントがなかった。身体に準備がなかったといいかえてもよい。新生児にベトナム戦争は見えないのと似ている。

市川浩の身体論

しかし、新生児のままではいられない。ふつうはそこから身体の変化にともない、他者の問題が出てくるはずだ。市川の論述に従えば、こうなる。

身体としての自己の把握と並行して、志向野の諸対象はさまざまな価値づけをともないつつ、自己のまわりに配置され、分節化されるが、自我意識が確立されるためには、このような〈自己中心化〉がおこなわれると同時に、はたらきとしての他者への身体への同調と応答を介して、もう一つの中心化の焦点として他者が把握されねばならない。主体としての自己の成立は、主体としての他者の把握と相関的であり、それはまた対他存在（他者にとっての客体）としての自己が把握されることでもある。つまり自他の主体性が把握されると同時に、主客の支点の交換性が自覚されなければならない。

（『精神としての身体』）

ところが『うつしみ』は、こういうプロセスを選択しない。比喩的にいえば、上田は新生児のままの自分を絶対化するのだ。結果として、極度に拡大された自然が残ってゆく。その反面、市川のいう他者の視点は、希薄になる。それは本人も自覚している。

『うつしみ』の「他者」の章においては、生来の隠遁的気分や自分の方向音痴ぶり、顔を覚えられない性向を述べて、「顔の覚えられない私の悩みというのは、いわばこういう闘争原理、排除原理に貫かれた社会生活への不適格性を意味していた」という。

そして、身体は男と女の出会う場所、というように展開してゆく。「女は俺の成熟する場所だった」という小林秀雄の言葉を思い出すが、「女という第一義的な他の身体をとおして、男は世間を鬼としてではなく、身内のつづきのようなものとして受け取り、また受け取ることを許される不思議な通路を拓くことが出来る」。

こういう方向はいかにも上田らしい。身体をとおして、再分節化し、その結果、自然とのあらたな関係の構築という端緒を発見した。しかし、身体が回復するにつれ、従来の自分の性向に戻っていってしまう。

市川は言っている。「主体としての自己の成立は、主体としての他者の把握と相関的であり、それはまた対他存在（他者にとっての客体）としての自己が把握されることでもある」。しかし、上田は主客の支点の交換性に関心を払おうとしない。つまり、他者が浮かんでこない。

身体と自然の関係に心寄せをするのに比べ、新しい身体のもとでの自他の関係性創出には向かわない。回復と同時に、身体はいつのまにか昔の身体へと戻ってゆく。そのように、上田は自分を追い込むのである。

回復過程で得られた（再分節によって得られた）自然。それを得難く大事にするという感覚は残ってゆくが、市川のいう他者は、むしろ後方に退いてゆく。

自然の拡大化と絶対化がせり出し、さらに、他者を女性に、社会は世間にといいかえる。

私は独居の別荘を後にして、世間に出て行ったのである。そしてたしかに、他者と出会ったと信じている。

しかしそこで他者は、第一義的な他者を女性のうちに見ることによって、その他者性は超出され、同じことであるが、世間は、結局、自然の恩恵をそこに繋ぐことによって世間性もまた克服されていた。（『うつしみ』）

世間性は本当に克服されたのであろうか。他者を女性に、社会を世間にいいかえることは、後半の上田の仕事に問題を残したのではないか。

それはまたのちの検討課題だが、社会が、他者が、上田のなかからいつの間にか消えてしまうプロセスが、この『うつしみ』の論述によくあらわれていることは指摘しておきたい（「再起」から始まるにもかかわらず、最後の章が「無常」で終わる。上田らしいともいえる）。

要約するならば、自己―自然、意識―身体の関係性をつよく意識する（絶対化）にもかかわらず、自己―他者、自己―社会という項は後方に退けられるのである。

『うつしみ』には、R・D・レインなどの多くの知見が挟まれているが、市川浩『精神としての身体』の影響は圧倒的だ。上田は、術後の自分の身体の回復にそって、市川と歩みを同じくした。共感するところが多かったのであろう。「自然」の役割・位置が大きく変化したという自覚があったからである。

ところが、「他者」になると、市川をまったく受け入れようとしない。そのときは新しい、死を経過した身体ではなく、かつての自己に戻ってしまう。市川に影響されているのだが、すべてではない。選択と拒絶。その意志のありようが、『うつしみ』のスリリングな理由である。

後期上田のもつ、自然重視、自己の絶対化、鑑賞家的風貌、社会からの距離、女性を中心にした小説といった側面は、この『うつしみ』に、すべて原理的に述べられている。上田のこれ以後の仕事は、いうならば『うつしみ』の応用編なのである。

細部に向かって

回復しつつあった上田三四二は、次第に書斎での仕事をふやしてゆく。身体的な自信もうまれたのだろう。一九七八（昭和五十三）年ぐらいから、小説の執筆が始まった。最初は、「文体」に連載され、のちに『深んど』（平凡社、一九八一年）におさめられた八篇の連作集である。すべて少年期から大学時代までの回想である。

翌年、「群像」に三月に一度というペースで連載されたのが、やはりのちに『花衣』（講談社、一九八二年）に収録された八篇の連作小説である。

なぜ、小説にこれほどの意欲をずっと抱いていたのだろうか。上田は歌人として、評論家として、大きな仕事をしつつあった。自他共に認めるところがあったはずである。にもかかわらず、五十代半ば過ぎて、ふたたび小説を書こうという心理。まさか、「逆縁」以来の復讐戦を挑んでいるわけではあるまい。なにか上田には、自分の仕事に充足しきれないところがあったにちがいない。

上田には、そのほか『夏行冬暦』(河出書房新社、一九八四年)、『惜身命』(文藝春秋、一九八四年)、『祝婚』(新潮社、一九八九年)という小説集がある。『惜身命』は、上田自身を思わせる歌人の関屋という主人公の視線から描かれた短篇集である。『夏行冬暦』は、結核のための丹後由良の保養所での療養と、大病前に医師として冬の佐渡に派遣された、二つの体験に基づく中篇小説である。『祝婚』は、随筆に近い構えのない作品集だ。

「逆縁」と異なり、ほとんどの場合、上田は「私小説」のスタイルを選択した。『深んど』は小学校時代の淡い恋や、貰い子ではないかという疑いや、当時の病名であるライ病(ハンセン病)ではないかという不安、あるいは従姉の思い出、中学生時代の性の思い出、池にはまった友人を助ける際の不手際、研修医時代の医療ミス、あるいは入学試験の記憶など、ささいな人生の一齣一齣が実に丁寧に描かれている。

「丁寧」と思わず言ってしまったが、私は上田の小説を読み返すたびに、そのことをいつも感じる。ドラマの展開よりも、あるいは主題の提示よりも、細部の描写こそが、上田が目指したものではないかと思えるからだ。たとえば、「妙見」という一篇がある(『深んど』所収)。思春期の記憶を丹念に描いた小説だ。中味を紹介してみよう。

まず、英和辞書における、性に関するさまざまな秘密めいた単語に胸躍らされたことからはじまる。中学時代の二人の通学仲間のスケッチ、惹かれるようになった篠原と呼ばれる寂しそうな小柄な女学生、就職組と受験組に分かれてゆく時間の変化、面疔で死んだ友人の兄、友人に見せられた交合写真、性のうごめき、混雑のなかのおしつけられた女性の身体、押し売りされてしまった赤新聞、近所の品子という同い年の女学生、歌留多遊びの着物姿の彼女。

これだけ読んでも、いったいこの小説が何を書こうとしているかわかりにくいだろう。思い出がつぎつぎと湧き上がってゆくというスタイルなのだ。特別な筋はない。

粗っぽくいえば、小説にはどこか山があり、オチがあるはずだ。言葉をかえていえば、ポイントがきっとあるはずだ。短篇小説はそれがないと締まらない。しかし、この四〇〇字詰めで四十枚ほどの小説は、登場人物が絵巻物のように右から左へ流れていく。つまり思い出すままに、断片的な記憶を連ねているという印象が強い。そして、ときおりはさまれる個別的描写が、読者にわずかな印象を残してゆくのである。たとえば、次のようなところだ。たまたま乗り合わせた電車が行楽客で非常に混み、こんな場面に遭遇する。

こんな接触ははじめてだった。女は相手が中学生で、子どもだから気を許しているようなところもあったかもしれない。女の人とは握手さえしたことがなかったのに、いきなり、薄いセーターにつつまれた胸が触れるほどのちかさで目の前に迫り、それより下はのがれがたく女の柔らかな肉に押されていた。服地をへだてて触れ合う部分が熱くなって、汗ばんでくる。女の体は車輛の揺れ具合に応じて、押しつけてくる力の強さと、力の加わる個所や向きを変えながら、私を刺激しつづけた。その押しつけてくる女の体は形をもたないかのようで、強く押しつけながらどこまでも受け入れてゆく肉の柔らかさに、中学生はうっとりとなって、どうしていいかわからない気持だった。

（「妙見」）

描写はまだまだ続くのであるが、あまりにも長いので止めておく。死んだ息子のガールフレンドの身体を執拗に描写した「逆縁」を思い出す。あるいは女性の身体を観察した「身体の領域」という、短歌の連作を想起する。

思春期の記憶であるが、ここまでこだわって描く必要があるのかという気になる。このような過剰さは上田の表現の特徴である。もうひとつ引用してみよう。「補助線」という、旧制高校受験にふれた小説である（『深んど』所収）。どのように勉強したかという箇所である。

気分の転換を心がけて、私は一時間ごとに科目を変えて参考書に向った。英語のつぎに国語、国語のつぎに代数といったふうに、学校が終って下宿に帰ってから眠るまで、食事とか風呂とか止むを得ない中断の時間は別として、ほとんど休息なしに、時間表どおりに科目を変えて問題を解いていった。どの科目が好きでどの科目が苦手ということのないところにも私の無性格な傾向があらわれていた。数学の問題の解けないときはあまり時間をかけずにヒントに頼り、それでもわからないときは解答を見ることにした。どの科目にも紙と鉛筆を用意して、参考書に棒線を引くだけでなく、紙に書き取りながら頭に入れるようにしていった。新しい単語や忘れた単語は手製の小さなカードに写し取り、訳の主なものを一つかせいぜい二つ、書き付けた。

この倍ぐらい、勉強の細部についての叙述がまだ続くのである。「補助線」という題名どおり、実際の試験の際、なかなか解けなかった幾何の問題が、右手一つ前の席から偶然覗くことができた補助線によって解けた、という思い出なのであるが、ここまで受験勉強のやり方をことこまかに記す必要があるのだろうか。

そして受験を突破し、医学部にすすみ、徴兵も逃れ、運よく生きてきたといい、こんな一節を書き加える。

　あの試験場の崖っぷちで、命綱がするすると降りてきたように一本の補助線があらわれて私を救いあげてくれてよりこのかた、幸運の補助線は幾度も私の前に姿を見せているのではないだろうか。あのような手品さながらのあらわれ方ではないにしても、野の小川を跳び越そうとして立竦んだときも、辻に立って踏み出す一歩に迷ったときも、野の道のあまりの暗さに引き返したくなったときも、命綱の補助線はスリットを洩れる細い瞬間の眩暈のように眼前にひらめいたにちがいなかった。たしかにその光の見えたと思われたときもあった。見えようと、見えまいと、私は数知れぬ補助線に導かれて今日まで歩いて来たようなものだ。

ここが、言いたいところである。しかし、エッセイならともかく、ここまで全部いってしまったなら、小説としての感動は薄くなるのではないか。ここにも過剰さが見られる。分かりやすくなってはいるが、上田三四二の体験に寄り添う読者を除き、感動を得るのはむずかしい。歌集『湧井』

の構成や作歌方法と、小説の方法が近接していることを、私は感じる。

「私性」と私小説

伊藤整によれば、文士が社会からはなれ、荒々しい修行僧の団体のような特殊な社会を形成し、そのなかにあってだれがより真実な生活をするか、だれがより本当のことを言うか、といった「真実比べ」のような空気から、日本の私小説が生まれたという。つまり真実を追求する生活と、それを告白することが芸術だということになった。田山花袋が女弟子の残した蒲団に顔を埋めて泣く、藤村が姪と通じ、それを発表する、といった告白小説。あるいは自分の悲惨な生活を、あたかも実況放送のように小説化した葛西善蔵のような作家も出現した。当然のこと、文士の生活はより破滅に向かってゆく。小説にして発表すれば、当然、生身の人間関係は壊れてゆくからである。そこをまた描くというふうに、スタイルが極端化する。

そういう小説に接するうちに、実生活の報告と思い、そこに感動するという傾向を、読者も次第に持つようになった。たとえ枠組みだけ私小説のスタイルを借りるフィクションでも、読者の方で、実際にあったことと信じる鑑賞の習慣が生まれた。あくまでも「私」にこだわり、一首の背後にかならず、「私はそう思う」という暗黙の約束が存在する近代短歌以来の歴史との類似がある。

電車にはねられて怪我をした主人公（作者自身と考えていい）が、養生のためにひとりで但馬の城崎温泉に行く、志賀直哉の名作「城の崎にて」をとりあげながら、私小説の感動の根拠を伊藤は考える。

作者（志賀）は、自分が養生に来たということを説明したあとで、玄関の屋根の羽目板にある蜂の巣をみつける。盛んに出入りする蜂の一匹が、ある朝死んでいるのを発見する。二番目は、川の中を懸命に泳いで逃げようとする鼠。三つめは、散歩に出かけたとき、蠑螈《いもり》をみつける。驚かそうとして、作者は何の気なしに石を投げる。すると偶然に、当たってしまい、殺してしまう。

この短篇に何かを感じるのは、小動物の三つの死の場面と、作者が死の間近にいたという事実が、内的に呼応するからであろう。読み手にそのことを考えさせるのである。直接的に人生を語らなくとも、読者が行間から嗅ぎ取っていくのである。伊藤は『文学入門』で、こんな風に述べている。

人生の深さを海にたとえれば、主人公が、かりに、「死」という海の底まで下りていって、その底から、生きている現実の世の中、すなわち水中の魚や海草や水面の日の輝きなどをのぞいて見るような感じを、われわれに与える。表面に浮んでいる我々は、表面の波ばかり気にして、その表面におけるヨコの関係で他人と争って早く進もうとしたり、他人を押しのけたり、あまり勝手をする人間を道徳というもので非難して暮らしている。浮いていること、すなわち生きていること自体の底にあるものを、われわれは忘れている。このような作品を読むと、人生のその根本的な姿を理解したように感じる。これが、文学作品が人生を理解させると言われているところの感動の、一つの形である。

ヨーロッパ的な考え方でいえば、「城の崎にて」は小説というより随筆とみなされると、伊藤はいう。筋があるわけではない。物語でもない。おそらく、その伝でいえば、上田の小説も随筆かもしれない。

『深んど』に流れているのは、過去の一齣一齣である。なぜか上田のこころのなかに居座っている過去である。作者はふたたび生を回復した。現実の世界に生還した。その自分を構成している過去。それらは自分を、死の側から生の方に引っ張ってきてくれたものなのではないか。そんな感じがしたのだろう。志賀を援用するならば、問題はその回想を通して、読者が何を感じるか、なのだ。

志賀は冒頭に自分の状況を伝えたあと、死と生のせめぎあいを、蜂や鼠や蠑螈の生態に見た。あれほど激しく生きていた蜂が、突然死んでしまう。死の恐怖に川の中を必死に逃げる鼠。あるいは自分の投じた石によって、予想もしない死を迎えてしまう蠑螈。いずれもその死は自分に戻ってくる。克明に写生することは、読者に対しても照り返しになる。つまり生き物を描写することが、おおまかにいえば、人生の比喩として成立している。それは志賀自身の生の比喩でもあり、また読者もそのように受け止めざるをえない。私小説がいまだ力をもつのは、読者が作者の内幕や内情を興味本位で読みたい、知りたいからではない。典型として読み、読者自身がそれぞれの鏡にしたいからなのである。短歌の「私性」の問題と、かなり近似している。

短歌は、どこまでいっても「私」が一首の背後に存在している。美や真を詠んでも、結局、「そう私は思う」ということが隠されている。作るほうも、読むほうも、そう思って疑わない。その意味ではどこまでいっても個人的行為だ（作るほうも決して普遍的読者を想定していない。いちばん広くても短歌愛好家程度である）。

読者が、私もそう思う、私にとってリアルだと感じられれば、一首が成立するのだ。そういう個人の、限りなく長い、広い連鎖（例えば、古典和歌、近代短歌に感情移入できる。あるいは高齢者が子どもの作品を批評できる。定型という助力もあり、一人の読み手が作者の内面に直接入りこむという読みが成立する）の蓄積が、鑑賞となる。あくまでも、作者と読者は一対一の対応なのである。短歌を読むことは、きわめて個人的な行為である。究極は、好き・嫌いになってしまうところがあるのは、そのせいである。

小説はそうはいかない。読書のレベルが、個人的ではすまない。「私は、この小説をどうも好きになれない」という鑑賞だけでは、他者に納得を与えない。しかも、作るほうも、一人の読者だけに向いていない。

近代文学には三つのメルクマールがあるという。作者と読者の分離、商品としての流通（多数の読者）、職業としての自立の三つである。ところが、短歌はその三条件のいずれも満たしていない。乱暴ないいかたかもしれないが、私小説は、いわゆる近代小説と短歌の中間に存在しているようなジャンルなのかもしれない。

例えば、作者に関する知識なしに、葛西善蔵、太宰治、尾崎一雄、川崎長太郎などをうまく読みこなせるかと考えると、なかなかむずかしい。そこには、短歌と同じような問題がはいりこむ。つまり、作家の名前も作品として読む、という習性があるのではないか。

上田の小説には、その問題が露骨に表出しているといっていいだろう。

長編短歌としての小説

上田の小説のなかで『花衣』は、いくぶん系列を異にしているので、あとまわしにして、『惜身命』を先に取り上げてみよう。

これは医者であり、短歌、評論も書く関屋という主人公の、一人称で語った八篇の連作である。一九八一（昭和五十六）年から八四年にかけて執筆された。

上田が京都にいたとき所属していた、短歌結社「新月」を素材にしたものが二篇、東京のいわゆる結核病院に勤めていたときの患者に関するものが二篇、医学部時代の友人のはなし、さらに京都時代、親交を結んだある教授について各一篇、そして、歌壇付き合いのはなしが二篇である。

主人公は上田三四二そのものだ。くりかえし読んだ印象からすると、デフォルメはほとんどない。しかし、語り手に関屋という小説的名前を与えている。そのことの意味はいったい何だろうか。なぜ、「私」ではいけないのだろうか。

表題になった「惜身命」は、上田の歌の師匠である山本牧彦の米寿祝賀会に出かけるところからはなしが始まる。「おのづから惜身命の偈となりてひぐらしぞ啼く樟の木むらに」という、歌碑にもなった山本の一首からタイトルがとられている。

作中では、「新月」は「春暁」に、山本は矢島宗規となっている。格別のストーリーがあるわけではない。場面のおりふしに昔の記憶がよみがえってくる、というスタイルだ。ひさしぶりにあった友人との会話。山本＝矢島が再婚したときの思い出。会場で出会う医学部時代の宇高という同級生の記憶。主人公を短歌に誘ってくれたその彼の、再生不良性貧血という難病のこと。そして、歯医者である山本＝矢島の生き方について。

しみじみとした感銘を受けるが、このよさが正確にどこにあるかというと、正直にいって指摘しにくい。

この一篇は、長めの随筆といってもおかしくない。ストーリーをかいつまんで説明できないことも、曖昧さの要因である。思い出の織物、連鎖のような一篇である。なぜもう少しフィクションを加え、小説らしく作らないのであろうか。事実に密着した書き方を、上田はなぜ選ぶのだろうか。しかし一方、事実という不自由さを選びながら、逆に「新月」→「春暁」、山本→矢島という風に名称を変える。そういう操作がきちんとなされているので、逆に気になってくる。なぜならば、まったく同じ素材を他のエッセイでは、「新月」「山本」という名前で書いているからである。

太宰治に『津軽』というよく知られている私小説がある。名作である。戦争中、昭和十九年、太宰と思われる小説家（本名の津島）が、ふるさとを訪ね見聞する。実際に小山書店から依頼された「新風土記叢書」の一冊として、約三週間の取材旅行がなされたという。自己のルーツさがしの小説といってもいいだろう。「たけ」という、母親代わりに育ててくれた子守との再会が、クライマックスとして用意されている。たけを訪ねたがなかなか見つからない。そしてこんな文章が挟まれる。

すぐそこに、いまいるという事がちゃんとわかっていながら、逢えずに帰るというのも、私のこれまでの要領の悪かった生涯にふさわしい出来事なのかも知れない。私が有頂天で立てた計画は、いつでもこのように、かならず、ちぐはぐな結果になるのだ。

しかし、運動会を見物している「たけ」に、なんとか会うことができる。そして会話を交わす。「何か、たべないか」「餅があるよ」などといわれ、「いいんだ。食いたくないいんだ」と応えると、「餅のほうでないいんだものな」と微笑み、「たばこも飲むのう。さっきから、立てつづけにふかしている。たけは、お前に本を読む事だば教えたけれども、たばこだの酒だのは、教えねきやのう」という。そして、二人で竜神様の桜を見に行くことになる。歩きながら、堰を切ったように、「たけ」は矢継ぎ早に、質問をなげかける。津島（太宰）も答える。最後に、こんなことを言って小説を閉じる。

まだまだ書きたい事が、あれこれとあったのだが、津軽の生きている雰囲気は、以上でだいたい語り尽したようにも思われる。私は虚飾を行わなかった。読者をだましはしなかった。

太宰のルーツ探しが、この「たけ」との出会いで終わる。そうか、ここで太宰は再生したのだな、という読後感に読者は襲われるだろう。道中、太宰を供応する津軽人、孤絶したみちのくの風景のくどいほどの描写。読者は、作者に同化し、ぐいぐいと作中に引っ張り込まれる。そして、最後の

「たけ」との感動的な出会いになる。だれもが、実際のことであり、事実そのままだと思うだろう。しかし、岩波文庫の長部日出雄の解説によれば、まったくちがっていたらしい。「実際にはそこでも、二人のあいだには何の会話もありませんでした」と言い、こんな風に続ける。

近所の老婆や主婦に誘われて、竜神様へ参詣に向かうタケさんのあとを、太宰は所在なげな様子でついて来たそうです。極度の人見知りですから、知らない人と一緒にいるタケさんには話しかけられません。

当時としては長身で、緑色のスフのゲートルを巻き、白いスフのテニス帽をかぶった不可解な風体の男があとをつけてくるのを、周りの老婆や主婦たちは怪しんで、「あれはアメリカのスパイでねえか」と疑ったという。クライマックスとはかなりちがっている。

叔母が自分の実の母親ではないかという構想をもって、太宰は「たけ」を訪ねた。そこでそういう話を聞きだし、叔母に会いにゆくという計画だったらしい。ところが否定されてしまった。そこで一挙に、「たけ」こそ求めていた実の母親であったと筋を変え、折りよく開催されていた運動会を絶好の舞台に、「虚構のクライマックスを創り上げたことが、稀有の名作『津軽』の誕生につながったように、ぼくには想定されるのです」と長部は断言する。

太宰は本名の津島で登場するし、たけは実在の人物である。しかし、取材や、聞き書きした結果を、当然のように小説家の想像力はどこかで超越し、裏切ってしまう。

上田には、そのようなフィクションに飛躍するばねがない。小説を作り上げようとする意欲は、最初からないといってもいいだろう。あるいは、事実をそのまま小説に導入する。そこから離れない。そこが不思議なのである。

だからといって、私が上田の作品から感銘をうけないといっているのではない。「関屋」が、さまざまなところで昔を思い出し、当時の自分の心境を淡々と描くところなど、しみじみしてくる。つい読みふけってしまう。たとえば、こんなところだ。

病気などしておれない大事な臨床の勉強の時期にへこたれてしまった関屋は、その不甲斐ない自分を短歌に托してみずからを慰めながら、そういう自分に逃避の姿をみとめて危いと思った。そしてそう思いながら、短歌に熱中する自分を止めることが出来なかった。矢島宗規は、医師になると同時に短歌をはじめた彼の前に、短歌という、彼には医学の勉強のさまたげになることはわかっていても止めることの出来ない言葉の遊びの道の先達として、さしてその道へつよく彼を誘いかけることもしないまま、むしろ短歌に狂おうとする彼をいましめるかのように、穏かに立っていた。彼は矢島宗規の上に、彼に危険な遊びの道を教える誘惑者というよりは、短歌をもてあそびながら狂うことのない健全な生活者を見ていた。矢島宗規に就いて短歌を習えば、短歌は彼の人生を狂わせることなく済みそうな気がしていた。

（「惜身命」）

上田を読んできたものにとって、周知の経歴だが、あらためてこのように言われると、身につまされる感がある。小説としてはじめて読むものは、その丹念な気持ちの描写にこころうたれる。振り返ってみると、この感慨は短歌鑑賞に似ていないだろうか。乱暴にいえば、上田の小説はすべて長編短歌といってもいいように思えるのだが、どうだろうか。

上田のスタイル

「遁れぬ客」という一篇がある。京都の大学病院時代に知り合った京大教授との、長いつきあいの顚末をえがいたものだ。

ある大学教授が心筋梗塞で入院し、回診の際その病室で、主人公が担当教授に向かって「この病室には詩がありませんな！」といって、取り巻く白衣の群がどっと笑うところからはなしがはじまる。興味をもって関屋が訪ね、以来、その患者である京大教授の左近恭平が亡くなるまでのつきあいを描いたものである。

小説に登場する『海運研究者の悲哀』『保険危言』といった著書からインターネットで探索したところ、小説中の左近恭平は、実際は、佐波宣平という人であることが分かった。

年譜によれば、一九〇五年、山口県に生まれる。一九二四年、佐波家に入家。一九二七年、京都大学経済学部入学。一九四六年、京都大学経済学部教授。一九五一年七月、心筋梗塞で倒れ、京大病院に入院とある。ちょうど、上田が学位論文のため家兎を使って実験をはじめていたときである。小説に紹介されているプロフィールと寸分ちがわぬ人物である。佐波には、『海の英語——イギリス海事用語根源』という著書もあり、古書のネットワークでは、その紹介に「おそろしくマニヤックな辞書」とある。余計なことだが、写真を見ると、風貌も上田三四二に似ている。

上田は、その『保険危言』という随筆集のあとがきを写す。「著者は、本書収録の随筆の大部分を、発表のたび毎に、親友関屋行蔵氏（医学者、歌人）のもとに送り、同氏の所感をもとめた。また補筆の際にも、同氏の知恵をいくつも拝借した。すぐる昭和27年1〜3月著者が京都大学病院に入院していたとき医者と患者の関係として結ばれて以来の親友であるが、著者は同氏との友情をきわめて大事とおもっている」。

それだけではない。上田は次々と、その随筆の内容をくわしく紹介してゆくのである。佐波はかなりユニークな人物らしく、退院後の「生存計画」をたてる。

第一次計画　昭和三十年三月三十一日まで生存。

第二次計画　昭和三十五年三月十日まで生存。

第三次計画　昭和四十年一月十六日まで生存。

なぜそうするかの理由を縷々書き記す。そして、うまく計画が進み、無事、第三次計画が完了し、主人公は還暦を迎えた。関屋（上田）は、その間に東京に出てくる。そのあとハガキのやりとりになる。小説は以後、左近（佐波）のハガキを丁寧に紹介するのである。

拝啓。お便りと貴著『詩的思考の方法』、ありがたく拝受いたしました。（略）降って私こと、左脇腹下にこの一月から殆んど絶えず鈍痛があり、最近は大便に相当多量の出血（タール便にあらず）があり、このところ、レントゲン透視、胃カメラなどの精密検査をうけており、悪性のものではないかと戦々兢々としています。あと2年半で停年ですから、定年後は完全にアソブつもりで予定している次第を、いま死んでは、さっぱりだとおもっています。御健勝祈ります。拝具。

スモン病という奇病にもとりつかれる。上田は医者らしく、主人公の病の推移もきちんと描く。

私は前途を絶望しています。全く確実に少しずつしびれがひどくなって行くのです。胃全部、脾臓全部その他リンパ腺が摘出してあります。このために、両足のしびれが生じるのか、また、手術後2週間、動脈に入れた抗ガン剤がアレルギー体質の私にこうした副作用を生じたのかとも考えられます。とにかく、本年末が私の命数のつきる時期だろうと観じています。

そのうち、関屋自身が「医師である彼には疑いのない結腸癌を病み、東京大塚にある癌研究所附属病院で手術」する。これもまた、上田の年譜通りだ。さらに、佐波の晩年の手紙を多く引用する。いいかえると、佐波の書いたもので構成した一篇といってよい。佐波自身の養父、養母などの回想（佐波の旧姓は岩瀬というが、上田はそれを石川と変更する。わずかなことだが、名前については他の場合もそうだが、上田はきわめて神経質である。手紙をそのまま引き写しながら、名前だけ変える、その差異の意味はどうも分かりにくい）、あるいは佐波が文学青年であるという生い立ち。

専攻は経済だが、できることなら文学部にいきたかったのではないか、といった上田の想像を、そこに重ねてゆく。さらに命数つきるころの俳句、「扇手にするもこの夏かぎりかや」「蜩のみじかきいのち直《ただ》に欲《ほ》り」「晴れわたりいよよかなしき秋日かな」なども紹介する。

そして最後の場面が、昭和四十三年三月十二日の京都大学経済学部葬である。弔辞のあとの講演を、関屋（上田）やその弟子がおこなう。小説はその講演の内容も反芻する。

スモン病で苦しみ、何回首をくくろうとしたかしれないというハガキを紹介しつつ、すべてのことは、ある程度の健康が保証されているものがやる遊戯にすぎないのではないかと、左近の悲鳴を書き写しながら、「しかし――と関屋が語を継いで言いたかったのは、その弱い人、左近のことだった。関屋はそのとき左近の俳句を思っていた。俳句はその弱い人、左近の真骨頂が出ていた」。この小説でいちばん言いたかった箇所だ。

ここにいたって唐突に作者が重なってくる。医業のかたわら短歌に執している自分、そこに帰ってくる。思いが一挙に結晶するのである。いいかえれば、左近は作者でもあったのだ。乱暴にいえば、「遁れぬ客」という一篇は、読者のために書かれたのではない。自分とおなじ人間が、これから歩み出す前方に存在しているという、確認作業のような小説なのだ。「惜身命」も同じだ。山本（矢島）が上田の理想型の存在として浮上している。上田の小説は、すべてこういう構造になっている。美や、生き方や、愛などの理想型を、自分の外側にもとめるというかたちである。

この小説は上田の還暦の年（一九八三年）に書かれている。そこには、自分自身の第四次生存計画への祈りも込められていただろう。

願望小説集『花衣』

「茜」「日溜」「岬」「花衣」「敗荷」「橋姫」「月しろ」「影向」という、美意識のにじむタイトルの八つの短篇は、「群像」一九七九（昭和五十四）年十二月号から、ほぼ三カ月に一度のペースで連載され、一九八二（昭和五十七）年に『花衣』として一冊にまとまった。

二〇〇四（平成十六）年に刊行された講談社文芸文庫のカバー惹句には、「人生の落日を心身に自覚した男と、いのちの盛りの女。俗にいえば中年のありふれた情事。だが昇りつめた二人を死の影が一閃、恋は華やぎの極点で幻の如く頽れる」と書かれている。さらにつづけて、「歌人にして作家上田三四二が、磨きぬかれた日本語の粋と、大患で得た生死一如の感覚をもって、究極のエロスを描く連作短篇集」とある。

要約すればこのようになるのだが、いままで上田の短歌、評論、小説を覗いてきた経過を加味していえば、自分の夢を、小説というスタイルを使って奔放に繰り広げたものだ。

まず、憎悪、嫌悪、嫉妬といった、恋愛に必ず生じる感情は、ただの一行も書かれていないことに注意したい。男と女の関係はすべて純粋であり、裏切りも、後ろめたさもない。汚れた感じがほとんどないのだ。つまり、人間の裏側にある問題を捨象しているのだ。誰も疑い得ない、純粋結晶としての愛。そんなことが主題として浮かび上がってくる。

八篇とも、いわば結婚にいたらない情事が主題だ。普通はこういう小説のなかに社会関係がしのびこむ。いや、しのびこませることによりドラマが展開するものだろう。愛する二人の純粋さと、現実の社会が対立し、対比的になるのだが、『花衣』にはそういう仕掛けはない。ふたりの間を引き離すものは存在しない。もし、愛を壊すものがあるとすれば、それはほとんどが「病」なのである。

だから、『花衣』は、作者（上田三四二という病を背負った人間）の願望小説集といってもいい。現実にはありえないが、こういう女性がいたらという願望を、そこに感じるのだ。

例えば、「橋姫」という一篇がある。茶道具の展覧会で始まる男女の関係を、その女性側から回想する小説である。何人かの男と交渉があった茶道の師匠である語り手は、こんなことをいう。「あのひとを知ってから、ほかの男への関心がだんだん薄れていきました。わたくしのなかの熱いものはあのひとによって充分に解き放たれていたわけではありませんし、先々のどのような口約束もないのですが、橋寺以来ことに、あのひとさえいてくれればよいという気になったのでした」。さらにこんな文章になる。

しんじつ会うことにこころがはずみ、待ちどおしく、会えば、楽しかったのです。うらみと言えば、毎日でも会いたいのに誘いの数のすくなかったことでしょうか。忙しいことはわかっていました。家庭のあることもわかっていました。でも女はそういう理解をこえて、誘われ、乱され、嵐のようなところへ連れて行かれるのを望んでいるのです。あのひとにその盲目的なものは欠けていました。

（『橋姫』）

概して、このように男が女から愛されるという構造が多い。しかも、「俺はいつも世間を気にしている」（茜）、「煮え切らない男」（「日溜」）、「女は彼に見切りをつけるように、それまで見向きもしなかったいくつかの縁談のあとで、親のあまり乗気でなかった見合いに応じ、結婚した。彼は女に負目を感じ」（「月しろ」）と、すべての男性主人公は決断しない。

「影向」でも、女性から愛されたが、一緒にならない男である。文芸文庫版の解説で、古屋健三が、女性は能動的だが、男が実際にその力につき動かされ、巻き込まれることはない、と指摘し、つまり、「男の方に女性の情意に応えてのめりこんでいくエロスが不足しているのである」という。これは上田三四二自身の自画像なのではないか。あるいは、自分の経験が根底にあるのではないか。つい、第一歌集『黙契』の、「堆き情緒」の一連を連想する。

登場する男女には、かなりの年齢差がある。そして男には、研究所勤め、研究者、新聞記者、出版人、大学講師、俳人といった職業が選ばれている。いわゆるビジネスマンなどは登場しない。また仕事の中味は小説に入り込まない。

もうひとつ大事なのは、風景（名所）、陶器、絵画、古典といった世界が、重要な役割をもって書き込まれることが少なくないことだ。とりわけ、男性の身にそのような趣味・教養を具えさせている。これも上田の願望のような気がする。

目的化する描写

さらに、草花などの自然描写も、いかにも上田らしい。たとえば、こんな場面だ。

桜は彼の頭上に気遠くなるほどの花の数をちりばめて、傾きはじめた陽が斜めに差すので、花が花に映え、花の枝が花の枝に影を落して、その光沢があるところでは練絹のように輝き、あるところではうす桃に翳りを増して、眼《まなこ》をこらすと、渋い紅《べに》いろの蕊と萼が群がる花々の一つ一つを鋲に留めて、花は花ごとに際立ちながら、それらの総体が、言い古された言葉ながら花の雲をなして、重力をうしなった軽さに中空《なかぞら》に浮んでいた。咲き満ちた梢という梢がまだ一ひらの花びらも散らさないその静謐がかなしいばかりで、幾千幾万の花々が息をつめて、枡に盛った酒がもう一滴で溢れ出ようとする際《きわ》のような危うい均衡がそこにあった。風が渡った。風の筋は枝の先から先へと渡ってあたりの花々を水かげろうのように揺らめかせたが、柔かくふるえる花びらは一つもこぼれることをしない。風の一吹きは、時の一刻であるのに、時はそこにとどまっていた。

（「花衣」）

満開の桜の描写である。一所懸命、ことばによって桜を捉えようとしている作者が見えてくる。おそらく、どんな場面よりも力が注がれているように感じられる。小説のなかで、このような描写が必要なのかどうかよりも、桜の姿をえがきたいという欲望のあらわれのように思える。上田は、こういうところをこそ、小説のなかに書き込みたかったのではないか。

恋愛の相克にはあまり関心がない。純粋の愛の背景に満開の桜を配置したい。その場面を、どれほどあざやかに表現できるか。こころはそこに、一心にむかっているのだろう。上田にとって短篇は、日本画のような絵を、できるだけ丹念に描くことに近かったように思える。

書名になった「花衣」は、すでにこの世にいない牧子という女性を回顧する短篇であるが、桜花をめぐって次のような会話が交わされる。

「花は感じやすいのね。『時を感じては花も涙を濺ぎ』とうたわれていますわ。」

牧子は謡を習っていた。

「それは別れのこころだ。逢うときはどうだろう。」

「花は笑うといいますわ。」

「咲くと書いて、笑うと訓む。」

「それにしてもこの花がみんな、雄蕊と雌蕊からできているなんて、いまのいままで、忘れて、考えてもみませんでしたわ。」

（「花衣」）

書き写してみて、会話にリアリティを感じない。いくらなんでも、女性の会話がすべて「わ」で終わることはないだろう。たぶん上田も、そのへんは分かっていたのではないか。リアリティよりも、桜に「時を感じては花も涙を濺ぎ」とか、「咲く」「笑う」といった故事来歴を付け合わせたい。つまり小説というより、一幅の日本画を描きたいのだ。その結果、ドラマ性が背後に退いてしまう。男女に矛盾は生じない。障害があるとすれば、病、死、あるいは男の意志薄弱。しかし、女性の側はずっと男を想い続けている。先に上田の願望といったのは、こういうところのことである。
もうひとつの特徴は、女性の身体への関心である。上田の描写は克明だ。

暖かそうな膝がオーバーからこぼれていた。片膝を立てて、かたちのよい輪郭を見せる足がそこにあった。こころもち太めの足首だったが、男にはそれが若い女のやわらかい肉付きのしるしのように思われた。刳りの深いハイヒールから露わになった甲が、腫れてでもいるように盛り上がって見えた。足の先がぎゅうと押込まれている感じで、圧してくるものをはじき返す若い力が世津子の体の隅々にまで行き亘っているのだった。（「日溜」）

スカートは裾を乱しながら濡れた布のように腰にまつわった。（「岬」）

男は記憶のなかの女を目の前の立像に重ねようとしたが、うまくいかなかった。ひねって立つ姿勢のせいもあるのだろうが、女の腰はたくましさを増していた。臍部の凹《くぼ》みにつづく胴のくびれもつよくなっているようだった。両腕をあげているためか、二つの乳房は胸に高く、乳の先端は天を指して、男は子供を生まぬ女の胸に、彼の記憶のもっとも忠実な再現を見る思いがした。

（「月しろ」）

震動や減速や加速は、感覚に慣れてしまおうとする老人を絶えず励ましていた。揺られながら眠る女は、やわらかい、いい匂いのする、輪郭の曖昧な物体となって、電車の動きのままに、圧迫を加えたり、緩めたりしながら、ますますつよく凭りかかってきていた。

（「影向」）

ここから私たちは容易に、上田の短歌を思い起こす。すでに引用した作品も多いが、ふたたび記しておこう。

やはらかき若きからだを寄せてゐし行きずりびとは保谷《ほうや》に降りぬ
疾風を押しくるあゆみスカートを濡れたる布のごとくにまとふ
双肘《もろひぢ》を張りてみづからの乳を受く貢物《みつぎ》をささぐごときかたちに
くびれたる胴もて区切る半身の寛らの白の横たはりたる
乳房はふたつ尖りてたらちねの性《さが》のつね哺《ふく》まれんことをうながす
乳《ち》の上に髪は瀧なす首筋を千すぢに纏《ま》きて落ちきたるもの
ブーツにてみなゆくゆゑにまれまれにハイヒールはく脚鮮《あたら》しも
脱がれあるブーツはいたく女くさき内反をせる足首をもつ

（『遊行』）

小説が、短歌と密接にリンクしていることが見えてくる。歌人であり小説家でもあるから当然であるが、比較対照してみると、興味深い事実も浮かんでくる。

最初から六首は一九七七（昭和五十二）年に作られている。七首目は一九七九年、八首目は一九八〇年という。短篇「日溜」は一九八〇年、「月しろ」は一九八一年に発表されている。つまり小説は、短歌から遅れること一～三年後ということになる。描かれた場面と作品の類似から考えるならば、上田は、自作の短歌を前にして小説を構想した。そう想像しても、あながちはずれていないのではないか。

上田の小説の中で、唯一、私小説的色彩の薄いのが『花衣』である。しかし、短歌を軸に、あえていえば、一首から小説へと想像を膨らませていったとすれば、当然のこと、人間関係や社会といった背景は希薄になり、ただ眼前の風景や、愛の純粋さのみが、クローズアップされざるを得ないだろう。

一幅の絵のようだ、といった。また社会関係がしのびこんでいない、会話にリアリティが感じられない、といった。桜満開の場面など、過剰な表現ではないか、ともいった。いずれも、小説の問題として提出したのだが、それを短歌のもっている特徴と考えると、そうなって至極当然ともいえる。

ドラマを描写するのは、一首のなかではかなりむずかしい。小野茂樹のことばとして知られているが、短歌には「整流器」（夾雑物をできるかぎり排除し、流れをなめらかにする）をくぐらざるを得ないところがある。多くの感情の中の一点に集約し、三十一音に構築するのである。だから矛盾ははじめから生じていない。

さらにいえば、男女の交情を描きながら、エロス性が欠けていることも、小説の前提に短歌を想定すれば、納得がゆくだろう。「花衣」に女性の着物を解くシーンがあって、こんな風にいう。「女帯という、このおよそ機能の限度を超えて装飾化した荷厄介なものは、手に取ってみると、女の体を護る頑丈な砦だと知られ、彼は手こずったが、また、この砦ほど伴りの多いものはないという気も、一方ではしていた」。

それからまた、帯を解いてゆく。

「河原は牧子の胴体に手を廻して、いくつ腰紐を解いたのか、覚えていなかった。紐はたぐり上げ折り返された着物の襞にもかくれていた。着物の下の、明るい赤を溢れさせている長襦袢の上にも匍っていた」。こんな風に、克明に描かれれば描かれるほど、読者はエロスから遠ざかってしまう。極端にいえば、いったい何の場面か分からなくなってしまう。上田は、細密画のように手を抜かず、書き込んでゆく。省略がなく、一枚の絵に白地が残っているのが、気になってしかたがないといわんばかりである。

先に、満開の桜の描写に触れたが、それと同じ作者心理なのだろう。小説における描写の効果測定など、どこかに飛んでしまっている。描写そのものが自己目的化している。それは、短歌が関係しているからだろう。

教養小説《ビルドウングス・ロマン》の一変種

『花衣』が一幅の絵だとすると、『夏行冬暦』は塑像である。立体感や奥行きが生まれている。小説にそれほど詳しくない私のようなものにとっても、出来上がりの差は歴然としているように思う。

『夏行冬暦』は二つの中篇からなり、すでに紹介した上田自身のターニングポイントともなった、夏と冬の体験が素材になっている。ひとつめは、一九五二（昭和二十七）年五月、丹後由良にある教員用保養所での療養生活（「夏行」の発表は「文芸」一九八一年四月号）。ふたつめは、一九六六（昭和四十一）年、一月下旬から約二カ月間の、国立佐渡療養所への出張（「冬暦」の発表は「文芸」一九八四年二月号）。いずれも年譜に記載されている事実だ。

「夏行」は、由良保養所から帰った直後、京大病院と夜学を辞め（つまり研究者生活に挫折し）、国立京都療養所に医師として赴任するまでが書かれている。

「冬暦」は、帰京後、結腸癌が発見され、五月に手術、まさに「生涯の転機」となったその直前の、冬の佐渡での体験がもとになっている。

私小説の手法に立って、妻子から離れた一人の生活がしっかりと描き込まれていて、タッチに揺るぎがない。『花衣』にくらべると、小説として洗練されている。上田作品に目立つ装飾も少ない。小説家としての文章の彫琢もうかがわれる。それは読者にもはっきりと見える。単行本にはあとがきがないが、帯に上田自身の、こんな言葉が添えられている。

事実より真実なるもの、真実のより詩的なるもの——そういう心得で書いた、これはわが経歴における「詩と真実」だと、あえて言おう。それを夏と冬、二双の屏風につくった。年齢の季節は前者は夏にやや早く、後者は冬にはまだ間があるが、人生の二つの結節点における土地と歳月によせる作者のおもいは年とともにふかい。感傷を責めないで、教養小説《ビルドウングス・ロマン》の一変種として読んでいただければ、有難い。

わが経歴における「詩と真実」だという。「感傷を責めないで」ともいっている。感傷的だという自覚が、このような文章になっているのだろう。

結婚して、妻の家に同居し、子どもも一人ある研究者。義父義母のほか、二人の義弟、二人の義妹も同居している。そういう境遇を襲った「左肺鎖骨下浸潤」という診断。これらはすべて、上田の年譜どおりである。そこで一夏、保養所で療養生活を送る。それが「夏行」の背景である。保養所で同室になった高岡という画家。それに岸田弥生、井口澄江という二人の若い女性が登場する。特別な事件はおこらない。岸田とのほのかな交情。そこに、香村という作者と思われる主人公のモノローグがはさまれる。家兎を殺し、さまざまに切り開き、脳と脊髄を取り出すという研究生活も語られる。さらに、上田を取り囲んでいる家の問題なども、フラッシュバックとして挿入される。

小説全体の根幹をつらぬいているのが、現実の自分に対する、言葉になりにくい齟齬感である。

こんなことをしていていいのだろうか。方向がちがっているのではないか、と。しかし、これもすでに何度も触れてきたことだ。

長い一日だった。そして昨日までの自分が遠い昔のように思われた。解決はなに一つなされておらず、解決をさきにのばして逃げて来ただけのような身の振り方であったが、それでも、今は何もかも忘れて眠ってよいのだった。そうでもなければ、トンネルをいくつも潜って日本海の誰一人知る人のない海の家にまでやってきた甲斐がなかった。

（「夏行」）

彼は自分を過去から切離して、別の者のようになって、ひっそりと暮したい願いをもってここにやって来たのだった。何も考えないこと、そしてあえて、自分自身でさえあろうとしないこと——そういう判断停止、行為停止のひと夏の休暇のあいだに、それでもなおそこにまぎれることのない本当の自分というものがあるなら、それが見えてくるだろうという気持だった。

（同）

「教養小説《ビルドウングス・ロマン》の一変種」として読んでほしいという、作者のことばにつながる文章だ。本当の自分、自分探し。上田三四二は、若いころから長い彷徨をつづけてきた。学生時代からの、医学が向いていないのではないか、専門を医学史に変えようか、そういう思いは、すでに何度も紹介してきた。

しかし、保養所を去ってすぐ、上田は、こういったこころの彷徨に終止符を打つ。つまり研究を放棄し、文学という方向に自分なりの舵を切ったのである。上田自身にとっては、長年の逡巡を断ち切ったのである。決断が十分孵化するためには、丹後由良での一夏の時間が必要であった。過去を振り返る、そういう思いこそ、小説を書こうとするエネルギーになっているのだろう。

教養小説でありながら、「一変種」にならざるをえないのは、作者が結婚し、子どもまでいる年齢ということも大いに関係している。齟齬のある部分は、妻との関係によって生じているからだ。小説においても、短歌においても、上田三四二は自分の過去を、かなりの程度、作品化している。しかし、結婚にいたった経緯（恋愛）は、一度たりとも文字にあらわしていない。その一線はきわめて厳格に守られており、禁欲的なのだ。それに反し、妻との不協和音は赤裸々に描かれる。

清子（妻）は、「香村がインターンを終えるころから短歌をはじめたことは、不満の種になって尾を曳いていた」「清子の眼に、香村は何か医者として自立することに熱心でないようにうつり、両親の手前、肩身もせまく、子供さえあるのに、夫がだんだん性《しよう》の知れない男になっていくようで、不満が溜ってくるのであった」。

医学が自分に向いているのかという長年の葛藤に、文学と生活の対立が加わってくる。二重に主人公は苦しめられるのである。教養小説といえば、だれしもゲーテの「ウィルヘルム・マイスター」を思い浮かべるだろう。主人公の人格形成と発展をテーマとし、修業と遍歴を重ねる。そこには当然、女性も登場する。

すでに妻子のいる人間に修業・遍歴もない感じがするが、上田にとっては、「いかに生きるか」

という問題は、その時点においてもずっと突きつけられたままであった。その意味で、変種かもしれないが、まごうかたなき「教養小説」なのであった。

野心と隠遁

考えてみると、上田の生涯は教養小説そのもののようなところがあった。これでいいのか、もっと先があるのではないかという思いが、つねに上田を背後から押し続けていたともいえる。つまり、簡単に自足することがなかったのだ。後半生の小説への挑戦は、その修業の一環だったのかもしれない。エッセイ、小説、評論、伝記、それに短歌といった多様な仕事にもかかわらず、なかなか自分で満足しない。これらをひっくるめて、旧制高校的求道性といったものが、上田を支配していたといっても過言ではないかもしれない。

この、世離れた感じ――これが幸福というものだろうか。香村は三十ちかくなってまだ自分というものがよくわかっていなかったが、彼の中には煩わしさをいとう心が人一倍強く根付いているのかもしれなかった。それは、尋常に世の中を渡って行くことの不適格のしるしのようで、彼は将来をおもうと不安になった。（「夏行」）

そしてもう一つの拠り所である短歌を、彼は趣味以上のものとは考えていなかった。世間に通用する歌人になるというような考えを抱かないところから彼は歌をつくりはじめていた。香村は彼が医学に打込むことが出来ないのは、文学への憧れのためだとはかけても思っていなかった。短歌は、何かひどく生きにくい生を選んでしまった彼のかすかな慰藉であればよく、それ以上でありたいという希望も、それ以上であり得るかもしれないという期待も彼は抱いていなかった。香村はともかく医者というものになったが、本当は何になりたいのか判らず、何になれそうもない気がしていた。彼は、いまはただ、憂いのない長閑な人生を送りたいという思いになっていた。（「夏行」）

憂いのない長閑《のどか》な人生への熱望。しかし、口ではそう言いつつも、ちがう一面も覗かせる。同室の画家である高岡は、画家としての然るべき団体に所属し、将来を嘱望される才能があるにもかかわらず、あまり勤勉ではない。スケッチすらしなくなっている。そのことに触れながら、もったいなさを感じる。そして言う。「万事におっとりとした高岡は、彼のありたいと願う鏡ではあっても、歯がゆさを見る理由はないはずだった」。自分の矛盾した感情を告白している。なにもしない長閑な人生を願うという舌の根もかわかないうちに、これだというものが見つかれば突っ走ってしまう。そんなエネルギーが、どこかに煮えたぎっているのだ。そのことに、上田自身も気づいている。漠然としているが、文学はその最初の対象であったのだろう。群像新人賞の「斎藤茂吉論」や、「逆縁」につながる道が、この一夏の時間のなかから見出されたという確信が、この小説になったのだろう。

二つの作品が執筆された時期は、亡くなる七年前と四年前である。同時並行的に、小説、エッセイ、評論など、かなりハードな仕事ぶりが眼につく。年譜のなかに執筆した作品名を書き入れてみると、あまりにも多くて、私のノートをはみ出してしまった。大変な執筆量であった。年譜を作成したとき、これでは身体を壊して当然かもしれないなと思った記憶がある。上田の願っている長閑な人生とはまったく異なった、晩年の生活である。

求道性と長閑（隠遁）への志向。これは上田の矛盾のおもしろさではないか。いや矛盾というより、そういった旧制高校生的な生き方が、上田の生涯を貫いていたというべきかもしれない。

「夏行」は、同居している義妹ふたりが結核に感染したことから、その源が自分にあることに驚愕する。二歳の子どもにも感染する怖れがある。「こんなことになった以上、妻の実家にとどまることが出来なかった」。そこで、研究も断念し、夜学の教師もやめ、「療養所」の一医師として生きようと決心する。

夜学の無理なこともわかっていた。研究も断念してよい気持に香村はなっていた。研究も夜学も止めて、療養所の医者としてそこに住みつくのである。不便なところにある療養所は、広い敷地のなかに職員官舎を持っていた。住宅の問題はそれで解決する。清子との気持のよじれを戻すのにもよさそうだった。麻子（義妹）をそこへ入れて療養させることも香村は考えに入れていた。

彼は入院しないで研修所（保養所）に来たことを幸運だと思った。病気の程度はおなじでも、入院しているよりは研修所という名の保養所に入っている方が、就職の条件としては有利だろうと思われた。病気をかくすことは出来ない相談だった。研修所にいることが入院よりは有利だとしても、そういう病気持ちを果して先方で受入れてくれるかどうか、わからなかった。香村は、療養所に就職さえできれば、研究を放棄し学位を断念することは、何ほどのこともないという気になっていた。……

（「夏行」）

学位の価値は、門外漢にはわからない。博士課程を修了し、論文審査を通過すれば、医学博士号が授与されると考えていいだろう。医者で歌人といえば、斎藤茂吉、岡山巌、浜田到、岡井隆、石川恭子などがすぐに思い浮かぶ。茂吉は留学し、一九二四（大正十三）年に学位を受けている。

博士号は医者の仕事にとってどの程度必要なものなのか、わかりにくいが、上田にとっては、私たちの想像する以上に占める位置が大きかったような気がする。

ここからはやや勝手な想像でしかないが、故郷から出てきた上田には、どこかで名を挙げなくてはならないという思いが、残っていたのではないか。

大患以後の上田には、「死を見据えながら、力まない、淡々とした筆致です。おそらく、生への愛惜の念と死への恐れが、内心のどこかで、せめぎあっているのでしょうが、そのようなナマの感慨は、静謐な文体できれいに拭われています。それだけに、かえって文章に雄々しい力がでてくるのです」（加賀乙彦『死に臨む態度』解説）といったイメージが貼り付いている。その事実は否定しない。しかし、それは後半生の印象である。研究を放棄するか否かといった、若いこの時期の上田を、その観点だけで見てはいけないのではないか。多くの学友・同僚との競争心は、どうしても否定できないからだ。

「医学部の同級生たちは一人のこらず医者になっている。それはもう、見事なほどだ。が、高等学校の同級生たちは、ノーベル賞をもらった物理学者から塾の経営者まで、さまざまだ。大方は理工科系の教職や会社や研究所を選んでいるが、変わったところでは作曲家がいる。経済学の教授がいる。有名料亭の社長がいる。私のようなものもいる」(「適性」、『私の人生手帖』所収)。

ここにのぞく上田の意識が、私を刺激するのである。

旧制高校の高踏的姿勢の内側に、人並み以上の競争心が強固に存在していることは、多くの実例があるだろう。上田三四二に対しても、ついそんな想像をしてしまうのも、先に引用したような「夏行」の文章や、同級生を語る際の筆致が、折りにふれ他のところにも出てくるからである。

こころのどこかに存在する向上心(野心)が、逆に、隠遁への過剰な期待に反転するのではないか、長閑な生活への憧れや熱望になるのではないか。

到達点の「冬暦」

「冬暦」に移る。

すでに触れたように、この小説の背景は一九六六(昭和四十一)年一月から、国立佐渡療養所に出張した二カ月間である。「島に来たのは義務ではなかった。彼は人の行きたがらない真冬の出張をすすんで引受けたのだった。島の療養所には医師がいなかった。所長ひとりきりで、その所長も老齢であるところから、後任の見つかるまでのあいだ、余裕のある香村の勤める東京の療養所に援助の要請があった。二十人ちかくいる内科の医師の中から希望者を募って、二カ月毎の交替で出掛けることになった。香村はその二番手を引受けた」。上田三四二はここでも率直に、自分の事情をあきらかにする。上田の小説を読んできたものには、この枠組みにフィクションを想像することはできない。

主人公には、島籠りの間に良寛を勉強しようという目論見があり、もうひとつは、第二歌集のために、過去十一年間にわたる自作短歌を整理し、新しい出発をしたいという思いもあったと記す。こういう点で、香村（主人公）が上田三四二であることはすぐに了解されるだろう。

小説としての構成や描写は、上田作品のなかでも群をぬいて優れている。冬の佐渡の風景や天候、父の代から引き継いでいる所長の相貌、新しいことに意欲を燃やす総婦長、写真のすきな検査技師など、香村をかこむ人物も、それぞれ彫りふかく描かれている。意外にも看護婦のなかに短歌愛好家たちがいて、歌会などをつうじての交遊がはじまる。彼女たちとの会話なども不自然さがない。時代から取り残されがちな島の結核療養所の内実も、見事に写されている（このときの写真の好きな検査技師の回想が、上田の生地である小野市の、「上田三四二を偲ぶ」という「好古館企画展」パンフレット第六号に載っている。それによってもほとんど事実であることが確認できる）。

短歌を愛好する牧田君江という看護婦にこころ惹かれるが、気配だけで、それ以上は進展しない。「夏行」において、同じように療養にきている岸田弥生という女性に気持ちが動き、しかしそれ以上には進まなかったのと同じ構造である。
「夏行」とちがって、具体的な彩りを添えるのが、主人公に過去の女性（嘉納弓子）の影をさりげなく付加するところである。「ともかく切りをつけることだ。そして出直すことだ」と言わせ、さらに、しきりに自分は逃亡者であるとか、罪ふかい気がすると告白させたり、普通には生きられないといったことばを連ねてゆく。それも暗示するだけで、その具体は描かれない。だが、着任途中の車中から、スキー客にまじる男女の姿を次のように描写し、読者の想像力を刺激する。

半歩ほどおくれてしなやかな身のこなしに歩く女は男よりかなり若く、男は香村ほどの歳に見えた。女の顔が窓を過ぎ、女は瞳を据えて歩いた。立てたコートの襟に、余った髪がふくらみ、舞う雪の中に白い顔を浮べて、過ぎていった。似ている、と香村は嘉納弓子のことを思い、ベルトのある杏色のコートの背の見えなくなるまで見送った。誰であれ弓子に似て見えてくる心のうごきが、香村にはわれながらあやしく思われた。（「冬暦」）

若い女性に対して未練を残した内面が、車窓の風景を通して読者に伝わる仕組みになっている。「香村は歩いて行く女の靴の高い踵《かかと》を埋め、踝《くるぶし》をも埋め、やがて腰までも埋める雪の山を眼の前に見ていた」といい、その脚を中心とする肉体描写に、中年男の惑いを定着させている。
さらに、小説の後半に、こんな風な事実をさしはさむ。

或る日——島に来て一ヵ月ほど経った頃、嘉納弓子から手紙がとどいた。彼は氷雨に濡れてとどいたその厚い手紙を前にして、しばらく封を切るのをためらった。なじられても仕方がないのだった。突き放すことばを彼は口にしなかったが、その心は間違いなく伝わっているはずだった。果たして、「あなたには帰ってゆくことのできるあたたかい場所があるのですから」といった言葉があった。「結婚すれば安心なさるのでしょうか」といった言葉もあった。（中略）香村の佐渡行きが彼の人生にとって一つの転機を意味していることを清子（妻）が理解していないとしても、それは仕方のないことで、理解を求めにくい事情もそこにはあった。

ある種の清算という、佐渡行きの動機が示されている。良寛の勉強、それと歌集原稿の作成という二つの目論見の奥に、女性問題を置くことによって、にわかに小説が陰影の濃いものに変貌するのである。若い女性との愛。すでに『花衣』のなかに、さまざまに書きわけられた男性側の煮え切らない対応にしびれをきらす女性。そういったパターンが、ここでも踏襲されている。ただちがうのは、主人公がその状況を、みずから佐渡に来ることによって断ち切ったことである。振り返ってみれば、上田の小説のなかで、「夏行」「冬暦」の二つだけが、何かを必死になって断ち切るまでの葛藤が描かれている。その意味において、教養小説《ビルドウングス・ロマン》という位置づけを与えた意図は、納得できるところがある。主人公からいわせれば、人生の苦難からの脱却である。自分は苦しい。そこからなんとか抜け出したいという願いがある。

しかし、他方からいえば、それはみずから蒔いた種なのである。身も蓋もない言い方かもしれないが、事実である。上田は、日本の私小説の伝統をひいている、とよくいわれる。と同時に、主人公特有のエゴイズムもしっかりと引き継いでいる、といっていい。上田は、そのことに気づいていない。

不思議なことに、読者はその身勝手さに、反発を感じない。むしろ、感情移入する。主人公の苦悩に同情する。いつのまにか声援をおくるような具合になる。読者の読み方はそのあたりについては、つねに作者寄りなのである。

川端康成「雪国」を思い起こさせる、上越線の長いトンネル。さらに本州と佐渡との間の日本海の荒れ狂う海。そのふたつをくぐりぬけてきた道筋に、こんな意味づけをする。「彼は佐渡にまだ見ぬものを求めていた。流謫への憬れがあった。島への道中に変幻があり、苦行があるのは、彼の期待が徒《あだ》ではないことの証拠のように思われた。島は彼の期待のなかで、遠い、届きにくいものでなければならなかった」。

考えてみれば、こういった表現もやや身振りが大きい。自分で解決がつけにくいので、たんに逃亡してきただけではないか。そういわれても仕方がないところがある。しかし、原因はどうあれ、悩みぬいている主人公に、読者は自分を重ねるのである。

そうはいっても内面の欲望はなかなか昇華されない。暗い気分は払拭されないが、上田らしさが少しのぞくのは、こんな場面だ。

出張の迫った医局で、製薬会社の営業から外国女性のヌードカレンダーをもらった記憶が語られる。そのなかで、七月を飾る女性のポーズにひかれ、書物の間に挟み、わざわざ佐渡まで持参する。

そして、冬の雷を聞いた夜、それを取り出して眺める。中年の男性の、いいがたい性や情がうまく描かれている。こんな姿である。

基底の広い、福々しい乳房をもつ女が左向きにやや膝をくずして坐り、顔を正面に向けている。右肘をあげて手を頸に巻き、左腕は垂れて膝の上に終っていた。光源が画面の向って右上にあるので、女の額、鼻筋、左肩から上膊、左の腰から大腿にかけて明るく、胸元はいくらか翳になって、乳房の前面が照らし出されていた。光のコントラストはつよくない。曲率に富む輪郭はにじむかのようで、女は黒い髪を後ろに垂らしていた。外国の女だからさして似ているとは言えなかったが、香村はその写真を見たとき嘉納弓子を連想した。彼がカレンダーを島に持ってくる気になって、本のあいだに挟んだのは、その一枚の写真のためかもしれなかった。裸の女は瞬きもせず彼を見詰めていた。

単身赴任。しかも佐渡という島での孤独。ヌードカレンダー。断ち切れない性がのぞく。小説としてうまい場面だ。さらに、その裸体写真を電気炬燵の赤い光のなかに置く。ぬめぬめとする性。女性のとるポーズ。「月しろ」（『花衣』所収）が想起される。そのポーズは、若手の日本画家K・Mの作品から思いついたことが紹介されている。K・Mはおそらく加山又造で、作品は「裸婦像」である。

「足を四十五度にひらく。腕をあげ、右手は手首の背《せな》を前頭部に当て、左手は肘を後ろに引きながら後方から後頭部の髪をつかむ。そのまま腰を右につよく引いて、上体を左にひねり、顔は正面に据えたままにしておく」。男が若い恋人に強いる姿勢だ。「身体の領域」（『遊行』所収）でも、そのポーズを中心に短歌作品がつくられていて、すでに引用したことがある。

上田の一貫した好みは興味深い。性に対する眼差しは、このようなところに露出していることも、記憶しておいていい。「清」にして「純」というのが、上田三四二にたいする一般的イメージであるが、ある観点から読めば、すべてが性的であるといっても、それほど間違いではない。かつて小池光が、「上田さんの歌は全部、性の匂いがするんだ。桜をうたっても何でも。それはよく言えばとてもなまめかしいが、悪く言えばいやらしい視線みたいなのがあって、ぼくはそういうのがいちばん好きだけれど」（座談会「大衆性の涯底《そこい》にある闇」、「短歌」一九九八年七月号）といっているが、おそらくこのポーズ問題は、小池の発言につうじているだろう。

本当の歌人になりたい

小説「冬暦」は淡々と進行する。所長も短歌をつくるということから、歌会が拡大する。あるいは、国分寺の住職や郷土史家への訪問、御陵や金山や遺跡の見学、婦長も短歌に関心があること、なども点描される。しかし、特別な事件がおこるわけではない。二カ月の滞在が、佐渡の冬の光景とともに推移する。いつのまにか、読者は主人公の感慨に寄り添っている。

佐渡の描写は、「冬暦」以前に、すでに短歌において実行されていた。歌集『湧井』巻頭「佐渡玄冬」三十首である。「欠航のつづけば品もとぼしとぞ蜜柑を選りて量りてくれぬ」という短歌に対しては、「病棟へ行く廊下の隅に小さな売店がある。菓子やジュースや牛乳と並んで蜜柑があった。頸巻にエプロン姿のおばさんが、『欠航で品がすくなくなりまして——』と詫びながら、箱の底に僅かになったのを、それでも選んで量ってくれたものだ」という風に、「冬暦」と「佐渡玄冬」は対応する。「準夜勤務終へてかへりゆく足音をききてひとりの眠りにつかん」には、

　ながい一日が終った。

　風が出ていた。

　廊下をへだてて、婦長室の真向いに看護婦の通用口がある。引戸になって、靴箱が置いてある。その引戸のあたりがしばらくがたがたしていたが、戸を開けるなり、

「おお寒む。」

「また降ってきたワ。」

　そう言い合って、準夜勤務を終った看護婦が出て行った。

　定めない島の空の雲行きは、雪になったらしい。彼はその帰って行く看護婦のなかに、はじめての日、カルテを胸に抱いて当直室に来た牧田君江のいるのを知っていた。だが聞こえて来る声は、誰のものともわからなかった。

　彼はその声を聞いて、眠った。

という風に、克明に小説は描く。

同じように、「藪かげにうごくけはひのかすかにて雉子《きぎす》よものにおどろきやすき」は、

田代は香村を制して、立止まったのだった。藪の中にものの動くけはいがして、枯葉いろの雉が一羽、あさっていた。雉は、路ゆく香村たちの足音におそれる様子もなく、ほの暗い藪の中の、積み敷く落葉の色にまぎれて、落葉をつつきながら、奥の方へ消えていった。

いまその藪は森閑としていた。

藪をすぎると踏み越えられるほどの谷川があった。谷川には丸太が渡してある。

丸太を渡りながら、香村は、形をなしつつある歌集の題を、「雉」としようかと、ふとそんなことを思った。

となる。その他かなりの場面や素材が、詠まれている短歌をもとに小説のなかでふくらまされていることに気づく。「夏行」と同様に、「冬暦」も、短歌をいわば解凍し、作品以前の存在にもどすような試みだったことが理解されるだろう。

短歌創作には、何かしらの凝縮作業が必須だ。音数に限界があるので、切り取ったり短縮したりすることは、必然の行為だ。三十一音に押し込めることによる緊張が、韻律という助けにより、思いがけない効果を生み出す、そのプロセスが短歌創作である。言い換えれば、一首の後ろには、切り捨てた、盛り込めなかったさまざまな風景や、感情、素材が、じつは存在している。極論すれば、

「冬暦」は「佐渡玄冬」三十首の解凍作業によって、シークエンスを獲得している小説だといっても過言ではない。

「冬暦」は一九八四（昭和五十九）年二月号の「文芸」に掲載された。上田の死命を制した第二の発病直前で、そのとき上田三四二は六十歳である。

「冬暦」のなかの、佐渡での二カ月をかけて第二歌集をまとめようとする目論見の箇所に触れたが、次のような記述を読むと、そのときの思いがいかに痛切だったかがうかがえる。

一つ壁を破れば本当の歌人になれる。四十の坂にかかった香村は、いまがその最後の機会だと知っていた。彼は厳冬の佐渡に期待をかけた。

焦りもあった。（中略）第一歌集を超えるための方法上の工夫は怠らなかったつもりであったが、この期間の彼はむしろ評論に力を入れて、作歌の方はおろそかになっていた。量だけではなく、質においても、彼は自信を持つことが出来なかった。歌集を出すことの意味は今後に賭けるための捨石としてでよかった。

評論の仕事を主にしながら、香村は彼の出発であった短歌に執着を残しつづけた。作歌は減っていたが、彼は短歌が彼自身の本来であることを疑っていなかった。

六十歳の上田が、四十三歳の自分を振り返っている。あせり、あるいは遅れているという意識。上田でもそうだったのかという感想が浮かんでくる。よほどの思いだったのだろう。歌人になるという虚飾のない決意。こういう正直さに、実作者上田が幅広い人気を保つ秘密があるのかもしれない。

エロスと死の翳

「冬暦」には、牧田君江という看護婦へのほのかな愛と、切断せざるを得なかった嘉納弓子への性がうごめいている。そこに妻、清子がからむ。そういう主人公をめぐる女性関係の緊迫感が、小説の深層を支えているといってもいいだろう。それらの内的葛藤を赤裸々に描くことではなく、回想やモノローグを通し、読者にそれとなく感じさせるレベルに到達している。「冬暦」が奥行きと重層性を獲得しているのはそのためである。

それに加えて、もうひとつ大事なことがある。そこに、死の翳がさしはさまれているのだ。二カ月の佐渡赴任のあとの手術を予感させる印象深い身振りが、三カ所ほど挿入されている。こんな表現になっている。

当直室に引揚げようとして、香村は左の脇腹に鈍い痛みを覚えた。痛みとは言えないほどのじんわりと差してくる内臓の不快感で、島に来てから、ときどきその感覚があった。痛みはしばらくすると消えるのだが、かすかに便意を誘い出しながら消えてゆくこともあった。

左の脇腹にかすかな不快感があった。

「どうしたん？」

帰ろうとして立ちかけた田代が、見とがめて言った。

「え？」

香村の手が左の脇腹をさすっているのを目で知らせた。無意識のうちにそうしていたのだった。

「いや、何でもない。」

「この前もそうしていましたよ。」

一人になった香村は、医局の椅子に身を沈めて、しばらくじっとしていた。何時ということなく、同じ場所に差してくる腹部の不快感は、何か重大なものの徴候のように思われた。おそれが次第に動かぬものになってゆく無気味さに、彼は打たれた。

「帰ったらさっそく、精密検査を受けよう。」

おそれを抱きつつ透かし見るこれからの一カ月は長く、その先に外海府のまだ見ぬ海があった。海を見下ろす峠路に、福寿草が咲いていていた。


（「冬暦」）

女性というエロス。それだけでは、平凡な私小説に終わる。ところが、そこに上田を襲った重篤な病の予兆をはさむ。それによって、にわかに不安が読み手につたわってくる。緊張感が付与されることはいうまでもない。

前にも述べたが、佐渡への二カ月の赴任は、「切りをつける」、「罪深い気がした」、あるいは「流謫への憧れ」といった表現に見られるように、過去にかたちを与え、新しい出発を目指していた。暗示される女性との訣別と、歌集の原稿整理はセットであった。

つまり佐渡行には、再生へのスプリングボードという位置づけが与えられていた。厳しい風土に身をさらす試練が、自分の生まれ変わりを可能にするという期待が見える。教養小説《ビルドウングス・ロマン》という意味づけは、そこに起因している。「夏行」における丹後由良、「冬暦」における佐渡は、昆虫が脱皮するような場所であり、時間なのであった。前者は、事実としての医学研究の断念と新しい生活への出発。そして後者は、予想される大手術による別な人生への再生（甦り）。そのための異空間だったのである。

「夏行」では、短歌がそれほど重要な働きをしていない。画家と同室のために、絵画のはなしがでてくるに過ぎない。ところが佐渡においては、ナースも、総婦長も、院長も短歌をつくっている。短歌をとおしての交友が大きな役割をもつ。それによって、孤独だと思っていたこころがほぐれてゆく。そこにも上田自身、執筆時にふりかえった人生の総括が見えるだろう。併せて、風土、気候、あるいはそこに根ざす人間と時間を共有することによって、こころが融解していくのを感じるようになる。

彼は島における彼の生き方に予想した孤独というものが、かすかに変化するのを感じていた。

白衣を脱げば誰一人知る者のない孤独の世界と思い定めてきた場所が、白衣を脱いでも、意外なことにそこに人がいるのだった。機構の中にあって、機構に関わらない仲間がいた。――短歌というめいめいの作った小さな言葉の輪ゴムを持ちよって、その輪ゴムをためして互いの心の色を読みとり合う仲間がいた。白衣に包んできた心も、そこでは匿しようがなく、匿してはならず、匿してもはじまらないのであった。見知らぬ土地に来たはずの香村は、動物がききなれた匂いに出会って警戒を解くようなゆるんだ気持になっていた。

彼はその水銀の玉のように収縮した共同体の表面に、異分子のまま付着するのではなく、アマルガムとなって融けて行く自分を感じていた。
（「冬暦」）

短歌というつながりが、作者の閉じようとするこころを外に開かせたことに気づく。ここにおいて上田三四二の再生が完了する。小説を書き上げた時点での、つまり晩年の上田の認識はそうであったにちがいない。

「冬暦」のあと、一九八四年七月の第二の手術後、最後の創作集『祝婚』にまとまる短篇が数篇書かれるが、ほとんどエッセイに近いものである。さらには「詩人」という一篇のように、尼崎安四という詩人にみずからを重ねた、祈りのような文章であったりする。残酷ないい方だが、本格的小説の枠組みを構築するエネルギーがなくなったといってもいいのだろう。「冬暦」が、おそらく上田の小説のピークになる。

論じにくい理由

五冊の創作集『深んど』、『惜身命』、『花衣』、『夏行冬暦』、『祝婚』を全体的にみて、小説家上田三四二はどのような位置づけになるのだろうか。文献を渉猟しても、小説家上田三四二を本格的に論じたものはほとんどない。講談社文芸文庫版『花衣』の解説を担当した古屋健三に、『「内向の世代」論』（慶應義塾大学出版会）という一冊があり、そのなかに、「透明の悲劇」という上田三四二論がある。おそらく数少ない作家論の一つではないか（他に「昭和文学全集30」（小学館）の粟津則雄による解説がある）。

ではなぜ、上田は作家として論じられないか。認められていなかったのか。そんなことはあるまい。『惜身命』で芸術選奨文部大臣賞、『島木赤彦』で野間文芸賞、『祝婚』で川端康成賞、というように大きな賞をいくつも受けている。さらに野間文芸新人賞の選考委員、ほか多くの文芸誌の座談会、文庫の解説などにも名前を見る。

にもかかわらず、どこか上田に対しては、作家というよりも、文芸評論家そして歌人として扱おうという、暗黙の共通理解があるように感じられる。上田もそれは分かっていただろう。いわゆるではない。

文壇の中央ではない。周縁の存在を余儀なくされた作家、敬遠された作家だったといっても大げさ文壇は、上田が短歌という詩型を手ばなさないこと自体に、なかなか理解が届かない。短歌に基盤を置いた評論・創作。とりわけ、なぜ歌人が小説を書くのかという点に対しては、想像しがたいブラックボックスを感じていたのではないか（小説家・文芸評論家にとって短歌は論じにくいものらしい）。それらが相俟って、上田三四二論が少ないのではないだろうか。それにしては晩年の次々の受賞、これをどのように解釈したらいいのだろうか。

上田個人への回想は多いが、短歌の世界においても上田論は意外に多くない（塚本邦雄、岡井隆、馬場あき子、前登志夫などについての論が多くあるのとは比較にならない）。結社をもたなかったということも遠因なのかもしれない。と同時に、幅広い仕事に歌人たちがついてゆけないこともあるのではないか。評論、伝記、小説、エッセイ、鑑賞、短歌実作というさまざまな分野に活躍した。そのことは生前の高い評価につながるところでもあり、逆に、死後、上田についての議論をどこかで妨げている要因でもある。皮肉な現象である。

古屋の上田論の核は次のようなところにある。

　上田三四二の歌が鋭い錐のようにわれわれの心に喰いこんでくるのにくらべ、上田の小説はガーゼのようにわれわれの傷を包んでくれる。見方を変えると、それは体験の上澄みを語っただけといったきれいごとの感じをあたえるが、作者の優しさがそうしたともいえるし、ストイックな厳しさこその原因だともいえる。なにしろ上田作品は欲望のきざしを心のなかに認めると、望まない胎児のようにたちまち堕胎し、闇に葬ってしまうからである。かれらは現実の事件のなかで手を汚すことをしない。

（「上田三四二論」、『「内向の世代」論』所収）

上田の短歌が錐のように心にくいこんでくる、という評を、私はそのまま肯定できない。どちらかというと、やさしく包み込むような世界であると思うからだ。温雅で、やわらかな世界を目指していたというべきである。それはともかく、「体験の上澄み」といういうきめつけはかなりきびしい。「上田は散文の突っ込みをことさら抑えて、歌の詞書を書くつもりで小説を書いていく」ともいう。さらに、「小説のなかに現れるのは歌人上田三四二であって、裸の生活人上田三四二ではない。上田の私小説は歌人上田三四二の評伝であって、典型的な芸術家小説となる。主人公は芸術家として特権的な地位にあり、その立場を危うくすることはない」。これが古屋の「冬暦」についての批評である。

古屋は同時に、上田における風景の果たす役割に言及する。直接的にこころの揺れを表現するのではなく、風景のなかに溶かし込むという特徴が指摘されている。つまりディテールが突出しない。上田の世界は、一人歩きせず、作者の指揮に従い、整合性がとれ、静まり返っているというのだ。散文の場合、ディテールへの執着が、全体の構造を壊すということがありうる。その結果、生なましい力が破れ目からはみ出る。しかし、上田の小説の場合、そのような破綻が生じることはない。古屋はこういう。

散文はほんらい探求、発見の技術だが、上田の散文は彫琢の技術として使われている。

これは上田の小説が、短歌の延長線上にあることをよく示している一文だ。短歌の場合、一首は作者の統制のもとにある。五七五七七という定型や音数、さらにその内部の韻律構造という束縛が、一首に破綻をゆるさない。さらにいえば、生の実感、実態を、作品のなかにさらけ出しているのでもない。多くは一首における効果を考え、抑制し、作者の慎重な手つきによって整理されている。つまり、生の葛藤を直接的に表現するだけでは韻文にならないのだ。何か外部の事物に転換しなくてはならない。短歌実作の経験者にとって、それは自明のことである。風景はその場合、自分の内側を託す大きな素材になる。

短歌の創作から鑑賞への道筋は、次のような経過を辿る。まず、作者が抱えている具体的な実体が、定型・韻律をもった三十一音（比喩的な、象徴的なコード）のかたまりに転換される。読者は具体的な実体ではなく、作品のもっているシンボリックな側面（気配）によってそれを受け止める。それが一首の伝達される内実だ。そののち、読者は作者という名前、場、あるいは韻律、喩といった解読のためのさまざまな技法によって、比喩的・象徴的にできあがっている一首を、自分の内側で具体的なものに（自分にひきつけた像を描いて）、解きほぐしてゆくのである。その道筋がスムーズである場合、短歌は多くの読者を獲得する。

短歌をこのように考えるとき、古屋のいう「整合性」、「散文が彫琢の技術として使用されている」という指摘は、作家上田三四二のというより、むしろ短歌の特徴であるといった方が正しい。たびたび私も述べた上田の小説への不満が、どこに源をもつのか、これでほぼあきらかであろう。つまり、短歌の延長線上に小説があり、破綻が少なければ少ないほど（彫琢は短歌にとって必須である）、それがどこか、小説の読者に食い足りなさをもたらしてしまうのだ。

明晰な文芸評論家でもある上田に、そのことが見えていないはずはなかった。ではなぜ、上田はそのような小説の実作に執着したのだろうか。短歌、批評ではなく、小説という手法でなければ描けなかったものとは何だろうか。

古屋のように、上田を「内向の世代」と位置づける論が多い。しかし、その規定はかなり無理がある。上田は一九二三（大正十二）年生まれで、内向の世代の代表作家である古井由吉とは、十四歳のひらきがある。上田自身が、「『内向の世代』考」（『眩暈を鎮めるもの』所収）で、この世代は戦争で傷ついた迷子の世代、不安の世代、不吉の世代といっている。それと比較すると、上田には戦争で傷ついたという感じはみえない。すでに敗戦時に青年の年齢に達していた。黒井千次、大庭みな子、富岡多惠子、阿部昭、後藤明生、坂上弘らの、いわゆる「内向の世代」作家と比較すると、上田に、「内向の世代」というレッテルは似合わない。「内向の世代」の小説のような（心の傷にこだわりつつも、戦後社会に表面的には適応し、日常生活を営む。荒涼とした心を抱えながら小市民的生活に身をかくす）性格をもっていない。

事実、上田は生活そのものをほとんど描いていない。たびたび指摘してきたが、家庭の具体はあまり取り上げない。大学時代の友人のことは書くが、勤め先の医者仲間のことは小説にしない。そのことに多くの小説的関心をもたない。もちろん、描こうとしてうまくいかなかったのかもしれない。さらに、医師という職業倫理も考えねばならない。小説の素材選びに、どことなく窮屈な印象があるのだ。言いかえると、私たちが持たざるをえない社会的関係性に、あまり興味がない。描くことによって関係性が変化する、あるいは一歩ふみだすことによって、何かを動かそうという志向が感じられないのだ。作者は、外側から眺めるだけだ。その関係による波紋を、こころのなかで感じるだけなのである(「冬暦」にはかすかだが、そこを動かそう、動かしたいという痕跡を感じる)。

最初の小説であり、群像新人文学賞(小説部門)の最優秀作になった「逆縁」では、自分の息子が死ぬ。息子の恋人と主人公である作者が対面する。その場面についても述べたが、選考委員だった大岡昇平のコメントが、いま不思議に印象深く立ち上がってくる。

おれは四篇の中でこれが(「逆縁」)一番頭がいいと思つたんだけれど、一等おしまいは百枝(息子の恋人)という女と寝ちまえばいいんだな。この親父(主人公)は全体の認知者というか、いろいろなことを知つて歩く係りだね。そうなるのかと思つたら結局よけちやつた。

認知者、上田の作品は最後までそこから抜け出せなかったのかもしれない(一首を、短歌の作者が最後まで統べていることを想起させる)。しかし、おそらく、上田はそのことに気づいていた。だからこそ、小説によって、認知者の域を抜け出し、関係性の回復をめざそうとしていたのではなかったか。

第五章　円熟の核心

陽光のなかの『遊行』

「冬暦」のなかでときおり洩らしていた、主人公香村（上田）の短歌についての述懐。例えば、「一つの壁を破れば本当の歌人になれる」。あるいは、「彼が島に来たのは、そういう短歌における自分の運命を験そうとしてのことだった」。それらを読めば、素朴かもしれないが、上田の並々ならぬ短歌への思いを誰しも感じるだろう。

大患を主題にした第三歌集『湧井』によって迢空賞を受賞し、歌人上田三四二はそれこそ、「一つの壁を破」ったのかもしれない。しかし、受賞と引き換えのように、病後の精神的葛藤に苦しまざるをえなかった。年譜の一九七二年には、「自律神経失調症の病名により、乞うて一月より休職。隠遁的気分のうちに月をおくる」などと記されている。

しかし、五十歳前後ごろより、ようやく精神的安定を迎える。第四歌集『遊行《ゆぎょう》』は、そういう上田自身のゆとりがはっきり映し出された一冊である。もちろん、病の再発をおそれ、命終の覚悟をどこかで意識しているが、ゆったりとした視線は、六歌集（実際には七冊の歌集が刊行されているが、『照徑以後』は『鎮守』で一冊にまとめられた）のなかでも特別ではないだろうか。きびしかった上田の生涯のなかで、唯一といってもいい、春のおだやかな陽光が降りそそいでいるような作品集である。

『湧井』に対して、私は比較的きびしい言葉を投げかけた。それに比べてみると、『遊行』は技法的にも円熟した、安定した世界が繰り広げられている。

他の歌集に比べ、日常詠の度合いがかなり減っていることに気づく。その代わり、旅をとおしての嘱目詠が圧倒的に多い。ついでにいえば、草花を詠んだ作品もほぼ三分の一を占める。全部で七五〇首のなかの三割以上であるから、かなりの分量である。おそらく上田の意識的な試行なのであろう。

ほぼ六年間の作品集であるが、多くの羈旅詠が並んでいる。佐渡という経験から生じたのだろうか、あとがきで、「この時期、目に立つこととしては、島への旅があげられるかもしれない。私はひそかに、島に渡って暮らしたい、などと考えた」と記しているが、思いを定め、文学一本に生活を絞っていこうという覚悟をきめる。そういう思いの端的なあらわれが、この旅という行為であったのではないか。いまのうちに見ておこう、いま見ておかなければ、そして歌っておかなければ、という思いだったのではないか。巻頭を、「那智」という作品六首が飾っている。

千年の杉みな濡れて落つる瀧かがやくみづはこずゑに高し

瀧の水は空のくぼみにあらはれて空ひきおろしざまに落下す
塔のうへにあひむかふ瀧や霧うごき下瀬のみだれしろじろと見ゆ
若萌えをまじへ濃青のひとつ峯《を》の長き瀧かかるところは巌《いはほ》
雨霧《あまぎり》の谷に晴れゆけばとほじろと音なき瀧の夢《いめ》のごとみゆ
妙法の山のいただき雨に来て谷あひにしきり鳴けるうぐひす

すでに、「佐藤佐太郎氏にすぐれた『那智』六首があり、私はいわば、それに次韻《じいん》するつもりで作ったことを告白する」(「作歌の現場」、『短歌一生』所収)と本人がいっているとおり、周知の『形影』所収の作品が前提になっている。佐太郎の作品も挙げておこう。

十年《ととせ》経てふたたび来れば移りゐる雲ひとつ那智の滝のしづかさ
高きより光をのべて落つる滝音さやさやとさわがしからず
那智の滝冬日に照りてほとばしる最上端の特にかがやく
冬山の青岸渡寺《せいがんとじ》の庭にいでて風にかたむく那智の滝みゆ
黒き海めぐる熊野の群山《むらやま》はいぶきたつまで冬の日に照る
妙法の山のつづきにしばしばも遠く小さき那智の滝みゆ

比較すれば、佐太郎の作品の方がカメラ・アイに徹しているといえるだろう。そして色彩がモノクロである。さらにいえば、スタティックである。意外に動きを感じない。作者の移動による滝の像の変化が、作品の中心になっている。ほとんど定型をはずしていないところから、そんな印象になるのかもしれない。

上田の六首は、落下している滝をどう描こうかと腐心しているのが感じられる。たとえば、「かがやくみづはこずゑに」という濁音によるリズム。二首目は、よく知られた作品である。「空のくぼみ」という捉え方。あるいは、「あらはれて空ひきおろしざまに落下す」という見立てと句跨り（意味のうえでひと続きの語句が二つの句にまたがっていることをいう。五七五七七のリズムで読もうとする読者に小さな抵抗感を与え、それがひとつの効果となる）。「て」と軽くとめて、一気に下句に奔るような口調は、滝の落下するさまをあざやかに捉えている。

「空ひきおろしざま」という表現はかなり強引であるが、妙に印象的だ（雑誌発表時には「ひきおろすごとく」であった。それを歌集に収録する時に直したと、上田自身が述べている）。佐太郎の著名な四首目の、「いでて」と「みゆ」にあらわれているねじれと共通する強さがある。ひそかに上田の自慢の工夫ではなかっただろうか。落下するスピード感が、佐太郎と異なるところである。

佐太郎に比べると、細かに屈折させる口調も特徴である。「みな濡れて落つる」「あひむかふ瀧や」といったところは、字余りを承知の表現意識なのである。これは『遊行』という歌集の根本に存在する、上田三四二の挑戦なのではないだろうか。対象をどのように描写できるか。そこに上田は賭けた。私にはそう思える。あとがきで、「仏道修行のために諸国を経めぐるのも遊行なら、あてもなくそこいらをうかれ歩くのもひとしく遊行である。歩きまわることにはかならず憧れのこころがある。はかなさと憧れと――私のなかにあるそういう世離れた気分によせて、この二字を選んでみた」と、歌集名について記している。

旅を重ね、そこで歌を作る。表現を練る。対象を意のままに映し出せたときの快感、うれしさ。それはなにものにも代えがたいものであっただろう。だから「遊行」なのである。ここには、いままでとちがう姿勢がある。

至福のひととき

短歌によって何かを言おうとするのではない。むしろ、対象に私を没入させることによって、逆に、結果として何かが見えてくる。それを信じる、またそれを楽しむといった態度が見える。その端的な例が、草花の克明な写生である。「萩の眺め」という、向島百花園を訪れた連作十三首がある。

こまやかに雨こそけぶれ萩は葉に花にも露をためてしだれぬ
盛《さか》りつつかつは散る花散りやすき萩なればこそあひ嘆きなん
水の輪のにぎはしく鯉のゐる汀《みぎは》うるしの花も濡れて咲けるを
うらわかき尾花をつつみ降る雨のしづくして花の穂のうなづきぬ
菩提樹の木の下つゆにぬれて佇つ百年の寿を乞ふとあらねど

花咲くといへども雨に白緑《びやくろく》の叢《くさむら》として萩みだれたり
雨くらき土より炎だつばかり朱の群落の曼珠沙華の花
われは眸あかるみおほき虎杖のかがやく花は傘ひろげたり
さしめぐる傘にしぐれの音のするまでに木草の園秋さびぬ

またの日

わが歩みに触れてくづるる萩ながら夕ぐれ園を華やがしをり
夕かげにしろじろと穂の呆けそめし尾花にのぼる馬追もみき
しだり枝の花かげ映るごとくにて下砂に敷く萩おびただし
おもむろに花おとろふる萩の園はなみづきはや紅葉したりき

じつにたっぷりとした描写といえるだろう。こまやかに花に向かい、花のありようを映し出す。描くことがおもしろくてたまらないという気持ちも感じる。向島百花園のさまざまな秋の花、萩、うるしの花、尾花、菩提樹、曼珠沙華、虎杖などのさまを詠む。

けぶれるような雨のなかに、萩が露をためている。「葉に花にも露をためてしだれぬ」と読み終わると、なぜか穏やかな気分になる。おそらく「に」「れ」「は」「に」「を」「ぬ」という助詞が効果を持っているのだろう。さらには「萩は葉に花にも」という「は」音の連続が、リズムを構成している。なんでもない光景が、情緒ゆたかな気分に転換するのである。

二首目などもとても巧緻なつくりである。技巧が駆使されている。「盛《さか》りつつかつは散る花」。スピード感のある「つつかつは」と来て、二句切れ。三句目以降、もう一度「散りやすき」と歌いだし、「なればこそ」「嘆きなん」とおさめる。古典和歌を摂取した韻律の効果が十二分に発揮されている。

こうして検証してみると、表現はよくないかもしれないが、上田が十三首を、舌なめずりするように彫琢していることが分かる。

結句を見てみよう。「ためてしだれぬ」「あひ嘆きなん」「濡れて咲けるを」「穂のうなづきぬ」「乞ふとあらねど」「萩みだれたり」「曼珠沙華の花」「傘ひろげたり」「園秋さびぬ」「華やがしをり」「馬追もみき」「萩おびただし」「紅葉したりき」。多彩である。単調にならないよう変化を心がけている。「熊野路の中辺路《なかへち》ごえはむら山をいくつ越えてし今ぞ磯浪」（斎藤茂吉『白桃』）をとりあげ、上田はこんなことをいっている。

この歌は戦後になってから読み、茂吉のなかでも特殊なやわらかさを持つふしぎな歌だと思った。いっそ、ありがたいような歌だと思った。旅の歌といっても、単なる写生をこえて、遍路《へんろ》のようなありがたい気分がある。

ここで「のぢ」と「へぢ」、「ごえ」と「こえ」、それに「いく」「いま」「いそ」の音の重ねが微妙にひびき合っている。（中略）

五句三十一音という音数律を歌の「しらべ」と呼べば、いま見てきたような語と語のあいだの発語上の照応は、歌の「ひびき」である。それは押韻《おういん》というほど自覚されたものでも規則正しいものでもないが、それゆえ、約束としての押韻よりもずっと複雑で、微妙だといえる。意識しすぎてはかえって実作において失敗し、鑑賞においてもつまずく。それが短歌における「ひびき」というものだ。

（「物に到るこころ」、『短歌一生』所収）

一九八〇（昭和五十五）年四月から八一年十二月にかけて、毎日新聞に連載された「物に到るこころ」のなかの、「声調のこと」という文章である。『遊行』も、一九七四年から八〇年にかけての作品からなっている。しらべとひびき。上田がかぎりなくそこに注意をはらっていたことが、この一文などによっても間接的に証明されるだろう。

「向島百花園」のようなテーマ制作は、『遊行』にかなり多い。例えば、「えごの花」、「藤」、「さくら幻想」、「藤浪」など。花を素材にし、そこを集中して歌う。繰り返し、繰り返し何度も試みている。おそらく、写生がおもしろくてたまらない画家のような心境なのであろう。病に、生き方に、長らく葛藤と不満をもっていた上田に訪れた、至福のひとときという感じがする。

「春庭」という十首などは、そのあらわれではないだろうか。じっと庭を眺めている。その経過のなかの動きを花に托して描写する。淡彩画や、スケッチのようでありながら、しかし、三十一文字に造型し、十首連作に構成してゆくには、かなりの力量が必要であることを実感する。

水盤の一端にするどく顫《た》つひかり風たてばそのひかりもうごく
蝶がきて翅やすめをり春闌《た》けて香のおとろふる沈丁のはな

房ながき馬酔木の花は過ぎんとし深山《みやま》の花とあひ見るごとし
睡蓮のまだうらわかき赫き芽がいづみのそこにみえて陽がさす
たえまなき筧の水にたえまなきひかりはうごく日の闌くるまで
鉢の梅花《はな》すぎて葉となる縁にふたつの足を伸べてわが居る
衰ふる数よりもなほ咲きつぎてをとめ椿はひと木はなやぐ
ひよが来て雉鳩が来てにぎはひし水盤は緋の魚をしづめ日暮れぬ
春の疾風《はやち》かがやき過ぎて新芽だつ睡蓮のみづ波立ちやまず
木瓜《ぼけ》のはな朱《あけ》のおぼろよううつそみのわれの眼《まなこ》はおとろへに入る

春の庭の光景を淡々と描き出している。水盤に目をやる。そこに注がれているひかり。蝶が来て、沈丁花の花に翅を休めている。そばの馬酔木の花はもう盛りが終わった。池に睡蓮が見える。小さな赫い芽がのぞいている。こんな風に、花を愛で、そこに集う小動物を追う。いかにもゆったりした春の時間を感じるのだ。何を言おうというのではない。テーマがあるわけでもない。しかし、豊かなものが立ち上がっていることと、短歌をつくることによって共感・共生している作者がいる。それが、読み手の内側にシンクロするのである。

おだやかな空気がながれている。「怨念《おんねん》ということが言われるが、私は、歌は浄念《じょうねん》でなければならないと思う」「歌人は、残酷のむき出しになった今のような時代であればあるほど、いっそう心を澄ませ、うちに悪念なく、世の清らを求めて祝福のことばを唇《くち》にしなければならない」(「いのちの歌」、『短歌一生』所収）といった上田の希いが実践された作品が、この『遊行』という歌集には多く並んでいる。

描写するよろこび

『遊行』の羈旅詠には大作が多い。というより、歌を多くつくるための旅だった。例えば、沖縄への旅三十四首がある（「旅の時間」）。しかも、沖縄本島だけでなく、石垣、与那国、竹富といった周辺の島々にまで足を伸ばしている。灼熱の太陽を浴び、浜辺で戯れる上田三四二のすがたはなかなか想像しにくいが、そのころの旺盛な行動力をうかがわせる。

上田の旅行詠には特徴がある。できるだけ、現在を写生しようという意志が強いことだ。作られた三十四首のなかでいえば、あの戦争で多大な被害をこうむった沖縄像が、ひとつも歌われていない。悲惨な体験をもつ人々、あるいは戦争の記憶のしみこんでいる場所。他のどこよりも沖縄はそういうものに満ちているはずだ。しかし、上田は、それを歌うことをしない。たぶん、意識的なのであろう。それはなぜなのか。

摩文仁《まぶに》の丘すぎて来ぬれば家垣や驟雨ののちの朱の仏桑華《ぶっさうげ》
砂糖黍の畑こえて行く夏の陽に砂糖黍の葉がしろくなびきつ
楼門の朱のいろ古りてみちびける丘べの城は石あるばかり

匂ひつよき月桃《げつたう》の葉につつみたる餅《もちひ》も食ひぬ匂ひに酔ひて
島の馬は身をよせあひて草喰めりアダンの茂る岬《さき》の草はら
いづく来ても浜べのつづき竹富の小島は村の道も白砂
没日には銀粒《ぎんりふ》のごと海ひかる水皺《みじわ》の凪も目《ま》のあたり見つ

三十四首は七つのパーツに分かれている。そのなかから一首ずつ抽出してみた。いうまでもなく、摩文仁は沖縄戦末期、第三十二軍司令部がおかれた丘である。いまでは平和祈念公園になっており、沖縄戦で命を失った方の名前を刻んだ平和の礎《いしじ》があるところだ（一九九五年建立）。しかし、上田はそういうことには沈黙したままである。その代わり、沖縄独特の家垣や、雨に濡れた仏桑華を一首に据える。ハイビスカスといわないところに、作者の思いがあるのだろうか。

二首目も同じである。いうまでもなく、砂糖黍の畑に悲惨な記憶は沁みている。しかし、安易にその具体に近づかない。禁欲的だ。あくまで眼前にある景を描ききろうとする。月桃は南方特有の香のつよい植物だという。その青々とした葉によって包まれる餅（粽のことらしい）を詠んだ四首目。アダンというパイナップルに似た植物を背景にする五首目。このように淡々と描いてゆく。

三十四首が眼前の描写に徹しているところに、上田の並々ならぬ思いが見える。

そういう意思がいっそうはっきり見えるのは、「島山」と題した隠岐一連五十首だろう。一九七六年四月下旬に当地を訪れたという詞書がある。船に乗って、島に近づく。それから島を巡る。後鳥羽院火葬塚、西の島、国賀海岸という風に、訪れた場所が詞書によって記されている。例えば、

「金光寺は小野篁の跡とかや」とある三首は、こんな作品である。

古ひとの流されどころ山の寺に入野ぞ見ゆる菜の花入野
おりのぼり行きつつ島は坂おほし菜の花はその路にも咲きて
逝く春を逝く時をしも惜しめとぞ遅山ざくら浦々にして

小野篁にまつわる伝説や、特別な事象は作品の中に織り込まない。これは沖縄詠と同じ姿勢である。あくまでも自分が現地を踏んだその時間、その気候、そこの草花を一首のなかにとりこむ。それ以上の「知」を禁じ手にして、控え目に、穏やかに作品を構成しているのである。極論すれば、「私」を消している。いや、こうも言えるだろう。旅に出て、歌をつくるということは、その「私性」を消したいためではなかったか。カメラの眼というのではない。写そうという意志でもない。むしろ風景画として三十一音にまとまってくれるのを待つ、といった気分なのではないか。もちろん、黙っていて三十一音になるわけがない。だが、つくりながら、どうしても過剰になる「私性」を排除したい。そんな思いがあるのではないだろうか。

佐太郎と柊二

上田は佐太郎に影響をうけていることを、何度も広言してきた。例えば、こんな一節がある。

わたくしごとを言えば、私は初学のころより斎藤茂吉に惹《ひ》かれ、かさねて、『帰潮《きちょう》』を機に佐藤佐太郎に親炙《しんしゃ》して今日にいたっているが、（中略）佐藤氏に受けた影響の大きさは門下の人々におとるとは思えないにもかかわらず、直接、門をたたくことをしなかった。

（「作歌の指標」、『短歌一生』所収）

では、先の作品から佐太郎の影を見つけることができるだろうか。じつは、上田の言葉ほどには、二人は似ていないと私には思える。むしろかなり異なっているようにさえ感じる。

乱暴に要約すると、佐太郎の描写は、選び出し、抉り出す写生である。焦点にむかって描写をしぼってゆく。対象を抉り出すその視線が、きわめて強力なのだ。結果として、フォルムは強靭になる。そして、まるで生来のもののように輪郭が浮かび上がってくる。当然のこと輪郭はクリアである。

ところが上田の場合、切り取る枠組みが佐太郎より広い。また、それほど濃厚ではないが、時間性がどこかにかぶさり、作品ににじむ。佐太郎にはそれがない。視覚には遠近法がついてまわり、奥行きを感じてしまうから、多様で豊かなもの、無秩序のものを、同時に一度に視野に収めることができる。ところが、誤解を恐れず言えば、佐太郎はそれを苛酷に選別する。単純化といってもいい。じつに見事なまでに言語の世界に整序する。つまり、そこでは混沌が消失する。時間の変化は、一瞬の切り取りによって凝固してしまう。その手わざのあざやかさが、佐藤佐太郎の短歌だと思う。

もちろんできあがった一首に、奥行きを感じることはありうる。しかし、それは実際に見えるざわめきとは異なる。そこに佐太郎の世界があらわれるのだ。

上田は余韻を大事にする。それが、よく使われている繰り返しや、いいさしにあらわれている。佐太郎のように強引には絞りきらない。さらには、より読者に添って、その歌の世界に入りやすい装置を設定する。隠岐の場合、島に近づくところから作品は始まる。上田の知識・教養あるいは古典への関心が、どこかににじんでしまう。そこに佐太郎との根本的な距離がある。

佐太郎的な方法意識でいえば、上田の写生は絞り込みがたりないということになるだろう。厳しさが足りないという表現になるのかもしれない。「瀧の水は空のくぼみにあらはれて空ひきおろしざまに落下す」の鑑賞で、玉井清弘はつぎのように述べている。

> 佐太郎の作にくらべると写生という点では一歩譲らざるを得ないだろう。三四二の写生は、佐太郎風の写生とは異なり、やさしさを抱きこんだものである。（『鑑賞現代短歌・上田三四二』）

やさしさを抱いた写生。表現はやや分かりにくいが、含意はそれほど変わらないだろう。つまり像の核心だけでなく、さまざまなものが気になっている。言い換えれば、厳しさと引き換えのゆたかさなのである。

隠岐の作品に移ろう。先蹤として宮柊二の二百首近い大作が知られている（『藤棚の下の小室』）。上田が宮を意識していないわけがないだろう。「国賀海岸。舟行しまた断崖の上の放牧場にいたる」

という詞書のある一連を比較してみよう。

（上田）断崖を直《ただ》にし見んと舟に行く波しぶくゆゑ合羽をつけて
（宮）島間《しまかひ》のうしほ静けき中海の雨ふるなかに舟足ゆるむ
（上田）崖《きりぎし》に海鵜《うみう》の留りよごれゐて波あらき沖にその群あそぶ
（宮）日は照りて波かがやける潮《しほ》のうへ海鵜は黒く翔《かけ》り去りたり
（上田）北に向く断崖ゆゑに切立てる巌《いはほ》も寄する濤もあらあらし
断崖は天にいたりて青を置く揺れおそれつつ舟よりみれば
（宮）海蝕《かいしよく》の粗面玄武岩あらあらと切り立ちて裾《すそ》を海波《うみなみ》あらふ
島山の太き腹部を一刀に断落《たちおと》したるごとき垂直《すゐちよく》
（上田）吹きあげて海霧《ガス》おそひくる崖の上に海を背に臥してにれかむ牛ら
放牧の島の草原さへづりは白緑《びやくろく》の茱萸のしげみにしきる
（宮）牛黒く動く高処《たかど》の牧畑を海の上より眼鏡《めがね》にて仰ぐ
むさらきの淡き小花に野大根《のだいこん》咲き乱れつつ丘の明るさ

宮柊二はおだやかに一首をはじめる。しかし、そのゆったりとした導入のあと、切り立った断崖に向かい、「海蝕《かいしよく》の粗面玄武岩」とか、「太き腹部を一刀に断落《たちおと》したるごとき」といった荒々しい言葉が、突然あらわれる。他の作品が穏やかなだけに、その一首が、より印象鮮明になる。人間を寄せつけないほどの自然の厳しいさまが、見えるようだ。しかし、上田にはそういう強引さはない。細部の表現に神経を使い、国賀海岸に近づく最初の作品も、「直《ただ》にし見んと」という。断崖の解説に終始してしまうところがある。「青を置く」「断崖ゆゑに」というふうな、同じ風景を新鮮なことばとしてどう伝えられるかに腐心する。ここにくると、どうしても上田に弱さを感じてしまう。作品のうまさではないだろう。一連の構成力かもしれない。

後半の二首になると、ふたたび宮は、静謐な風景を特別の工夫を見せず、淡々と叙べてゆく。それに比べれば、上田の方が、作品に工夫が見える。

こういうことだけで宮柊二と比べるのは大胆すぎるだろうが、見えてくるのは上田が一首一首、丁寧に、しかも読者に親切につくっていることである。その背景には、旅に出て、歌がつくれるよろこびがあるのではないか。「うつし身はこころもゆらに沖わたる春日《はるひ》の旅もえにしとおもふ」「充実にむかひてわれは旅ゆくと水脈《みを》ながくひく船の上にをり」などという作品も、「島山」にはある。手ばなしのうれしさが読み取れる。おそらく、この時期は上田三四二の生涯のなかで、わずかな（唯一かもしれない）平穏で豊かな時間だった。

『遊行』というタイトルについては先にふれたが、言葉どおり短歌を通しての旅をたのしんでいる上田がいる。見たもの、感じたものを、短歌に移し変えることのできるおもしろさ、よろこび。まるで、子どもが日なが遊びに興じ、飽きることなく夕刻をむかえるような気持ちが、上田にあったのではないだろうか。

一般的にいって、旅行詠はあまりおもしろくない。現地を知っているものにとっては、自分の印象とちがうことに違和感を抱くからだ。また、そこに行ったことのない読み手にしてみれば、リアリティを作者ほどにはどうしても感じない。日常的な作品にくらべ、一首の背後にある情報は、比べ物にならないくらい作者は多く保持している。その落差が旅行詠のアポリアをつくっている。つまり、旅行詠は作者にとっておもしろく、読者にとってはそれほどでもないというのが普通だ。『遊行』所収の旅の歌も、その通弊を免れていない。しかし、いままでの作品に親しんできた読者なら、手ばなしの上田の解放感に、つい微笑のエールを送りたくなる。上田の苦しみを知っているからだ。作品の上で嬉々として旅を愉しんでいる作者を目の当たりにする。自然に、よかったなという気持ちになる。短歌を享受する独特の空間のなせる業《わざ》である。いかに生きるかとか、どうあるべきか、といった思いや感慨は込められていないゆえに、よけいに作者の身になって読んでしまう。すがしさというか、描くよろこびというか、童心に似たこころの弾みが伝わってくる。

半円を没してより日の海に入る迅さよあなやといふいとまさへなし
落ちてゆく日の返照にわたのはら金泥の波ひらめきを揉む
蒼穹はあをみ昏れつつおもむろに茜をけしてゆく雲のあり
空の涯《はたて》余光はながくさながらにわが足もとのなぎさは暗し
（「日想観」）

やまものの生ふる丘のへ築城の石のこる朝鮮にちかき島にて
孤りきてひとりは寂し城山の石に陽のさすこのときの間も
壱岐は平らにまろき浮島うららけき冬日にゆけば枇杷の葉ひかる
（「海光」）

椿咲き白梅の咲く塚にして島の古墳は方《はう》の口ひらく

作品として特別な何かがあるわけではない。しかし、やわらかな視線、そして背後から、風景を愛《め》で、楽しんでいる作者の微笑が見えてくる。

まさに、上田三四二にとってこの時代は、『遊行』そのものであったのだろう。憂いなく、文学に親しむ、風景に親しむ。そういう時間をはじめて持ちえた。その気持ちが多くの仕事に繋がっている。さまざまな文学賞の選考委員を歴任するなど、歌人・評論家だけでなく、作家としての多様な相貌をみせはじめるのも、この時期である。

鑑賞家

歌人、小説家、批評家……など、上田三四二にはいくつもの顔がある。では、上田にいちばんふさわしい肩書きは何だろうか。歌人だろうか、小説家だろうか、批評家だろうか。私には、それぞれがそれほどぴったり上田と釣り合っているようには思えない。

肩書きと上田の本質には、かすかに隙間がないだろうか。いいかえれば、ほんのわずかな過剰や不足をそこに感じるのである。もちろん、ほかの歌人などにくらべ、幅広い仕事がそのような印象を与えることも否めない。そのことを考慮に入れても、私は、歌人上田にも、小説家上田にも、批評家上田にも、安定しない響きを感じてしまうのだ。上田自身にもそういう気分があったのではないか。それが逆に、多方面の仕事に関心を広げさせたのかもしれない。

歌人とすれば、やや感傷的な浪漫性が、また批評家とすると、どこかに翳をおとす理想主義的側面が邪魔をしている。小説家についてはすでに述べた。

天性の歌人というありようがある。また生来の小説家という存在がいる。そこには、みずからの確信の強固さがはっきりと表立って見える。仕事のレベルの問題ではない。上田にはその確信が、薄いのではないか。なしとげたそれぞれの成果は誇っていいものであり、当然、本人も相当な自信はあっただろう。しかし、そこに強さが感じられない。野蛮な信念がない。塚本邦雄や岡井隆を、あるいは立原正秋や小川国夫を、秋山駿や川村二郎を思い浮かべるといいと思う。評価の問題を言っているのではない。それ以外ないという崖っぷちのようなところが、はっきりとは感じられないのだ。

それが上田三四二論のむずかしさでもあるだろう。ことばをかえれば、それが上田の個性なのである。

上田にふさわしい冠は何であろうか。一般にはあまりなじまないが、鑑賞家という呼称がいちばん似合っていると思う。文学全般に興味をもち、古典から現代まで、西洋から日本まで、ジャンルを横断し、読み尽くす、鑑賞する。おそらく、その読みのレベルには、絶対的な自信があったのではないだろうか。その証拠に、鑑賞となると、上田の筆は自在になり、伸びやかになる。

一九八一年から二年間、毎週一回、日本経済新聞に連載したものをまとめた『花に逢う』というエッセイ集がある。一回の分量が四〇〇字詰め約三枚、連載の九十三回分を収めた一冊である。

この時期は病から解放され、人生のなかでもとりわけ充実していた頃だ。その前後から、先にもふれたが、小説や短歌の賞のいくつかの選考委員、あるいは新聞の書評委員や歌壇選者、現代歌人協会理事などを引き受けている。また、日本作家代表団の一員として中国への旅にも出かけている。体力にもかなり自信を取り戻していたのだろう。『花衣』にまとまる連作短篇をはじめ、執筆活動も旺盛な頃だ。

日々の政治、経済、社会のニュースに多くの紙面を割く新聞のなかで、花に関するエッセイはどんな役割をもっていたのだろうか。いうまでもなく、喧騒のなかの休息、つまり豊かさと穏やかさである。私も、新聞連載のペースに合わせてゆっくり読んでみた。

花がなぜ美しいかという問いは、娘がなぜ美しいかという問いと同様、当りまえすぎて問いのかたちをなさないかもしれない。

だが、考えてみるとふしぎな気がする。花は人間のために装っているわけではないのだ。花にとって人間はもともと利害関係を持たないもので、花の色、形、匂いは、人間のためにではなく、たとえば虫のためにととのえられている。それであるのに、その花が人間にとっても快く、つまりは美しいと感じられるのである。

（『花に逢う』）

上田らしいまともな問いである。そして、自分の庭の藤棚の蜂にはなしを転ずる（すでに述べた歌集『遊行』の「藤浪」の連作を想起する人もいるだろう）。一日中、蜂が狂ったように花に酔っている。蜂にとって、要するに藤の花は「蠱惑的」な何かである。蜂の意識にとっては、美の原型としての快さのようなものがあるという。匂いや色の感覚は、人間と蜂では異なっている。にもかかわらず蜂にとっての美しい藤は、人間にとっても美しい。そして言葉を続ける。

このことは偶然とは思えない。たとえ知覚のかたちはずれていても、昆虫と人間のあいだには快いもの、美しいものにたいする共通の認識があり、花と虫と人間とを結ぶ、長い進化の歴史のあいだに培われてきた、幽暗な連繫の領域のあることをうかがわせる。

花は虫をよぶという実利的な目的のためではなく、いっそう花自身の本質によって――すなわち花が生命の頂点の表現であるという特性によって、本来的に美しいのだと考えることが出来る。むしろそう考えるのが花の真実をついており、花の正しい理解の仕方であろう。（同）

俳人や歌人には歳時記的なエッセイが向いているという「常識」があるようだ。雑誌や新聞は、歌人俳人にその種の原稿を注文することが多い。よく目にするのが、季節にあった古典や近現代短歌（俳句）を引き、それなりの感想を述べるスタイルだ。しかし、上田の文章はそういうたぐいのものからかなり離れている。

梅、菜の花、さくら、桐、藤、牡丹、馬酔木、沙羅、蓮、朝顔、木犀、菊、萩、尾花。登場する花に、それほど変わったものはない。ペダンティックに花の個別性に惑溺しない。むしろ花という対象を通し、何かを語る。そういう方法を意識的に選択している。

文学を楽しむ

一方で、興味深いのは、『花に逢う』に登場する人名の驚くべき多彩さである。歌人俳人によるこの手のエッセイでは想像のできない幅広さである。まさに上田の本領発揮の感がある。具体的に挙げてみよう。

前田夕暮、源頼政、劉廷芝、宋之問、岑参、ベルグソン、小林秀雄、本居宣長、梅若万三郎、源義家、賀茂真淵、俊基、中野孝次、吉田満、大伴旅人、与謝蕪村、服部嵐雪、寂室元光、梶井基次郎、坂口安吾、折口信夫、萩原朔太郎、三好達治、北原白秋、清少納言、斎藤茂吉、板垣家子夫、佐藤佐太郎、三島由紀夫、木下利玄、森澄雄、白楽天、大伯皇女、大津皇子、大木惇夫、山本健吉、平宗盛、加藤楸邨、伊東静雄、寺田寅彦、小高根《おだかね》二郎、崇徳院、杜甫、吉川幸次郎、芭蕉、川井乙州、小町、奥田正造、利休、武野紹鷗、正岡子規、大西民子。

まだ全体の半分にも及ばないが、あまりに多いのでこのくらいにしておく。

私の言いたいことは、人名に端的に示される関心の幅である。古典から現代まで、漢詩、短歌、俳句、詩まで、じつに領域が広い。ふところが深い。こういうところにも、面目躍如という印象をもつ。教養というだけでは言いつくせない、個性が十全に発揮されているように感じられる。

二、三、紹介してみよう。

朝顔についてこんなことをいう。「入谷から出る朝顔の車かな」（子規）や「朝顔や昼は錠おろす門の垣」（芭蕉）、「朝がほや一輪深き淵のいろ」（蕪村）などを紹介しながら、いかに庶民的な花であるか、それは江戸においても東京のマンションにおいても変わらないという。そして、自分の子どもの頃の田舎の夏休みをこう描写する。

夕食のあと、青蚊帳《かや》の中に入るまえのしばらく、庭に床机《しょうぎ》を出して、片付けの終った母も出て来て、涼みをとる。手に手に団扇《うちわ》を持っているのは、暑さよりむしろ蚊の用心のためである。足許に線香の火が赤い。空に銀河がかかり、星が流れた。団扇には、「朝顔に釣瓶とられてもらひ水」の句があった。「起きてみつ寝てみつ蚊帳の広さかな」の句もあった。

叙情的なしっとりした回顧である。とても美しい風景だ。そのあと、一転、伊東静雄の「朝顔」という詩で締める。旧制高校時代の読書が思い出されるのだろう。
「牡丹」についても見事な文章がある。よく知られた木下利玄の一首、「牡丹花は咲き定まりて静かなり花の占めたる位置のたしかさ」を冒頭に挙げ、微動だにしない華麗な牡丹、息をころしてそれをながめる病床の利玄、「咲き定まりて」と「位置のたしかさ」には、作者の「静止と持続への意志がこめられている。祈りがこめられていると言ってもよい」と、ことばをつなぐ。気品と高朗性は、牡丹の属性というより、利玄の精神の所産だという。そのあとがいかにも上田らしい。「ぼうたんの百のゆるるは湯のやうに」という森澄雄の作品をとりあげる。そして言う。

牡丹はここで、気品とか高貴さとは無縁であり、富貴の象徴とされるその花の豊満さが個を解体して群と化している。そして何よりも、利玄の凝視をさそった静止する花の輪郭の正しさは、森澄雄においては蕩揺する花園のその花々の輪郭のとらえ難さ、である。「湯のやうに」には視覚をこえた官能の妖しささえそこに添っている。（同）

気品や輪郭から、官能と蕩揺へ。牡丹ひとつからさまざまな顔を描き出す。牡丹の多面性を引き出すのである。しかもそこで終わらない。「牡丹散て打ちかさなりて二三片」という蕪村の秀句をこのように言う。

ここには咲き定まってしんと澄む牡丹も、照り合いつつ猥雑なまでに揺れ動く牡丹もない。花はその中間にあって、詠まれているのは牡丹ではなく、むしろ、過ぎゆくものとしての時間である。（中略）牡丹は、時間という絶対の動を地におちた二、三片によって開示しつつ、その時間のなかに、時間につつまれて、静かに咲いている。（同）

間然するところのない文章である。利玄と蕪村のあいだに森澄雄をはさむことによって、牡丹のいろいろな顔と、短歌・俳句という短詩型から繰り広げられる世界の鮮やかさが読み取れる。新聞の読者も感嘆したにちがいない。

もうひとつ紹介してみよう。木下杢太郎についてのエッセイである。

李太郎には『百花譜』という植物写生集がある。一九四三（昭和十八）年三月から約一年半をかけた、あわせて六百八十九種、八百七十二枚のスケッチである。李太郎はスケッチを書き終えてから、わずか三カ月後に亡くなる。そのことに触れながら、上田は次のように述べる。

李太郎の生涯を評価しようとするとき、彼が万能の才に恵まれたことの幸と不幸の帳じりが、なかなか合わせにくい。彼は詩人として輝かしい出発をし、劇作家としても知られ、また小説を書き、評論も書いた。一方、医学者としては癩菌研究の権威であり、東京帝国大学の教授であった。そのほかキリシタン史研究に功績があり、画技にもすぐれていた。「百花譜」はその画技の最晩年における発露であったわけだが、以上のような並の人の何人分にもおよぶ才能を享けた李太郎には、また、それだけの悩みもあったとしなければならない。彼の才能は、見方をかえれば、どれ一つとして彼自身の満足を呼ぶところまで発揮されるにいたっていなかったといっていい。この温和な魂は、我《が》を通すよりは自己を殺す道を選んだのである。（同）

読ませる箇所ではないだろうか。上田もどこか、李太郎の心境に通じるものがあったのかもしれない。すべてのものにどこか満足できなかった李太郎が、最後の慰藉のようにスケッチに全身の力を振るう。生涯のうち唯一度、「自由な生に遊んだ」のが、この『百花譜』だというのだ。ある人の一節を引用している。

「『百花譜』の中には杢太郎のすべてがこめられている。画家たらんとして挫折した彼も、詩人たらんとして徹し得なかった彼も、博物学者としての道をはばまれた彼も、すべてがこの作品の中で〝制約の中でのみ許される〟自由を自分のものとし、これ以外にはあり得ない自己表現の形を見出しているのである。このように屈折した複雑な精神的内容を表現するための媒体として用いられ得たのが、思想でも芸術でも学問でもなく、そういう人為の一切を超越した自然の具象そのものであり、その中でも最もありふれた存在である雑草類であったことは、実に深い暗示を私達に与えてくれる。」

（新田義之『木下杢太郎』）

聞くべき言葉であるといって、上田はこのエッセイを閉じている。どこかに、自分と比べるという意識がある。自分にとっての『百花譜』とは何か。

文学に野心を持っていた。そのために東京に出てきた。そのことはすでに何度も述べた。そして短歌を、評論を、小説を手がけた。歌集『湧井』によって迢空賞も得た。文名も上がった。

一つの壁を破れば本当の歌人になれる。四十の坂にかかった香村は、いまが最後の機会だと知っていた。

（『冬暦』）

すでに引用した箇所であるが、こういう向上心がつねに上田をはげましていた。医学に打ち込めない代わりに、文学に没入する自分を信じていた。一方で、杢太郎のような空白感が忍び込んでいなかったとは思えない。体力に自信が生まれ始めたことも逆に作用し、慰藉を求め始めたのではないか。杢太郎の『百花譜』にあたるものが、おそらく鑑賞だったのではないか。

上田の鑑賞は、どちらかといえばディレッタントの気配を漂わせている。エピキュリアン的色彩を帯びる。ある一筋の方向を凝視しない。あちらに道草をし、こちらで休息をとる。十分食べつくすまで、ゆったりとしている。『遊行』で、短歌を作るたのしみに移っていったことを論じた。同じように、文学を楽しむ境地に入ってきたことを、『花に逢う』は実証しているように思う。

赤彦と千樫

上田には、短歌鑑賞の仕事が少なくない。著書だけ数えても、『現代秀歌Ⅰ　斎藤茂吉』、『鑑賞古泉千樫の秀歌』、丸山静との共著『島木赤彦』、『戦後の秀歌』（全五冊）などがある。これほど短歌鑑賞を手がけた歌人もそれほどいないのではないか。

とりわけ『戦後の秀歌』は、「短歌研究」に一九七七（昭和五十二）年六月号から、一九八四（昭和五十九）年まで続けられた。八四年は、上田の命をうばった第二回目の癌が発見された年である。つまり、手術という事態のためやむなく中止になったわけで、もし発病しなければ、さらに連載は継続されたにちがいない。それほど、晩年の上田にとって、鑑賞は愛着のある仕事であった。

ただ不思議なことに、自筆年譜には『島木赤彦』（桜楓社）の記載がない。これは正岡子規から始まって宮柊二、近藤芳美などを含んだ二十四巻の「人と作品」シリーズの一冊である。評伝と作品鑑賞をセットにしたもので、上田は、そのうち作品鑑賞を担当している。

　はしがきに、「作家研究編は執筆者に変更があって、丸山静氏の作家論をもってそれに当てることにした」とあり、一九四三（昭和十八）年刊行の丸山の旧著を収録するという、異例のことわりがある。その間にどんな事情があったのか、詳らかではないが、何かの異常があったのにちがいない。上田が書くことになっていてできなかったのか、それとも他の人ができなかったのか。いまとなってはよく分からない。そんなことも、年譜に記さない背景にあるのかもしれない。

　その『島木赤彦』の作品鑑賞には、上田らしくない紋切り型の文章が目につく。

　例えば「雨《あま》げ風ひた吹く湖《うみ》のところどころ氷やぶれて青き水見ゆ」（『氷魚』）には、「一、二句は説明的になるところだが、それが説明に終ってないのは真摯に写生を押しつめているからである」。「野分《のわけ》すぎてとみにすずしくなれりとぞ思ふ夜半《よなか》に起きゐたりける」（『太虚集』）には、「このあたりになると、赤彦の短歌は自在を極めている感がある」。「空澄みて寒きひと日やみづうみの氷の裂くる音ひびくなり」（『太虚集』）には、「直線に、ひたぶるに歌って、ケレン味なく、真正直な歌である。欠点としては、やや余韻に欠ける」。「みづうみの氷は解けてなほ寒し三日月の影波にうつろふ」（『太虚集』）には、「幽玄で格調高く、間然するところがない」。「山の上の栂《つが》の木肌《きはだ》は粗々《あらあら》し眼《まなこ》にしみて明けそめにけり」（『太虚集』）には、「その気息がいかにも自然で無理がなく、歌われている内容も山上のおそろしいほどの清々しさが、単なる写実をこえて主観となって流離している」。「山深く起き伏して思ふ口髭《くちひげ》の白くなるまで歌をよみにし」（『柹蔭集』）には、「表現は剛直そのものので、心におもうままが歌になって、それが深い詠嘆の声をなしている」。

ほかにも、この手の表現があちこちに散見する。内容が間違っているのではないが、どうしても上田の文章とは思えない、通り一遍の鑑賞ではないか。想像であるが、急ぎ仕事だったのではないだろうか。そんな印象すら持ってしまう。このようなことが、年譜に記載されない理由なのかもしれない。

茂吉、赤彦にくらべ、どこかマイナーポエットという印象が否めないのが古泉千樫である。この傍流歌人の内側に入って十二分に味わいつくしたのが、『鑑賞古泉千樫の秀歌』である。「アララギ」史のなかで、脇役においやられがちな千樫への思いが溢れている。やさしく、あたたかい。そこには、上田本人の作品志向と通い合うものがあるからかもしれない。「はじめに」でこう言う。

茂吉が私を導き、赤彦が私を鞭うつとすれば、千樫はどうであろうか。それは私を憩わせる。私は千樫を充分に読んでいるとは言えないが、読んでいつの時も心の安まるのを覚えた。

千樫は病歌人である。結核のため、四十二歳で亡くなっている。また、「アララギ」発行の実務に勤勉でなかったという、芳しくない事実もよく知られている。千樫にはまかせておけないということで、赤彦は編集作業のため信州を出郷した。皮肉なことに、それ以降、大正期のアララギ全盛を迎える。千樫はのちに、反アララギの旗印のもとに結集した「日光」に参加する。そういう経緯もあるため、アララギを重視する近代短歌史では、やや扱いに軽いところがないとはいえない。

そういう千樫に対して、上田はかなり好意的だ。例えば、「甕ふかく汲みたる水の垢にごりさびしき恋もわれはするかも」（『屋上の土』）について、次のようにいう。

「甕ふかく汲みたる水の垢にごり」は序詞で、「さびしき恋」のいわば比喩であるが、この暗澹たる比喩の喚起するイメージは絶大だ。そして、そのイメージには秘密のにおいがある。甕に、ながく汲み保たれ、秘められた水は千樫の恋を象徴して、彼はその暗さにおののいている。「甕」「汲み」「恋」は同じKの音を頭において韻を踏み、最後に四たび同音「かも」の詠嘆が発せられる。「め」「み」「も」をもってするMの音の押韻も微妙である。イメージにおいても、音韻においても、渾然とした珠玉の一首であろう。『万葉集』の民謡歌の特徴をよく生かしている。

（『鑑賞古泉千樫の秀歌』）

もうひとつ紹介しておこう。「み冬つき春の来むかふ日の光かくて日に日に吾れは歩まむ」（『青牛集』）についてこういう。

「み」は接頭語。この一首は一読わすれがたい。どこにも突出や陥凹がなく、柔軟なリズムが不思議な安らかさをもって一首を貫いている。「日」が三個もあり、「かくて」というのも本来一人よがりな使い方というべきだが、それがすこしも気にならず、自在で、渾然としている。上句が「み冬つき、春の来むかふ、日の光」と三つに切れたような形でしかも切れることなく連続し、「日の光」で休止があって、そこから「かくて」と下句を起してゆく気息が絶妙であ

る。（同）

どこかに千樫を応援したいという気分がないとはいえないだろう。また、自分との近似すら感じているのではないだろうか。丁寧さにおいても、先の赤彦に対する鑑賞とは雲泥の差がある。

『つきかげ』をめぐって

では、茂吉に対してはどうか。

すでに論じたように、評論の出発が茂吉論である（群像新人賞）。しかも『斎藤茂吉』という、書き下ろしの一冊もある（さらに『茂吉晩年』という評論集もある）。他のだれよりも思い入れが強い歌人だろう。『戦後の秀歌』のなかの茂吉の箇所だけを独立させ、刊行したのが、『現代秀歌Ⅰ斎藤茂吉』で、『小園』『白き山』『つきかげ』の三歌集を対象にしている（制作が戦前・戦後にわたっている『小園』は、戦後の作品にかぎっている）。

ここでは『白き山』と『つきかげ』に絞って考えてみよう。『白き山』の収録歌数は八百二十四首。上田は、八十六首を取り出し鑑賞している（約一割である）。一方、茂吉最後の歌集『つきかげ』の収録歌数は一〇二四首。しかし、上田は十八首しか鑑賞していない。この数字だけみても、上田における『つきかげ』への評価がはっきりしている。よく知られている一文がある。

茂吉の文学を云々するに当って、『つきかげ』は、実はどうでもいい歌集であろう。

仮に、茂吉の歌集から『白き山』が失われたとする。戦後の茂吉の面目は丸潰れである。また『小園』を欠くとする。晩年の茂吉評価に重大な支障を来すこと必定である。しかし『つきかげ』にかぎって、この一巻が消えたとしても、歌人茂吉の存在の、にわかに片身になるおそれはなさそうである。

絶唱『白き山』ののちに、付け足りのような『つきかげ』のつづくことは、読者を戸惑わせる。敢えていえば、その興をさます。

（「『つきかげ』の茂吉」、『茂吉晩年』所収）

思い切った断言である。すでに、一九六六（昭和四十一）年二月号の「短歌研究」に、『つきかげ』は「異様な混濁世界にみちびかれて愕然とする」とまで言いきった文章がある。こういうことを考慮すると、『つきかげ』という茂吉晩年の歌集に対する上田の考えは、一貫していることが分かるだろう。

上田と対蹠的な鑑賞に、塚本邦雄『茂吉秀歌』五巻がある（『赤光』百首、『あらたま』百首、『つゆじも』から『石泉』まで百首、『白桃』から『のぼり路』まで百首、そして、『霜』『小園』『白き山』『つきかげ』で百首という茂吉鑑賞である）。

第五巻で、塚本はどんな割合で、選出しているのだろうか。数えてみると、『霜』九首、『小園』二十四首、『白き山』三十三首、『つきかげ』三十四首である。作品数において『白き山』と『つきかげ』は拮抗している。塚本が、『つきかげ』に高い評価を与えていることは、この数字だけみても明らかであろう（ちなみに岡井隆などの近年の茂吉研究も、『つきかげ』のおもしろさによく言及する）。

もうひとつ指摘しておかなければいけないことがある。

軍閥《ぐんばつ》といふことさへも知らざりしわれを思へば涙しながる

くらがりの中におちいる罪ふかき世紀《せいき》にゐたる吾もひとりぞ

ふかぶかと雪とざしたるこの町に思ひ出《だ》ししごとく「永霊《えいれい》」かへる

かん高く「待避《たいひ》！」と叫ぶ女《をんな》のこゑ大石田にてわが夢のなか

（『白き山』）

このような作品を、上田は一首も鑑賞していない。戦争とのかかわりでいえば、必ず口にのぼる作品をなぜとりあげないのだろうか。そこにも上田の茂吉観があるように想像できる。一九六七（昭和四十二）年発表の「『白き山』の茂吉」（『茂吉晩年』所収）によれば、『白き山』の根幹を貫いているのは「寂寥」だという。『白き山』を三期に分け、最初は流離の心を抱いて病む人の嘆きだという。中期は、風土のなかに故郷をみつけた病後の人の安堵、後期は、戦後を迎える老い人の混乱と苛立ちという風に、寂寥相に濃淡をつけている。先の戦争に関わる作品についてはこう言う。

戦いにかかわる歌を引用して、戦時の茂吉の言動に及ぶ気持はいま私にはない。私はただ、戦後の二年間を東北の片隅にあって世を忍ぶような生活を送ってきた茂吉に、如何に執拗に戦いの記憶が還って来ているかを言えば足りる。その還ってくる思いが茂吉を打ち砕く。そうして打ち砕かれた茂吉は、幼時の思い出にみちた生国の自然のなかに、今度は幼子の歓喜ならぬ、老人の詠嘆を託するのである。

（「『白き山』の茂吉」、『茂吉晩年』所収）

上田は、茂吉の沈鬱の感情が透明化してゆくプロセスに、『白き山』の独自性をみる。だから戦争に関わる作品は鑑賞しないというのだ。それゆえ、「ながらへてあれば涙のいづるまで最上《もがみ》の川《かは》の春ををしまむ」について、次のようにいう。

素直に情感が流露している。「近よりてわれは目守らむ白玉の牡丹の花のその自在心」と並んで出ているが、回癒の喜びと感謝はこの「ながらへて」の方により強い。もっとも、回癒の喜びと感謝というのは歌の背景で、「ながらへてあれば涙のいづるまで」はそういう背景的事実をこえたもっと深い人生的感慨として受け取るべきであろう。

（『現代秀歌Ｉ　斎藤茂吉』）

最上川という地名の入った作品は、『白き山』のなかで百首を超える。種々の事情から疎開先の上山から大石田に移住しなければならなかった茂吉には、最上川に会えるよろこびがあったはずだと、上田はいう。一方、先にあげた塚本は、多くの最上川の作品を挙げ、「愛人に向つて頌詞を連発してゐるやうな、この手離しの、手のつけられぬ、最上級すれすれの賛美の辞、八月十五日も全然影を落とさぬ無傷な詠風は、もはや批評の埒外に霞んでゐる」ときびしい。かつ掲出歌について、

「ながらへて」には時間の凝縮があり、大石田移住を機に、心の張りが一度にゆるんだことを示しているという。しかも、深浅の別をいえば、一家の誰も戦争の犠牲者はいない。僥倖の部類に入るのではないかと言いきり、こんな風に言葉を継ぐ。

涙もろくなつたのは年齢のせゐであり、周囲の人人の尊崇の念ゆゑであらう。金瓶村では涙など見せてゐられなかつた作者は、思ひ切り泣く処を得たのだ。よくこそながらへてゐた。この、なにものかに対する謝意が「涙のいづるまで」であつた。しかし、それは、母なる川、最上川に寄せる、作者独特の思ひ入れと考へてよからう。

（塚本邦雄『茂吉秀歌――『霜』『小園』『白き山』『つきかげ』』）

あくまでも茂吉の現実を強調する塚本と、感慨を先立てる上田の違いは興味深い。

さらに『つきかげ』にいたれば、観点のちがいはよりはっきりする。それゆえ、塚本らが老いの歌として挙げる次のような作品に、上田は一瞥もしない。混濁を嫌う感覚なのだろう。短歌への自分の思いや考えを、遠慮なく前面に押し出している。

税務署へ届けに行かむ道すがら馬に逢ひたりあゝ馬のかほ
隣家より英語のこゑす生垣《いけがき》をへだてたるのみ富貴者の位置
味噌汁は尊かりけりうつせみのこの世の限り飲まむとおもへば

（『つきかげ』）

朝のうち一時間あまりはすがすがしそれより後《のち》は否《いな》も応《う》もなし
不可思議の面《おも》もちをしてわが孫はわが小便するをつくづくと見る
わが家に隣れる家に或る一夜《ひとよ》やむに止まれぬ野犬《やけん》子を生む
ひる寐《い》ぬること譬《いま》しめし孔丘は七十歳に未だならずけむ

その他、『戦後の秀歌』を読んでいると、そこここで上田らしいこだわりにぶつかる。例えば、小野茂樹の項では、戦後の愛唱歌として知られている「あの夏の数かぎりなくそしてまたたつた一つの表情をせよ」などは選ばれていない。上田三四二らしい頑固さが、遺憾なく発揮されている一例ではないだろうか。

第六章　一身は努めたり

生命への慈しみ

第五歌集『照徑《しょうけい》』の刊行は、一九八五（昭和六十）年九月である。挟みこまれた年譜によれば（歌集に年譜をしおりとして挟みこむこと自体、作者の思いが奈辺にあったのかが伝わってくる）、前年からの自分の事蹟を次のように記している。

昭和五九年（一九八四）　六一歳
三月、八日より四日間北海道に遊ぶ。五月、創作集『夏行冬暦《げぎょうとうれき》』（河出書房新社）刊行。七月九日癌研究会附属病院泌尿器科に入院、八月十七日、膀胱前立腺摘除、回腸導管造設、あわせて術前検査によってポリープの発見された上行結腸の一部切除。最終診断、前立腺腫瘍。十月五日に退院した。定命をさとる。九月、『この世　この生』（新潮社）刊行。十月、創作集『惜身命《しゃくしんみょう》』（文藝春秋社）刊行。十一月下旬より清瀬上宮病院の勤務に復した。

昭和六〇年（一九八五）　六二歳

一月、『戦後の秀歌Ⅰ・Ⅱ・Ⅲ』（短歌研究社）刊行。二月、『この世　この生』により第三六回読売文学賞（評論・伝記賞）受賞。三月、『惜身命』により第三五回芸術選奨文部大臣賞（文芸部門）受賞。九月、第五歌集『照徑』（短歌研究社）刊行。

自筆年譜にみずから、「定命をさとる」ということばを書き入れる。生き急ぐような著書の刊行、しかもそれらが次々に受賞する。

ついでに付記しておけば、翌一九八六（昭和六十一）年に刊行した『島木赤彦』によって野間文芸賞、翌々年の一九八七年には、紫綬褒章と日本芸術院賞、さらに一九八八年には小説「祝婚」によって川端康成賞も受賞する。上田三四二の亡くなったのは、一九八九（平成一）年一月八日である。晩年のこのような栄誉ラッシュを、どのように考えたらいいのだろうか。

『照徑』のあとがきには、この歌集が異例のことに属すると書かれている。予定としては数年猶予が見込まれていたが、いわゆる手術が事情を変えたという。つまり、死を覚悟する思いが、本人に歌集刊行を急がせたというのだ。しかし、手術がそれなりに成功したのだろう。退院後、作品を発表できるような状況がうまれ、結果として七一一首を収録する歌集ができあがった。ただし、そのせいもあって、入院以前・以後をはっきり二分する歌集になった（前半が五二九首、後半が一八二首）。

あとがき、あるいは挟み込まれた年譜、さらにそこに明記された「定命をさとる」という一節。

それらが影響し、第三歌集『湧井』と同様、読み手は大患という場にひきずられる。それを抜きにしては読めないところが生まれるのも事実だ。止むを得ないことかもしれない。ただ、刊行からすでに二十年を越える年月がたっている。私たちは、もう少し冷静に、歌境の深まりという観点から再読していいだろう。

前歌集『遊行』には、作品を作ることのできるよろこびが横溢していた。すでに述べたとおりである。旅の歌、あるいは歌をつくるための旅が多かった。意識的な観察による連作も多かった。生きられたという作者自身の、生の実感を確かめるような歌集であった。しかし、『照徑』にはそういう能動性はない。羈旅詠もあまりない。素材・対象はひどくささやかなものだ。身の回りの草花や、小動物にすぎない。しかし、不思議と作品は力をもっている。たとえば、こんな作品が目につく。

髪白くなりて歩めばおしなべて人は髪くろし女童《めわらべ》はことに
茜雲あふぎゆく眼に木蓮の高枝にひらくはなみづみづし
陽の庭にひと日むかへば朝《あした》より夕べに青む沙羅の芽吹は
いつまで生きんいつまでも生きてありたきを木犀の香のうつろひにける
いつよりか子と観るテレビの音量のわれにはとどきがたきことあり
木犀の香のしづかなる坂のみちすがふあしたのをとめもにほふ
雨戸くる朝々おそし小鳥らのあそびつくしたらん冬樹々の庭

池水の寒きそこひに寄合ひて黒き鯉いはほのごとくしづけし
夜の雪に花屋あかるく並べある鉢に紅白の梅みなひらく

「女童」「子」「をとめ」「小鳥」「鯉」、あるいは「木蓮」「沙羅」「木犀」「梅」。これらの素材からも、散歩の際の嘱目であったり、日常の一場面であることが分かる。しかし、こういう作品から伝わってくるのは、日ごろは何気なく見過ごしている「生きる」こと、あるいは「生命」の動き、その働きにあらためて感動しているすがたである。

せわしなく通り過ぎる人々を見つめる。自分の白髪と比してみな髪が黒い。とりわけ少女の烏黒《からすぐろ》のような髪に、いのちの輝きをみつめる。「ああ、あそこに活発に働いているいのちがあるのだな」といった感慨が生まれる。一首目はそういう作品だろう（あとで述べるスキップする少女を歌った作品に通じる）。

二首目も同様である。茜雲を仰いでいると、高枝に木蓮が花開いていたという。この「みづみづし」に上田の気持ちがこもっている。約束をたがえぬように、ああやって季節の訪れとともに、人のなかなか気づかない高枝に木蓮は花を開かせている。少女に抱いた感動と同様に、そこに生命のつよさ、必死さに感動している上田がいる。

やや形式的ないい方だが、前歌集『遊行』は生きている自分、生きることのできた自分の発見に、よろこびを隠せなかった。『照徑』は、そこから一歩すすめて、自分だけでなく、まわりのすべての生き物（人間だけでなく、小動物、草木まで）のいのちのかがやきを感受し、認識し、ともによろこんでいるようなところがある。つまり、外部を眺めるゆとりが生まれている。さらに、言い過ぎを覚悟して付言すれば、そういうものに包み込まれるゆえに自分という存在がある、という認識に到達している。自分だけが孤立して生きているのではない、外部のさまざまなものとともに、生きている、あるいは生かされている、共生している。そういった気持ちなのではないだろうか。

三首目は朝から夕べというわずかな時間にも、青を深めている沙羅の芽吹き。ささやかなものの頑張りに目を見張っている。四首目は、そういう感慨が真正面から衒《てら》いなく歌われている。普通、ここまでいわれると読み手はやや鼻白む。「そこまでいうのか」という感想が生まれてきてしまうからだ。ところが、上田の場合は、逆だ。むしろしみじみと浸み込むような感慨が伝わってくる。それはなぜなのだろうか。

四首目は七八五七七の破調であるが、それほど違和感はない。むしろくりかえしに近い祈りのような上三句の二十音が、切実な気分をかもし出している。しかし一方で、上田三四二という署名がなかった時、はたして切実感が伝わってくるのだろうか。そういうかすかな疑問もかすめる。

無署名で、歌会の批評にさらすことを考えてみよう。上三句に具体性がなく、その内実が分からない、あるいは下句の「木犀の香」が上句を支えきれていない、というような意見が、おそらく続出するだろう。上田のもつ場を除けば、そういう感想が生まれて不思議はない。ところが、上田三四二という歌人を知っている、あるいはその生涯が背景として、情報として読み手にインプットされる。すると、作品はまったく異なった顔をもって立ち上がってくる。むしろ具体性がないことが、かえって読み手の想像力を刺激する。短歌という文芸のおもしろさであり、パラドックスである。

それまでの作品への親しみや、作者との親疎の関係によって、短歌が、読みや評価の変わってしまう文芸であるとは、こういうことを指す。上田作品は、その典型であるだろう。

五首目以下の作品も、環境を熟知しているので、その感慨が伝わってくるところがある。「いつよりか」といった時間の経過、「をとめもにほふ」が、なぜ本人にとって痛切なのか。「あそびつくしたらん」という見立て、「いはほ」のようにかたまって動かない鯉、開いてしまっている紅梅が、なぜ作者の目にとまるのか。大患から生還し、日々を暮らしている作者、しかし、まもなく再びの病苦が忍び寄っている。その事情は読み手には事前に分かっている。生命そのものであるような、すれちがう「をとめ」の匂い、その気分や感慨に、読み手は感覚的に納得する。

『照徑』はそういう作品が並んでいる。どれをとっても上田という媒介、あるいは上田の生涯という補助線をひくと、より感興が深まる。もっと踏み込んでいえば、それ抜きには、さほど感動しにくいところがある。

戦争のような二つの大患という非日常に挟まれた、穏やかな時間。「いのちあるかと思ひあやぶみ買ひ継ぎし『古事類苑』はこの月をはる」「昭和五十七年を幻想のごとく思ひて契約せし若き日の保険が今日おちぬ」といった作品が、そういう作者の気持ちを補強するのだ。『古事類苑』は、歴代の制度、文物、社会全般の事項を、六国史以下の基本的文献から原文のまま採録し、さまざまな部門に類別した日本最大の百科全書。現在は吉川弘文館から全五十一巻で刊行されている。一冊がじつに分厚い。当時、洋装版が毎月配本され、話題になった。かなり高価であったし、購読を私自身は見送った記憶がある。

はなしがそれたが、作品では時間の経過、自分の老いや還暦という節目への意識と、生命に対する慈しみの気持ちとがつながる。

人の名を忘るるは頭《づ》の老ゆるにて字の見がたきは眼《まなこ》老いゆく
おとろへに入るは草木のみならず単純なれよこころ言葉も
教へ子が五十の坂を越えしとぞ賀状に読めばはやしうつつは
頭《あたま》きかぬまで疲れねば寝つかれぬこのごろを老とわがおもふなり
髪黒きは黒きまま老いて見分かぬ座見分けられざらん我の入りゆく
垂老のわれを居らしめ「銀の座」とある空席と通路をへだつ
父も母も享けぬ六十路《むそぢ》に入らんとす酸漿《ほほづき》赤しみづをやりつつ
道の上に遊ぶ日月《ひつき》に老いんとす夕暮れて雪午後のくもりは
われの亡きのちにて妻のやすらがん或る悲しみもそこにまじへて
亡きわれの記憶のために妻を率《ゐ》てさくらにあそぶさくら寂しと

読んでいると、しみじみとする。還暦を迎える。いまや、もう珍しいことではない。しかし、上田にとってはたいへん重いのである。考えてみれば、彼の父母も長寿ではなかった。このように、前提となっている条件はさまざまでも、読み手は、上田の設定した場にいつのまにか巻き込まれる。そのなかで注目したいのは最後の二首である。自分の亡き後という発想があらわれる。第二の手術の前である。手術直前の一九八四（昭和五十九）年になってからの作品だと思うと、どこかに身体の不調が自覚されていたのだろうか（手術後には「遠街《をんがい》の灯に妻ときてものをくふことも思ひ出のひとつとなれよ」と歌う）。

「さしあたり疑ひはれて霊園を買はん思ひのまた淡々し」という一首が、一九八三（昭和五十八）年の最後に置かれている。危険信号のような診断がともり、検査して疑いが晴れてほっとした作品であろう。このように、自分の身体には気を配っていただろうし、当然のこと、予後の検査なども忘れてはいなかっただろう。素人考えであるが、ではなぜ上田の大患が見逃されたのだろうか。そんな余計なこともつい思う。

かがまりて臀《ゐさらひ》をふく恥ふかく魂ひくき生きものわれは

かたくり浄土むらさき浄土風ふけば花さやさやと地に満ちゆらぐ

これまで『照徑』の持つ場を意識して作品を論じてきたが、引用した右の二首などはそういうこと抜きに、後期上田の代表作といえるだろう。前者は、臀部を拭くという行為をとおし、生き物としての自分、「魂ひくき生きもの」という自覚を、つよく打ち出した。とりわけ「かがまりて臀《ゐさらひ》をふく」という上二句のリアリティは衝撃的である。それゆえに、下三句との対照が説得力をもつ。

後者は、「かたくり浄土むらさき浄土」のリフレインがじつに美しい。リズミカルで愛唱性にも富んでいる。まさに願望の究極のような作品で、同時に、上田という歌人の根幹にある思いでもある。

澄むことの徹底化

一九八四（昭和五十九）年七月に手術し、亡くなったのは一九八九（昭和六十四・平成一）年一月八日である。その間、再度の入院を余儀なくされ、さらに外来で放射線治療も受けている。想像以上に過酷な、最晩年の約四年半であった。

しかし、死後刊行されたエッセイ集をもとに著作年譜を作成してみると、その間、治療、病後養生とは思えないほど、数多くの文章を発表している。小説、短歌作品や評論だけではない。多くの文章を新聞、雑誌などに寄稿している。上田に、それだけ注文があったということでもあるし、同時に、それを受ける気力があったということだ。そのことは特筆すべきである。

例えば、一九八六（昭和六十一）年をみてみよう。前の年の暮れから再入院し、正月に外泊許可が出て、自宅で過ごし、さらに六月から七月にかけて右坐骨放射線治療、通院に杖を用いる、などという記述が年譜に見える。そのなかでの執筆である。

森澄雄の時空（「俳句研究」一月号）、西行への道（「短歌」一月号）、旅支度（「群像」一月号）、ペンネーム（「短歌研究」一月号）、道の上（「新月」一月号）、神戸新聞・週一回エッセイ（一月四日〜三月十日）、歌会始のこと（「短歌」五月号）、「待ちとられ」ほか（「短歌研究」五月号）、安晩帳など（「文學界」七月号）、ある年の盆（「読売新聞」七月十三日）、物の言葉（「群像」七月〜九月号）、耳のよろこび（「毎日新聞」八月二十六日）、『生きがいについて』を読む（「名作52　読む・見る・聴く」八月）、三つの誕生日（「正論」九月号）、思い出（「新月」八月号）、反俗市井の人（「短歌研究」九月号）、かな遣い・三つの課題（「短歌研究」十一月号）、贈られるのはこころ（「婦人之友」十月号）、病歌人として（「朝日グラフ」十二月号）、大阪読売新聞・週一回エッセイ（十二月六日〜二十七日）。

これでも網羅しているとは思えない。おそらく単行本に未収録のエッセイ類は、他にもまだあるにちがいない。このほかに「戦後の秀歌」（「短歌研究」）の連載や、短歌作品の発表がある。

もうひとつ加えておかなければならないのは、一九八六（昭和六十一）年七月に、大著『島木赤彦』が刊行されたことである。年初から校正刷のやりとりに忙殺されたにちがいない。一九七六年から七九年にかけて雑誌に連載したものが中心であるが、校合には神経をかなり使う。

しかし、上田自身の内面に踏み込んでみれば、仕事によって病をいっときでも忘れる、忘れたいという思いだったのかもしれない。どうして自分を、このように病が襲うのか。なぜ他の人でなく、自分なのか。そんな気持ちにもなっただろう。それを軽減するためにも、歌をつくること、文章を書くこと、本を刊行することが必要であったにちがいない。

術後の自歌をひきながら、次のようにいう。

誰だって病気になどなりたくはないが、そういう運命を選ばされた者の立場からいえば、たとえ引かれ者の小唄ときこえようと私は病気からたくさんの恩恵を受けてきたように思う。二十年来、私の歌は病者の歌であった。直接病気を歌わなくても、わが生の基調にはふかく身のうちにひそむ病へのおそれがあり、死すべきもの、いのち短きものとしての自覚が、自然と人生を見る眼を軽薄さから救ってくれたように思う。私は病気に感謝すべき充分な理由をもつ。
（「病歌人として」、「アサヒグラフ」一九八六年十二月号、『ゆらぐ死生観』所収）

こう言いつつ、最後に次のようにむすぶ。

定命《じょうみょう》つきたと思われたその病気から二年が経ち、私はまだ生かされている。このたびはさすがに、二年を経過しても気力回復せず、先の楽しみもまことにうすいが、病中病後の歌にかつてない自分が出たのを、今生のよろこびと観じている。（同）

実感であろう。逆説的だが、病気によって歌が得られた。たしかに、上田の作品には澄み切った気持ちが徹っている。手術前の「雲浮く窓」五十八首。術後の「したたるひかり」二十四首。自宅へ帰って療養の「病後秋冬」九十九首。ありふれたことばかもしれないが、絶唱である。なまじの鑑賞や読解を許さないところがある。

ただ思ひ思ひつかれて眠るべし捨て捨て捨てしのちの未練に
負へる荷のすべておきて入りて来《こ》し三階個室世をへだてつる
癒えたるがごとき錯覚にしばし居り雲生《あ》れ雲の白きかがやき
（「雲浮くまど」）

黄昏《くわうこん》のおごそかにして雲焼くる天にむかひてことばなく臥す
読まずただ音楽を聴くのみの日々手術をまてばとほし現実《うつつ》は
けふひとひわが窓を過ぎし雲のかずをはりの雲は夕焼けてゐつ
明るき方《かた》にこころはのべん朝焼けて夕焼けて手術日の近づききたる
みめぐみは蜜濃《こま》やかにうつしみに藍ふかき空ゆしたたるひかり
半顔の照れるは天の輝《て》れるにていづこよりわが還りしならん
よみがへりたる身にきよき新秋の天《あめ》のひかりは胸のうへに落つ
癒されて濡れふすわれに藍ふかき天《あめ》の光のしたたりやまず
秩父路に秋みちひかりきよからん秩父より来る雲をまぶしむ
つくられし尿管に湧く水のおとさやけきあきの水音ひびく
死後にして出づべかりしを手にとれば生身《しやうじん》の泪この自著のうへ

（「したたるひかり」）

思い出すのは、前回の手術のときの作品である。「入院前後」十五首が『湧井』にある。「ただ手術を待つのみの日々あひむかふおそき昼餉もあそびのごとし」「このいのちまなく消ゆるといふことも人のうへのごとく思ふときあり」「ただひとりゐる病室のよるの闇耐へがたければ起きあがりたり」といった作品に比べると、今度の術前術後の作品は、五句三十一音のすみずみまで神経が徹っている。韻律が張っている。もちろんそこには作者の文学的修練があるし、病への覚悟もあるのだろう。

くりかえし上田の作品を読み、上田の病室の日々を想像してみる。当然、手術の前にたくさんの検査がある。入院して手術するまで、一週間ほどの猶予があるのだろう。そのときいろいろなことが、夢に出、脳裏を過ぎていったに違いない（夢の歌がかなりある）。

窓を雲が流れてゆく。雲が崩れたり、夕焼けに空が染まったり、雨が訪れたり、自然は日々の活動を続けている。自分はどうなるのだろうか。以前にあった命終の恐怖ではない。「乳の香を腕《かひな》にのこし幼子はその父母と帰りてゆきぬ」「がらがらを購《あがな》ひかへる世のつねのさきはひごとに孫さづかりて」というような世間並みのよろこびも得た。しかし、「捨て捨て捨てしのちの未練に」というような思いが、どうしても残る。それに上田は耐えている。自分の内面を主題にすることで、手術までの時間と戦っている。

朝起きてみれば、「癒えたるがごとき錯覚」をもつ自分を発見する。そこに、道元の「刻々に生き、刻々に死んでいる（刹那生、刹那死）」が浮かんでいただろう。そんなことを思いながら、「黄《くわう》昏《こん》のおごそかにして」というように、窓からの光景にことばなく見入っている自分。

上田は、短歌史家でもある。病歌人についても多くの考察がある。すでに述べたことだが、第一の手術のあと、古典を通し、死や生について多く論じてきた。皮肉なことにそういった蓄積（？）を、ふたたび発揮するという事態になってしまったのである。

例えば、赤彦の最期を、上田はこんな風に書いている。

赤彦は耐えている。それも、ただ耐えるだけではなく、その追いつめられた絶体絶命の境地のなかにみずから遊ぼうとさえしている。「この夜ごろ寝ぬれば直ぐに眠るなり心平らかに我はありなむ」はやすやすと常ならぬ日常を歌って、友人への手紙にもあったように、不治の宣告も赤彦の安眠をさまたげなかったことの事実を告げている。そしてその安眠の事実を支えるとして、彼は諸事において心安らかにありたいと願い、「命生きむため」の歌のとおり摂養につとめ、「起臥談笑行住臥一事一事を楽し」（中村憲吉宛「書簡」）もうとしているのである。

（『島木赤彦』）

この文章は単行本にまとめられる約十年前に書かれたものである（一九七六年六月より「短歌」に連載）。しかし、こういう一節を、上田はどんな気持ちで校正しながら読んだのか。上田も、赤彦と同様に耐えていた。

作品に戻れば、苦しいとか、つらいというような直接、自分の身体に関することばがない。「一事一事を楽し」もうという表現にならっていえば、徹底して、術前術後を、光に象徴されるように澄み切った光景として描こうとしている。「つくられし尿管に湧く水のおとさやけきあきの水音ひびく」などはその典型であろう。腎臓から膀胱に尿を送る管を尿管という。手術の結果、人工尿管を身体にとりつけたわけである。そこに尿がたまる。見方によれば、無残ともいえるだろう。しかし、上田は「さやけきあきの水音」と詠む。そこに、すがすがしい、浄化された風景が現出している。いかにも上田らしいと思うのである。リアリズムとはいえない。聖俗でいえば、いうまでもなく聖である。俗を徹底的に排除している。

「けふひとひわが窓を過ぎし雲のかずをはりの雲は夕焼けてゐつ」「ひと日づつ追ひつめられてゆくはてにあるものを安らぎと思へとか雲よ」という術前の雲は、「秩父路に秋みちひかりきよかん秩父より来る雲をまぶしむ」に変わる。同じ雲でも、術後の作品は、清浄な、透明度の高い様相を示している。

もう少し率直に、苦しみや不安を作品化した方が人間らしい、という意見もないことはないだろう。「上田さんの世界は澄み切って、混じり気のないものに、だんだんと生と死が融合するような世界に入っていくでしょう。それはとても清らかで、心に安らぎをもたらして美しいんだけれど、人間というのは最後まで七転八倒して、ぶざまに生きたほうがいいんだよというのも、一つの仏教的な考えとしてあるのではありませんか」というのは、座談会での小池光の発言である（「大衆性の涯底《そこい》にある闇」、「短歌」一九九八年七月号）。

しかし、この地点はいっても詮ないところだろう。こういう描き方でしか、上田は時間に耐えられないからである。みずから澄むことを、徹底しようとしているからだ。こうもいっている。「澄むことと老いることとは私においては一体であり、こんなもうろうとした意識の中にも歌ができたが、私の短歌はここに来て闌《た》けた、と思われた」（「余命」、『短歌一生』所収）。譲れない意志を感じる。

「私」と世界との融合

退院し、家に戻ったあとの「病後秋冬」九十九首を見てみよう。

七月のままかかりゐるカレンダーを十月になほす戻りたる机に
なにするとなきうちにまた日のくれてもの刻むおと戸をたつるおと
野のにほひ草焼くにほひそこ過ぎて薄暮の霧をまとひてかへる
閑日《かんじつ》をあらしめたまへ一日《いちじつ》を両日《りやうじつ》として生かしめたまへ
風呂のふた手にあまるまでおもかりし退院の日を忘るるなけん
かつてなき長閑けさに歳くれんとす病むは捨つるにて捨てて得しいとま
お河童のゆれてスキップに越しゆきぬスキップはいのち溢るるしるし
遺志により葬儀はこれを行はずふかくおもひていまだも言はず

八首を引いてみた。「したたるひかり」の一連と比較すれば、緊張感から解放されている。穏やかな時間が流れている。病院にくらべ、生活の匂いがあり、人肌も感じる。しかし、日常につきものの俗塵は、かけらすらない。ばたばたした騒ぐものがない。秋の陽を浴び、風に吹かれ、自然の推移を眺めている作者がいる。そこにあえて意味をみつけない。見立てもしない。眼前に広がる光景を、ただ微笑んで受け入れるのである。

「病むは捨つるにて捨てて得しいとま」という感慨が、よりいっそう強くなる。こういった箴言風な下句が、上田三四二という歌人のもつポピュラリティの秘密なのだろう。

終わりから二首目は私の好きな作品である。散歩のなかで出会った風景だろうか。最後の小説になった「祝婚」に、スキップの少女と出会う場面がある。それかもしれない。いずれにしろ、いのちあふれる、躍動する少女があざやかに定着されている。邪気がなく、澄み切っていて、しかも明るい。『照徑』を代表する一首ではないか。

抽象的な言い方だが、作者の姿がいつの間にかどこかで消えている。「私」という軸を通して、短歌は世界を再構築する文学であろう。その「私」が、世界と融合しはじめている。

おそらく、上田のいう「澄む」ことの徹底化は、スキップの作品のような境地を指すのではないか。ここには作者の計らいが消えている。ただあふれるような生の躍動だけがある。少女もいまだ自分を意識していない。自然さそのものが、スキップという動作で、たくまず発動される。死が程遠くない作者だから、少女のいきおいが目につくのだろうが、といって、みずからの身を嘆いているわけではない。祝福するような視線で見つめている。至福の思いが滲み出ている。

死に臨む態度

上田三四二は医者である。一九八四（昭和五十九）年七月の手術がどのような推移で行われ、その予後がいかなるものか。普通人より、その厳しい現実は分かっていたにちがいない。つらいことだが、どこかで覚悟せざるを得なかったはずである。くりかえすが、亡くなったのは一九八九（昭和六十四・平成一）年一月八日である。前の日の一月七日（土）、昭和天皇が八十七歳で、生涯を終えた。つまり上田は、昭和とともにこの世を去ったのである。

天皇追悼の上田の文章（「天皇のお歌」）が、東京新聞の一月九日に掲載されている。予定原稿で、前もって書かれたものである。土屋文明をはじめとして、何人かの歌人の挽歌も、いくつかの新聞に確認することができる。

少し脇道にはいるが、「天皇のお歌」を読むと、上田らしいかもしれない、過剰とも思える気遣いに気づく。「（植物への）ご関心」「御生活」「お楽しみ」「お作」「お心」。何か失礼があってはいけないという配慮なのだろうか。このような、遺漏がないようにという律儀さは、歌人上田の本質を示しているような気がする。いま読むと、すこし悲しくなる。

最後の歌集『鎮守《ちんじゅ》』の刊行は、生前には間に合わなかった（一九八九年四月刊）。しかし、作品のすべてに眼を通し、亡くなる一カ月前の十二月にあとがきまでも書いていることは、指摘しておきたい（歌集にかぎらず、連載のままになっていた『島木赤彦』、あるいは茂吉論関係の文章をまとめた『茂吉晩年』など、つぎつぎと単行本化を急ぐ。近く生涯の幕が下りるという判断なのであろう）。

「短歌」（昭和六十四年一月号）に「つゆじも」という十四首を出詠しているが、その作品もきちんと『鎮守』に収めている。新年号は前年の十二月後半の刊行である。しかも、そのような死の直前の作品まで推敲している事実を発見して驚いた。そこにも、上田三四二という人間のあり方がよく見える。

柿の葉のちるころほひか日々ゆきて日々親しみし散歩道あはれ

はじめ初句は「柿紅葉」であった。紅葉にすると、鮮やか過ぎて結句にふさわしくないと思ったのであろうか。あるいは次のような訂正もある。

心せかるるおもひぞかなしここゆ見えぬ庭木の沙羅は黄葉《もみぢ》してゐん

初出は「黄葉していん」であった。このような誤植などの細部への注意は、いかにも上田らしい。

二人子にむきて言ひおよびゆく言葉葬儀なきはふり戒名なき墓石
双眼にたまる泪は亡きのちを子に言ひのこすしばらくのあひだ

作品だけではない。死後のことを子どもに言い遺す。人によっては死後のことなど、残った者で勝手にやってくれればいいという考えもあるだろう。しかし上田にはできない。自分の作品を推敲するのと同じ志向なのではないか。

松宮久子編著『上田三四二短歌書展』という大判の写真集がある。一九八六（昭和六十一）年一月に開かれた書展の記録集である。松宮によれば、軸装六幅、巻物一巻、歌集和綴一冊、額装四十九点が、展示されたという。それらがすべて写真版で収められている一冊だ。

展示は、先生が病床で記された図面に従った。作品と作品の間隔、番号カードの位置、すべて先生のご指示であった。懐紙も一首一首紙を吟味され、額、表装、色合、大きさ、そうした種々な面でのお心配り、或る程度出来上がった表装を、清光堂にも再三足を運ばれ、細かいチェックに、先生のご性格がうかがわれた。

（松宮久子「気くばりの眼」、同書所収）

「ご性格がうかがわれた」と松宮は書く。作品展示へのチェックは、自分の葬儀への気づかいに似ている。

一九八四年の大手術以後、上田が書の研鑽にかなりの時間を割いていたと聞いたことがある。何か期するところがあったのであろう。

「書展」というエッセイがある（『死に臨む態度』所収）。それによれば、最初、写経を考えたそうである。「後がないと思ったのである。いまのうちに書いたものを遺しておきたいと思った。それにはやはり墨がいい。けれども、慣れぬ筆先から生まれる字は本当の自分といえるかどうか。筆を持つことを頑なに拒んできた自分が悔やまれる」と言いつつ、妻子に遺す作品などを考える。さらには表装のことまで考え、一年以上先の画廊の予約をするのである。そういうことによって病後の自分を鼓舞したのかもしれないが、このような周到さに上田らしさが見える。

書について、私はまったく暗いが、ページを繰って『上田三四二短歌書展』を眺めていると、一画もゆるがせにしないその端正な書体に感嘆する。実に真面目な字である。多分お手本があるのだろう。決してそこから外れないといった印象もうかがえる。たとえば、上田三四二という署名である。ほとんど、すべて変わらない。乱れはどこにも感じられない。集中力と同時に、上田の生真面目さのあらわれに見えてしかたがない。

感嘆したひとつに、『照徑』のなかの「したたるひかり」二十四首を、万葉仮名によって巻物に仕立て上げた一巻がある（『上田三四二全歌集』の口絵も飾っている）。

みめぐみは蜜濃《こま》やかにうつしみに藍ふかき空ゆしたたるひかり

これは万葉仮名で記すと、次のようになる。

美免具見者蜜己麻也可仁現身爾藍布加支空由志太豸流比加里

こういう万葉仮名で書かれた二十四首が並んだ、観音開きの写真版を眺めていると、写経するごとく真剣に書に励んでいる上田の後ろ姿が見えてくる。そこには治癒を祈願する気持ちが強くあったのだろう。現物を掲載できないので、なかなかうまく説明できないし、また書の歴史にも詳しくないので、はっきりとは断言できないが、いわゆる古典籍の書体を、私などは想起する。書くには、かなりの研鑽・修練を必要とすると思われる。見事なものだ。

しかし一方で、その巻物の最後に、「病骨　上田三四二」と書き、さらに「涙筆」と加えたことは気になる。たしかに、その通りなのであるが、そこまで記すと、やや「出来すぎ」「やりすぎ」と、私などには思えてしまう。作品のもつ感傷性にも通じる、特有の感覚なのであろう。

病に耐える

書に熱心になったのは、おそらく励むことによって、命終までの日々を落ち着いて過ごしたいという願いがあったからにちがいない。

しかし、実際は、そんなに簡単なものではなかった。最後の歌集の『鎮守』には、病に耐える作品が少なくない。眠れない夜。痛みの出てきた身体。いたたまれないほどの足の重み。引用のために書き写していてもつらくなる。

呻吟の生《あ》るるゆゑんは後根を骨《こつ》圧迫す病《やまひ》の篤く
咳ひとつ疼痛は背をつらぬきて脚《きやく》震動す悲鳴とともに
妻を待つ昼の間ながし妻かへす夜の刻《とき》ながしただ臥すのみに
このにぶき体《たい》のうごきは小用に起《た》ちてもどるもひとつ仕事ぞ
泣ごとを言はじときめしこころから泣ごとは妻にむけばこぼるる
眠りなき夜のねむりに背《せな》いたし足おもしいなや命あやふし

沈鬱のこのかたまりをうつしみとおもへとか眠れざる夜がつづきつつ
ちかき死をおもふおそれは目覚めたる幾重の闇のなかにするどし
くるしければ起きて足もむ夜の明けにいまだ間のあるけふ誕生日
妻か母かわからなくなるを昏迷と思ふなよただに看とられてゐる
母が手にいたみ撫づれば痛み和《な》ぐをさなきときも今のおもひも

末期の癌には痛みがつきものである。近年はペインクリニックが発達し、緩和治療で痛みはだいぶ軽減されるようだが、いまからほぼ二十年前はどうだったのだろうか。上田には眠れぬ夜、長い夜が待っていた。再入院もあった。通ってくる妻をベッドで待つ日々。当然のことだが、生活における妻の比重が高くなる。病者は一挙に子どもになってしまう。その心理的推移がよくあらわれている。

人の口にのぼる終わりから二首目、「妻か母かわからなくなるを昏迷と思ふなよただに看とられてゐる」なども、病者の気持ちを表している。保護されるものとしての心弱りなのだ。心理的には幼子にもどっている。最後の作品など、まさに慈愛のシンボルとしての母なのだ。母と妻が一体化するのは自然であろう。

こんな一首もある。「病む足は按手をまてどけふひと日つかれし妻はねむりにゆきぬ」。按手《あんしゅ》とは、キリスト教などで神父が信者の頭に手をおき祝福する行為をいう。五首目のように、泣きごとを妻にだけは言ってしまう。

くりかえし述べてきたが、上田は多くのエッセイで、さかんに「死」を考察する。忘れるという方向に向かわず、対象化しようとする。唯識、聖書、あるいは最先端の素粒子論までを駆使して、考えようとするのである。死を覚悟した人間は、どこか終盤は諦めに入る。自分の時間を慰めにふりむける。そこに宗教が忍び寄る。そんな風なプロセスをたどるということを読んだことがある。しかし、上田はベルグソンなどを読みつつ、「一体に既成の宗教によらぬ安心立命の道はあるのだろうか」といった問いを立てる。

第一章でもふれたが、たとえば、生は可視光線、死は可視光線以外の波長。そんな比喩で考える。

> 現世という可視光線の場に立てば——それが身体をもって生きることのありようだが、赤外線とその外《そと》、紫外線とその外という前後の波動は厚く深い闇であり、現世はそういう底しれぬ闇からさし出された、ごく小さな、光る露頭にほかならない。無限の闇の、たまたま光る微小部分が現世であり、生命界だと言える。（「旅仕度」、『死に臨む態度』所収）

また、三次元、四次元の問題に喩えてみる。「私たちが疑いのないものとして住むこの三次元空間は、まことは、四次元世界である超空間の一つの限定ではないだろうか。立体は、四次元超立体の仮《か》りの姿ではないだろうか」（「日常の割目」、『死に臨む態度』所収）。そこには、何とか論理として「死」を位置づけようという意思が見える。

こちら側からは見えないが、生を包括する場があるのではないか。いわば生と死を包み込む一般理論の設定である。上田三四二が理科出身ということに、ふたたび思いがいたる。

しかし、現実の病はそんなに簡単に割り切れるものではない。眠れない夜が続く。前立腺腫瘍の手術のとき、上田は六十一歳になったばかりであった。六、七、八首目のような作品を読みながら、私はついつい自分に置きかえてみてしまう。世間的にいえばまだ余力のある年齢である。亡くなったのは六十五歳である。日々、死の恐怖と戦っているのが、まさに、いま現在、上田の作品を読んでいる私の年齢のときなのである。

たしかに人間はいずれ死ぬ。長短はあるがそのことは確実である。しかし、回りの人にまだその兆候がなく、自分だけに命終が迫っている。そのときの恐怖心。いたたまれないだろう。上田も例外ではなかったようだ。

上田は晩年の生活を、みずから一所懸命工夫し、律しようとした。そのひとつが書であった。そのほかに、おもしろいことに矮鶏《ちゃぼ》を飼いだす。術後、三年ほど経った最晩年のことである。

近づくとはや鳥屋内《とやうち》のさわがしき矮鶏《ちゃぼ》を放ちて今日のはじまる
いのちあるは駭やすし子供のころ車の音にも鶏はみじろぐ
光ある庭にかけろをあそばせてやまひある身はあそびをたまふ
撒米に狂喜しこゑをはなち食む鶏に供養のこのささにしき
ぼろぼろのおのれを持して矮鶏と居り今生といふことのかなしさ
空ゆかぬにはとりゆゑにかなしきか水呑むととほき雲をぞ仰ぐ

あたたかき日和のつづく日の鶏は和みて馴寄《なよ》る足許に掌に
鶏小屋《とりごや》をきよむと持てるスコップの重さに日々の体調があり

犬や猫ではなく、なぜ矮鶏だったのだろうか。随筆「矮鶏と書見器」によれば、子どものころの田舎が思い出されたという。慰めとしての矮鶏。「声をあげて米の布施に嬉々するその小さなものたちを足許にまつらわせていると、ふと、幻の童子めいて、矮鶏か水子かわからなくなっている。病人の感傷というもので、頭が元に戻っていないのである」(「矮鶏と書見器」、『死に臨む態度』所収)。

おそらく、脳裏のどこかに子どもと毬をつく良寛が思い浮かんだのではないだろうか。撒米によろこぶ矮鶏は、猫や犬にくらべ、生きることに貪欲である。生そのものが、その動きのなかにあふれているからだ。「いのちあるは駭やすし」という感慨は、生命のエネルギーがまさに尽きかけている己を逆に映し出している。

これらを読みながら、自分の腕の中で命をおえる矮鶏を詠む、晩年の斎藤史の作品を思い出した。

「長いことよく生きたね」と抱き上ぐる小さく冷たくなりしめんどり
(『風翩翻』)

幼子のいる風景

『鎮守』はつらい遺歌集であるが、わずかながら作者が慰められる場面もある。先に少しふれたが、孫が出現したことである。すでに『照徑』のなかの「乳の香」四首で、その誕生が歌われているが、『鎮守』では、幼子として歌われる存在になる。

「行楽」（一九八五年）という作品がある。羊山公園と添え書きがあるから、秩父を見下ろす小高い丘に、病後の日々を癒そうと、おそらく長男一家が誘ったのであろう。

ひと山はさくらのもみぢ散る道にたづさへあそぶ幼《をさな》と老《おい》と
さしおほふさくらもみぢ葉あゆますと小《ち》さき片手はわれの掌《て》にあり
紅葉《こうえふ》の濃きをひろひて幼子はその炎ゆるいろ讃へよといふ
手をひきて山に遊ぶは思はざりき見舞はれて虫の息なりしわれ
離乳食手術食味《あぢ》のうすかりき癒えて幼と紅葉《もみぢ》をぞ踏む
草の実をつけて幼と歩みゆく秩父路は病みて夢みしところ
わが病みしのちの一年に歩みそめし児を抱《いだ》きあぐもみぢの道に

ようやく遠出のできるようになった穏やかな秋の日。その中心に歩き始めたばかりの幼子がいる。

よちよち動きまわる光景。そして笑い、泣き、はしゃぐ姿。作者に「ああ生きているのだなあ」といった実感が浮かんだにちがいない。その感慨は、幼子の立ち居振舞いによって、よけいに濃くなってゆく。上田作品史のなかで特別に評される一連ではないかもしれない。しかし、こういった一日が上田にあったことに、どこかほっとする。手術後、身体が回復しつつある上田と幼子。紅葉の鮮やかさとおだやかな日。空気まで澄んでいるようだ。

六首目は、『照徑』の術後の絶唱「したたるひかり」のなかの、「秩父路に秋みちひかりきよからん秩父より来る雲をまぶしむ」をうけている。苦しいなかで病室から眺めた、あの空を思い出している。雲の行き来をなすすべもなく眺めていた病院での日々、その秩父にいま孫と遊んでいる。恩寵のように感じるのが自然であろう。幼子の何気ない一挙手一投足が、なにか夢のように思えて来る。いのちそのものである幼子を、秋の日を浴びながら見つめている自分。一方で、生の危うさも感じている。上田に残された時間を思うと、その透明感は逆に涙ぐましくなる。

手術後から亡くなるまでの約三年半、この孫の存在は、暗澹とした生活になりがちな最晩年の、ささやかな明かりであっただろう。別の場面も引いてみよう。

幼子のよろこぶをみんよろこびに手を曳きてゆく木馬《もくば》めぐるかたへ
病める身はやまひをわすれうつつなにあそぶ幼《をさな》のむれにまじらん
季惜《ときを》しき桜の落葉子らのため歩幅ちひさき石段《いしきだ》にちる
幼子は眼をほそめ祖母の膝による波ひかる人工池畔《じんこうちはん》のベンチ

観覧車のぼりつめわれと幼子を天上におく紅葉はるかに
頬あつく頸すぢさむしむきかへて背中あぶれば幼《をさな》もならふ
いつまでも遊びてゐたき老《おい》と幼《をさな》たき火はほのほおとろへにける
逢はぬ日数かさなる幼き者がきてチャボチャボと鳥屋をのぞく日待たん

どこにでもある祖父と孫の姿かもしれない。背中を火あぶれば、大人の真似をして幼子が同じ動作をする。しばらく会っていなかった幼子を待ち望む日々。ほほえましい風景だが、作者の状況を知っているものには、それほど単純ではない。物悲しい気分に襲われるのを、抑えることができない。

注意深い読者ならすぐに気づくのだが、上田は「孫」と表現していない。孫ということばは、『鎮守』のなかに一首だけある。「沙羅の冬芽つやもつ庭に啼く鵯《ひよ》よ孫来《く》と妻の朝ゆ落着かず」。この場合は、家に孫がくるという日の妻、という状態を表現するので、「孫」が必要だろう。しかし、その他はすべて「幼子」「幼」で通している。孫に含有される情緒を、おそらく厭ったにちがいない。自分の孫という関係性のもつ情感ではなく、純粋な生という意識が強い。

第一の手術後に書かれた「良寛」の一節が、脳裏に浮かんでくる。

子供は良寛にとって風土の延長のごときものであった。あるいは、自然と人間との間にあって、その対立をなだめる精霊のごときものであった。精霊——この語には比喩以上の意味がある。

なぜなら、良寛は、彼の前にうち群れる児童のみならず、すでに魂だけになってしまった幼ないものたちを、こんなにも深い愛情をもって歌っているから。（『西行・実朝・良寛』）

「去年は疱瘡にて子供さわに失せにたりけり。世の中の親の心に代りてよめる」という詞書を引用しながら、上田は、良寛の次のような作品を書き写す。

人の子の遊ぶをみればにはたづみ流るる涙とどめかねつも
もの思ひすべなき時はうち出でてふる野に生ふる薺《なづな》をぞ摘む
この里に手毬つきつつ子供らと遊ぶ春日はくれずともよし
子供らと手たづさはりて春の野に若菜を摘めば楽《たの》しくもあるか

良寛の場合、亡くなったいたいけな子どもを想っているので、よけい精霊に近くなるのだが、先に引用した上田の「頬あつく頸すぢさむしむきかへて背中あぶれば幼《をさな》もならふ」「いつまでも遊びてゐたき老《おい》と幼《をさな》たき火はほのほおとろへにける」といった光景も、それに近いのではないか。しかも、命のおわりを予感しているのは本人なのである。そこがまた哀しさを誘う。

夢

『鎮守』を彩るもうひとつの特徴は夢である。作品は全部で四百六十三首だが、夢の歌はそのうち二十六首を数える。かなり多い。いままでの上田には、夢を主題にした作品がほとんどない。外出もなかなかかなわない臥せる日々が、これらの作品の背景にあることはまちがいない。つまり素材のひとつとしての夢だろう。晩年の上田の状況を思うとき、ふるさとや父母が夢に立つことは、私たちの常識の範囲にある。例えば、「降る雪の闇の重さをかづきいねしあかとき夢にとほ世たらちね」(『鎮守』)のような作品だ。これはとてもよく分かる。

ところがまったくちがう夢の歌がある。以下、引用する作品はその実例である。かなり謎めいており、かつ上田の抱えてきたそれまでの何かが、作品に滲んでいるような気がする。

わがとがにしもあらなくに子をなさず過ぎゆく遠つびと夢は招きぬ
ぬれ下駄にゆきて鼻緒の切るる夢あかとき春の雪やみぬらし
くつ箱に女下駄がありてゆめ醒めぬ鼻緒のいろの紅《あか》かりしかも
六十年一期《いちご》の夢にあらはれんものはおそれんはたあこがれん

引用した作品は、回想にしても、どこか妙な感触を受ける。とりわけ注目すべきは一首目だろう。

「とが」である。咎、科のどちらであろうか。いずれにしろ、「あやまち」「非難されるような欠点」「とがめ」「罪となる行為」「罪によって科せられる罰」と辞書には記されている。「しも」は強めの助詞と感動の助詞の連合の助詞で、強調である。つまり、上句は「われの罪ではないのに」という意味になるだろう。そして、「子をなさず過ぎゆく遠つびと」と続く。これは一体だれのことを指すのだろうか。子どもが出来うる関係も暗示されている。読む者は、過去にあったドラマを想像する。

作者が抱いていた、抱きつづけていた傷痕の反映として鑑賞したくなるのも、自然ではないだろうか。夢に借りた大胆な告白といっても、それほど過剰な解釈ではないだろう。

第一歌集『黙契』の、「堆き情緒」の一連を思い出す。再度その一部を引用してみよう。

春の風吹きしづまりし夕辻に駭きやすくひとを待つなり
匂ひつつわが傍にやさしかりき映画果つるまでの二時間あまり
風立ちて秋づく宵よ甦へりこころぞおもき過去の集積
ふたたびの秋となり君が幸《さきは》ひになにを加へしわれと思はむ
夜の夢になほわれは呼ぶきはまりに苦しみて何に寄らむ心ぞ
夢のなかなればこころ素直にてやさしき膝に面《おもて》をしづむ

『上田三四二全歌集』から意識的に落とした「巷きておもひぞ満つれうちふかくきみ住む部屋の鍵

を秘め持つ」という一首も、ここに加えた方がいいだろう。それらをいま一度読んでも、強い屈折が背景から透けて見える。感傷をひめた失意が、作品群に拡がっている。

『鎮守』のなかの夢の一連は、第一歌集のこれらの作品を、思い出させずにはおかない。長らく眠っていた(あるいは抑圧されていた)青春の一齣が、命終近い作者に甦った。そう鑑賞していいのではないか。謎解きのようだが、おそらく終生忘れがたい事件だったので、夢にあらわれた。つまり、強く抑圧されたものが病によって解けた。そのような鑑賞を、否定できないのである。

だからこそ、「六十年一期《いちご》の夢にあらはれんものはおそれんはたあこがれん」と詠むのではないか。「おそれん」であり、かつ「あこがれん」なのである。あのころのことを思い出したい。しかし、みずからつよく封じたことだ。『黙契』が語った作品の背景が、どれほど上田にとって大きな事件だったたか、あらためて想像するのである。

具体的な「女下駄」、「紅き鼻緒」ということばも、「堆き情緒」の「きみ」と関係している。深層心理的にいえば、「鼻緒の切るる」の意味するものは、男女関係の推移と無縁ではないだろう。『黙契』と『鎮守』という二つの題名も、暗示的な照合といえる。無意識かもしれないが、二人の間の黙契を、先に逝く自分は守り続けるという暗喩と読んでも、不思議ではない。

もう少し、『鎮守』の夢の歌を見てみよう。先の四首は「所願」というなかにあったものだが、次に引用するものは「夢供養」という一連である。

夢にしてすこやけき吾《わ》がをかしたるをとめごは誰《た》そ髪ながかりき

このいまの病めるうつつを夢なりと覚めてよろこぶを命終《みやうじゆう》とせん
胸底《むなそこ》の濁りを揺りてみるゆめのあはき生々《なまなま》しき皆がらかなし
夢はいま生の境界《さかひ》を渉りをり行々子《よしきり》の啼く沼とおもはん
醒めぎはに意識の鉤《はり》のひきあてし夢のぬる藻はしづくしてをり
医学会いつしか歌の会となり目覚めのきはは女人のおほし
つひの日のわれにはあつき唇《くち》よせて迦陵頻伽《かりようびんが》の声をきかせよ

最初の一首に驚かされる。大胆な場面が主題であるからだ。これをどう読んだらいいのだろうか。こういう夢を見た、その相手の髪のながいおとめごは誰なのだろうか。

上田作品における女性の問題が、ここにもあらわれている。すでに見てきた「身体の領域」（『遊行』）など、上田にとっての女性はまず、その肉体のもっているかたち（マッス）として描かれる。そうでなければ、「木犀の香のしづかなる坂のみちすがふあしたのをとめもにほふ」（『照徑』）、「をんなの香こき看護婦とおもふとき病む身いだかれ移されてをり」（『鎮守』）といった、匂いという視点から紡ぎだされるのが上田の特色だ。

性そのものを詠んだ作品は、「交合は知りゐたれどもかくばかり恋しきはしらずと魚玄機言ひき」（『湧井』）があるくらいで、おそらく直接的に主題にしたものはない。

以前二度、紹介した鼎談「大衆性の涯底《そこい》にある闇」（『短歌』一九九八年七月号）で、小池光は「死と触れ合っている性の問題があるので、そこが上田さんのいちばんおいしいところだと思う。そこに豊かなものがある。人はあまりそれを言わないで、清らかで澄み切った世界のことばかり言うが、あの方は死ぬまで、女、女のイメージがずっとどこかであったんです」と言っている。小池らしい発言だが、この夢には性夢ともいうべき、うごめく衝動のようなものが見える。匂いや造型によって形式的に抑圧したマグマが、表面に出てしまったのかもしれない。

「沼」「意識の鉤」「ぬる藻」「しづくしてをり」。いずれも性的なイメージがはりついている。極楽において、妙なる声をひびかせるという「迦陵頻伽」にも、上句から、同様に粘りつくようなものが感じられる。

こういう世界が晩年に見えたことは、特筆していいだろう。しかし、そこを膨らませるには、かなしいことにすでに時間が足りなかった。

孫という現実の「生」。対極としての夢のなかの「性」。その二つの「生」と「性」が交叉するところに、最晩年の上田短歌のおもしろさがある。

心の奥の奥に秘めていた傷痕が外側にあふれ出てしまった。また身体の不調によって、傷痕を抑圧し、封じ込めておくエネルギーを枯渇させてしまった。さまざまな解釈は可能だが、上田の晩年に、従来とはちがう側面があったことを、これらの作品は示している。

なんとか生きたい

泪ながれてをりたるのちのすがしさにかりそめにても癒えぬかと思ふ

心無し身も無しといふ唯識《ゆいしき》の教へをぞよむ癒ゆる日しらに
癒ゆる期《ご》なきわれのやまひの消長に祈りとかをる夜の菊枕
かく経つつ情《なさけ》がなほす病ならわれのやまひはとく癒えんもの
長命のしるしと眉の毛をいはれをり諧謔のごと癒えぬやまひに
谷ふかく入りきておもふ癒ゆるなき身は在りてひと生《よ》の妻をともなふ
癒ゆるなき身は夕暮をまつとゐて寂しさはいま椎のうへの雲
癒ゆるなき身は帰らなん沙羅の花さきて妻子《つまこ》の待ちゐる家に

『鎮守』から「癒ゆ」ということばの使われた作品を拾ってみた。上田がどれほど生きたかったか、想像するにあまりある。かすかな希望と、不可能にちがいないという絶望をくりかえす、そのなんともいえない気持ちが伝わってくる。

本書冒頭でも述べたように、上田三四二の生涯は、幼少期から病の連続であった。死の恐怖に、いつも取り囲まれていた。それゆえに、死を軸にして古典を読み、死というものを正面から見据えて文学に取り組んだ。にもかかわらず、現実に、また近い距離に死がはっきりと見えてきたとき、その動揺は否定しがたかった。

なんとか生きたい。癒えることはないだろうか。奇跡を信じたくなる。ことばでは何とでもいえる。しかし、死や生を超越することはそれほど簡単ではない。さまざまな先人の死に臨む態度を文学の上で知ったとしても、それは自分のことではない。いざとなれば心が乱れる。当然である。

一首目のように振り絞るような祈り、願い。「かりそめにても」ということばにこめられた思い。読んでいて悲しくなる。二首目の結句「しらに」の「に」は、打ち消しの助動詞「ず」の連用形の古形である。どう考えても「癒ゆ」などということはありえないのだが、といった意味であろう。絶望感が深くなっている。短歌とは、そういうこころのわずかな変化まであらわす詩型だ。

邪気をはらうといわれる「菊枕」。菊の露を飲み不老不死になったという、「菊慈童」のいわれを背後に響かせる「菊枕」。そこにも、「癒ゆる期《ご》なきわれのやまひ」という上句を付与せざるをえない。そうは言ってみるが、千に一つ、「もしかしたら」という気持ちがないとはいえないだろう。

そうして四首目になる。そういうものによって回復するならば、「とく癒えんもの」といわざるを得ない。こまかな感情の振幅はいたたいしいかぎりだ。次第に、「癒ゆることなき身」という以外に言わなくなる。覚悟を決めざるを得ないのである。希望すらなくなる。ただ自然に、時間の推移に真向かう以外にすべがなくなる。夕暮れがきた、雲がながれてゆく。「横たはるわれを通過し行く時間二十四時間のなかの蟬声《せんせい》」。そんなふうに、通過してゆく時間を思うだけになる。

人はそういう状況を「末期《まつご》の眼」という。次第に澄みゆく視線をだれもが指摘する。上田もそうだったのかもしれない。しかし、澄明な視線は、死というゴールが本人に強いるものである。決して本人が望んでいるわけではない。だから「末期の眼」はかなしいのである。

死だけは誰にでもくる。免れ得ないという点において、まったく平等である。しかし、残念なことに遅速がある。それは運命としかいいようがない。上田は、死に早く見こまれてしまった。まだ、これからだ。おそらく誰よりも上田本人がそう思っていたのに相違ない。なぜ、私が先に死ななくてはいけないのか。しかしそのうちに、煩悶するエネルギーすらなくなってしまう。衰えがあらわれてくる。それを諦めといったり、悟達などといいかえるのかもしれない。

目に見えぬ弱りみづからにゆるす日々積みて四たびの歳晩となる
睡りとはからだを神にかへすことこころは夢ににごりてあれど
安らなる終りを願ふのみの日々と言ひてはならぬ言葉をしまふ
一束のしをんの花を壺に活け病む身は思ふことみなかなし
すみやかに季節はうつりほととぎす活けておとろへのまさりゆくわれ
くるしみの身の洞《うろ》いでてやすらへと神の言葉もきこゆべくなりぬ

一九八七（昭和六十二）年の歳末から八八年にかけての作品である。どうかする、どうにかできるという手立てがなくなってくる。ただただ弱ってゆく自分の身体を、いまだ意識だけははっきりしている「われ」がみつめる。そういう作品である。

上田は、医師であることを恨めしく思わなかったであろうか。視界にあらわれている終末が、他のだれよりも見えてしまう。それまでどのように時間を費やしたらいいのだろうか。あるいはどのように、時間は推移してゆくのだろうか。それをだまって見つめるほかにすべがない。

上田と同じような状況で死に至った人を見送った経験が、私自身にも何度かある。モルヒネによって痛みをとり除きながら、義妹はホスピスで眠るように亡くなった。学生時代の友人は、ベッドでパソコンのキーを最後までたたいていた。上田の亡くなった時代よりも、たしかに癌治療は格段に進歩したかもしれない。しかし、死をめぐる風景のかなしさはいつも変わらない。最近亡くなった女性は、抗癌剤の苦しさもあったのだろう、早く結末をつけてほしいと悲鳴をあげていたという。

二首目のように、眠ることが病者の唯一の仕事になってくる。しかし、さまざまな夢に襲われる。そのたびに動揺する。身体は衰弱しつつあるのに、なぜこころはそうならないのか。意識をもち、言葉をもつ人間ゆえのつらさである。

「安らなる終り」。ついつい言ってしまうものだ。痛みさえなければ、苦しみさえなければという地点に病者は追い込まれてゆく。よく遺族から、「安らかな最後で、それだけが救いでした」というような言葉が漏れる。事実なのかもしれないが、そこにしか救いがないということでもある。癒えてほしい。あるいはもう少し存《なが》らえてほしい。しかし、それが叶わなかったら、せめて生きている間ぐらい、痛みなく過ごさせてやりたい、という思いから出る言葉なのである。上田の場合、結句がまた哀切である。「言ひてはならぬ言葉をしまふ」というのだ。みずから自戒して飲み込んでしまう。最後まで上田のもっていた、周りへの気遣い。

「思ふことみなかなし」「おとろへのまさりゆくわれ」。季節の移り変わりとともに、上田は死に近づいてゆく。六首目は先に触れた「短歌」(一九八九年一月号)十四首の掉尾を飾った一首である。玉井清弘はこんな風に鑑賞している。

「身の洞」を出るとは、体と魂がさながら分離しているような表現だが、死ということである。

死後の存在を信じなかった三四二にとっては、「身の洞いでて」とは、すべての終わりを意味していた。「きこゆべくなりぬ」は、遠くから徐々に聞え始める神の声である。声は低いが心にしみる言葉でもある。最晩年の切実な声であるだけに、読者の心に響かないはずがない。

（玉井清弘『鑑賞現代短歌八　上田三四二』）

上田は最後まで頑張った。しかし、ここに来てみずからに「やすらへ」と言わざるを得なくなる。もういいのだ。抗《あらが》わなくてもいいのだ。こうやって死になじんでゆく。これは上田だけではないだろう。すべてのこの世に生を享《う》けたものが、いずれたどる道である。

日本語の底荷

すでに言及したように、上田は二度目の大手術以後、それまでの仕事をまとめることに鋭意専心つとめた。『島木赤彦』や、最後の著書になった『茂吉晩年』など、いくつかの単行本化を急いだことは年譜でも明らかである。

そのなかの一冊に、たびたび引用してきた歌論集『短歌一生』（講談社学術文庫）がある。晩年に書かれた、短歌に関する短い文章を集めたものだが、構成・配列といい、じつに周到につくられた、上田の短歌に関する手引き書のような体裁をもっている。目次をみてみよう。

一　作歌の指標
二　物に到るこころ
三　実作と鑑賞
四　わが来し方
五　源流と本質

短いエッセイを集め一冊にする。どのような経緯があったのかわからないが、本来の文庫の性格からすると、かなり例外的だ。文庫は、すでに刊行された名著・力作を復刊するのが一般的だからである。想像するに、上田自身の積極的発意があったのではなかろうか。そうでなければ、普通、このようなスタイルの文庫は出版されにくい。

大げさにいえば、短歌に関する遺言を残しておこうというような、強い意志があったのではないだろうか。この文庫は、刊行されるや、冒頭の「底荷」という文章が話題になった。短歌時評などで多く取り上げられたことも記憶している。強い調子のマニフェストのような断言が、いまでも印象的である。

短歌を日本語の底荷だと思っている。
そういうつもりで歌を作っている。
俳句も日本語の底荷だと思う。短歌、俳句——そういった伝統的な詩歌の現代においてもつ意味は、この底荷としての意味を措《お》いてほかにないと思っている。

私は、短歌、俳句の言葉は日本語の中でもとくに格調の正しい、磨かれた言葉であると思っている。的確に物を捉え、思いをのべるのに情操のかぎりをつくし、正確に、真実に、核心を衝《つ》く言葉を選ぶのが短歌であり、俳句である。

この底荷あるかぎり、私は軽薄の二字を染め抜いた帆を張る日本の言葉の船の航海について、悲観しない。

（「底荷」、『短歌一生』所収）

「思う」がくりかえし出るように、なぜ底荷なのかという理由は説明されていない。つまり、上田の短歌（俳句を含めた）の規定であり、思いなのである。短歌に生涯をかけたという上田の意識が、こういう一節になって出てきたというべきであろう。評論も、古典論も、小説も、エッセイも、上田にとっては大事な仕事であった。オールラウンド・プレーヤーとして多方面から評価もされてきた。しかし、その基軸にはつねに短歌があった。それこそ上田文学の底荷として、短歌は存在していた。そのことを忘れないで欲しいという、叫びとも受け取れる。

一身は努めたり

一九二三（大正十二）年生まれの上田三四二の、六十五年間の文学的生涯をたどってきて、いよいよ擱筆が近い。

彼の生涯を振り返るにつけ、素朴といわれるかもしれないが、どうしても浮かんでくる気持ちがある。それは、ほんとうに誠実に頑張って生きてきた歌人なのだ、という感想である。

何事にも一所懸命、力をつくす。文学者や芸術家にしばしば見られる放縦な姿勢、あるいは天分にまかせての放埒な行動は、まったく見られない。過剰なパフォーマンスや自己顕示もない。

まさに文学に仕えた一生であった。私たちは、いわゆる天才と称されるさまざまな芸術家を知っている。天才のために周囲の多くの人間が犠牲になる。ひとりの才能のために、無数の才能が消えてゆく。無惨であるが、それは現実であった。芸術とはそういうものとして、受け取られてきた。民衆のために、読者のためにとはいうが、実際は芸術という玉座にすわった人間のためのものであった。それ以外はひれ伏すだけであった。もちろん、その機関車のような力で、芸術は引っ張られる。そのことは疑いないが、しかし、燃料にされたり、ただ後ろから押しているだけの人々はどうなるのだろうか。

このように芸術が、一方で生活の犠牲のうえに成り立っていることを、私たちは承知している。そういう芸術ではない存在、それが上田にとっての短歌という文学だったのではないか。「底荷」

にこめた思いは、上田の信念でもあり、同時に願いでもあったのである。『鎮守』には妻の作品が少なからずある。上田という存在に奉仕した妻、そのありがたさ。それは先に述べたことのアナロジーでもある。妻への感謝がこんな風に歌われている。

妻にながき看病の日々いつしかに負担の量《かさ》の増えて時近く
一杯の茶にはじまりて一日の幾百の用妻が手を経《ふ》る
ほがらかに日々ありくるるわが妻よ動けぬわれは声になぐさむ

おそらく妻の位置に短歌（俳句）があるのだろう。普通の人がどう生き、どう死んでゆくのか。上田は底荷を通して、譲れない主張を残したのである。
最後に、『鎮守』のこんな一首を紹介したい。目立たないが、上田三四二らしい述懐である。

六十年この一身は努めたり一身はかなし病みて力なし

「六十年この一身は努めたり」。ほんとうにその通りである。まさに努め抜いた一生だった。

上田三四二年譜（『上田三四二全歌集』自筆年譜をもとに作成した）

年代	年齢	出来事	社会・文化
一九二三（大正一二）		七月二一日、兵庫県加東郡市場村字樫山（現在、小野市樫山町）四二九番地に生まれる。父勇二、母ちさとの長男。祖父三四郎により、父の名とあわせて三四二と命名。農家で祖父がいくらかの田をつくり、父は小学校に勤務した。	
一九三〇（昭和五）	七	市場小学校に入学。	
一九三四（昭和九）	一一	春ごろより微熱がつづき、肺門淋巴腺炎の診断をうけ、運動を禁じられた。	
一九三五（昭和一〇）	一二	四月、父が兵庫県川辺郡東谷村黒川小学校長となり、同村字見野に転居したのにともない、東谷小学校に転校。	
一九三六（昭和一一）	一三	四月、兵庫県伊丹中学校に入学、電車と汽車を乗り継ぎ片道二時間ちかくをかけて通学。	
一九三九（昭和一四）	一六	四月、父、兵庫県氷上郡新井村新井小学校長に転じ、学校と敷地つづきの公舎に入る。それにしたがって兵庫県立柏原中学校に転校。	
一九四〇（昭和一五）	一七	五月、父脳溢血にて右半身不随となり、七月、郷里に引揚げたため、中学校下の武家屋敷町に下宿。	
一九四一（昭和一六）	一八	中学を卒業し、四月、第三高等学校（理科甲類）に入学。一学期を自由寮に過ごしたのち、秋より吉田中阿達町に下宿。在学中、吉田と北白川に住む。	一二月、太平洋戦争始まる。

一九四二(昭和一七)	一九	二年への進級に際し、文科への転科の志あり、転科試験の準備をしたが、思いとどまる。夏、神経衰弱にかかり、二学期より休学した。翌年春、復学。	
一九四三(昭和一八)			一〇月、法文系学生の入営延期停止、出陣学徒、壮行会。
一九四四(昭和一九)	二一	五月より三カ月間、大阪陸軍造兵廠に勤労動員、大阪に合宿生活を送る。学制が短縮され、九月、繰上げ卒業。一〇月、京都帝国大学医学部医学科に入学した。	
一九四五(昭和二〇)	二二	六月、約一カ月間、舞鶴港に勤労動員、小学校に合宿し、穀類の荷上げに従う。その間、改造文庫の斎藤茂吉自選歌集『朝の蛍』を愛読。この年より短歌に関心を抱くようになる。	六月、沖縄日本軍全滅。八月、広島・長崎に原爆投下、日本無条件降伏。
一九四七(昭和二二)	二四	一〇月一八日、畑由蔵長女、露子と結婚。郷里にて挙式後、出雲、三朝をめぐる。北白川の下宿より下京区比輪田町の畑家に移り、昭和二七年八月まで同居。	前年より第二芸術論議。近藤芳美「新しき短歌の規定」。
一九四八(昭和二三)	二五	九月、京都大学を卒業し、一〇月より京大附属病院にて実地修練。	近藤芳美『早春歌』『埃吹く街』、宮柊二『小紺珠』。
一九四九(昭和二四)	二六	八月二日、父勇二死去。五五歳。九月、実地修練を終わり、京大附属病院第三内科に入局。この年、医師国家試験に合格した。病院勤務のかたわら、一一月より京都市	茂吉『白き山』、塚本邦雄ら同人誌「メトード」創刊。

一九五〇（昭和二五）	二七	立西京高等学校定時制の教諭となり、保健体育を担当した。一二月、山本牧彦に就いて歌誌「新月」に加わる。二月、左鎖骨下浸潤のため約一カ月、京大病院第三内科に入院し、四月まで静養。四月二八日、長男仁誕生。春ごろより例月、「新月」および京都歌人協会の歌会に出席した。	
一九五一（昭和二六）			塚本邦雄『水葬物語』。
一九五二（昭和二七）	二九	前年春より学位論文のため家兎を使って実験。五月、血痰を見たために挫折。六月中旬より丹後由良にある教員のための保養所に入って一夏を過した。九月、京大病院と夜学を辞め、京都府久世郡城陽字芦原（現在、城陽市）にある国立京都療養所に赴任、その官舎に住んだ。	
一九五四（昭和二九）	三一	一一月、「短歌研究」の新人評論に「異質への情熱」入選。高原拓造の筆名を用いた。この年よりしばらく歌誌「林泉」に関係した。	「短歌」（角川書店）創刊。中城ふみ子『乳房喪失』。寺山修司「チェホフ祭」（短歌研究第二回五十首応募作品特選）。
一九五五（昭和三〇）	三二	一月、「短歌研究」に「佐藤佐太郎論」を発表。引きつづき歌人論を連載した。二月、第一歌集『黙契』（新月短歌社）刊行。九月より京大病院内科研究室に通い、犬を用いて実験をはじめた。	石原慎太郎「太陽の季節」。
一九五六（昭和三一）	三三	三月、「青の会」結成に参加。五月、「青の会」を母胎とする「青年歌人会議」結成に参加。一一月、歌論集『現	

		代歌人論』（短歌新聞社）刊行。	
一九五七（昭和三二）	三四	一一月二八日、母ちさと死去。五五歳。	岡井隆『斉唱』、前衛短歌運動広がる。
一九五八（昭和三三）	三五	一〇月一日、次男隆誕生。一〇月より三回にわたり「短歌」に「アララギ病歌人の系譜」を連載。	塚本邦雄『日本人霊歌』。
一九五九（昭和三四）	三六	一一月、歌論集『アララギの病歌人』（白玉書房）刊行。	
一九六〇（昭和三五）	三七	二月、論文「脊髄電気刺戟による心電図波形の変化に関する実験的研究」により医学博士。	三池闘争。安保条約改定阻止闘争、樺美智子死亡。岸上大作、自死。
一九六一（昭和三六）	三八	五月、「斎藤茂吉論」により第四回群像新人文学賞（評論部門）受賞。あわせて「逆縁」が小説部門の最優秀作となる。成相夏男の筆名を用いた。八月、府中刑務所に転勤し、京都を去って東京都府中市晴見町の官舎に移る。	
一九六二（昭和三七）	三九	七月、「短歌」に「詩的思考の方法」を発表。八月、国立療養所東京病院に転勤。	玉城徹『馬の首』。
一九六三（昭和三八）	四〇	五月、評論集『無為について』（白玉書房）刊行。この年、勤務以外は「斎藤茂吉」の執筆に専念した。	前衛短歌運動が最盛期を迎える。
一九六四（昭和三九）	四一	六月、清瀬町野塩（現在、清瀬市梅園二丁目一番一一号）に家を建て、長年の官舎住いを終える。七月、評論『斎藤茂吉』（筑摩叢書）刊行。	『フェスティバル律』開催。
一九六五（昭和四〇）	四二	六月、評論集『詩的思考の方法』（白玉書房）刊行。一一月、岳父のライオンズクラブ親善旅行に同行し、約二週間にわたって東南アジア諸国をめぐる。	前年末より、前衛短歌批判がおこる。

一九六六（昭和四一）	四三	一月、初旬より二ヵ月間、国立佐渡療養所に出張。五月、結腸癌を病み、癌研究会附属病院外科に入院、六月八日手術、同月末退院。九月中旬より勤務に復した。	
一九六七（昭和四二）	四四	八月、第二歌集『雉』（白玉書房）刊行。	
一九六八（昭和四三）	四五	九月、「佐渡玄冬」（三十首）により第六回短歌研究賞受賞。	成田空港反対闘争。
一九六九（昭和四四）	四六	四月、一八日より四日間、吉野山に遊ぶ。一二月、新編『現代歌人論』（読売選書）刊行。	東大紛争、安田講堂攻防戦。
一九七〇（昭和四五）	四七	前年の吉野行が引金になってこの年旅多し。五月当麻寺、六月平泉、八月は詩仙堂と貴船、九月は足摺に飛び、一〇月、琵琶湖の秋を尋ねて竹生島、義仲寺、永源寺に遊ぶ。この傾向は昭和四七年までつづいた。	よど号ハイジャック。三島由紀夫、自衛隊市ヶ谷駐屯地で割腹自殺。
一九七二（昭和四七）	四九	自律神経失調症の病名により、乞うて一月より休職、隠遁的気分のうちに月を送る。	連合赤軍・浅間山荘事件。田中角栄『日本列島改造論』。河野裕子『森のやうに獣のやうに』、土俗論議。
一九七三（昭和四八）	五〇	一月、評論集『西行・実朝・良寛』（角川書店）刊行。四月、復職するも下血あり、癌研外来にて精密検査を行い、五月末まで欠勤。六月より勤務に復した。八月一日、岳父畑由蔵、死去。七八歳。病気見舞いのため、初夏の頃よりしばしば京都に赴く。	
一九七四（昭和四九）	五一	一月、「新月」を退く。四月、日本文芸家協会理事とな	

		る。五月、『戦後短歌史』(三一書房)刊行。七月、国立東京病院を退職し清瀬上宮病院に移る。ただし勤務を午前中とした。退職を機に一週間、高野山に遊んだ。一一月、評論集『眩暈を鎮めるもの』(河出書房新社)刊行。	
一九七五(昭和五〇)	五二	三月、第三歌集『湧井』(角川書店)刊行。六月、『湧井』により第九回迢空賞受賞。八月、一週間にわたり沖縄諸島を旅行した。一一月、『眩暈を鎮めるもの』により第七回亀井勝一郎賞受賞。	ベトナム戦争終わる。
一九七六(昭和五一)	五三	三月、評論『俗と無常―徒然草の世界』(講談社)刊行。六月より「短歌」に「島木赤彦」を連載。七月、『古泉千樫の秀歌』(短歌新聞社)刊行。	高野公彦『汽水の光』など、新鋭歌人叢書シリーズ始まる。
一九七七(昭和五二)	五四	六月より「短歌研究」に「戦後の秀歌」を連載。この年より迢空賞選考委員となる。昭和五九年をもって任を終える。	馬場あき子『桜花伝承』。
一九七八(昭和五三)	五五	八月、昭和五四年宮中歌会始選者。以後、昭和五九年まで。一一月、文庫本『上田三四二歌集』(短歌研究社)刊行。同月、評論『うつしみ　この内なる自然』(平凡社)刊行。	
一九七九(昭和五四)	五六	二月、『昭和萬葉集』(全二十巻、別巻一・講談社)の刊行はじまる。昭和五一年一一月よりその編集に協力。昭和五五年一二月をもって刊行を終える。四月、『西行・実朝・良寛』を角川選書として再刊。六月、『うつしみ　この内なる自然』により第七回平林たい子賞受賞。一一	河野裕子「いのちを見つめる」(「短歌」)。

		月、評論集『愛のかたち』（彌生書房）刊行。この年より野間文芸新人賞選考委員となる。昭和五八年、乞うて辞任。またこの年より短歌研究賞選考委員となる。	
一九八〇（昭和五五）	五七	七月下旬より清瀬上宮病院の勤務を週三回午前とする。昭和五六年八月以降は週二回とした。	田中康夫「なんとなくクリスタル」。
一九八一（昭和五六）	五八	五月、創作集『深んど』（平凡社）刊行。六月、日本作家代表団（団長山本健吉）の一員として中国訪問。一七日、北京着。西安、杭州、上海を経て七月一日帰国。九月、『現代秀歌Ⅰ　斎藤茂吉』（筑摩書房）刊行。八月、『島木赤彦』（共著、桜楓社）。	
一九八二（昭和五七）	五九	一月、読売新聞読書委員、昭和五八年一二月まで。三月、創作集『花衣』（講談社）刊行。四月よりＮＨＫラジオ第一「文芸ひろば・短歌」を担当、昭和五九年三月まで。七月、現代歌人協会理事となる。昭和六〇年七月、退く。同月、第四歌集『遊行』（短歌研究社）刊行。一〇月、長男仁、結婚。一二月、文庫本『遊行』（同）刊行。	岡井隆『人生の視える場所』。
一九八三（昭和五八）	六〇	四月より〈東京新聞〉「東京歌壇」の選を担当。同月、エッセイ集『花に逢う』（平凡社）刊行。一二月、『遊行』により第十回日本歌人クラブ賞受賞。	東京ディズニーランド開業。ワープロ、パソコン急速に普及。
一九八四（昭和五九）	六一	三月、八日より四日間、北海道に遊ぶ。五月、創作集『夏行冬暦』（河出書房新社）刊行。七月九日、癌研究会附属病院泌尿器科に入院、八月一七日、膀胱前立腺摘除、回腸導管造設、あわせて術前検査によってポリープの発	

		見された上行結腸の一部切除。最終診断、前立腺腫瘍。一〇月五日に退院。九月、評論『この世　この生』（新潮社）刊行。一〇月、創作集『惜身命』（文藝春秋）刊行。一一月下旬より清瀬上宮病院の勤務に復した。	
一九八五（昭和六〇）	六二	一月、『戦後の秀歌Ⅰ・Ⅱ・Ⅲ』（短歌研究社）刊行。二月、『この世　この生』により第三十六回読売文学賞（評論・伝記賞）受賞。三月、『惜身命』により昭和五九年度第三十五回芸術選奨文部大臣賞（文芸部門）受賞。四月、日本文芸家協会理事を退き評議員となる。九月、第五歌集『照徑』（短歌研究社）刊行。一二月二三日、背部痛と左足浮腫のため癌研病院泌尿器科に再入院。胸椎への放射線治療を行う。	若手歌人のライトバースをめぐる論議、盛んになる。葛原妙子没（七八歳）。
一九八六（昭和六一）	六三	外泊の許可を得て自宅で正月を迎える。一月、二三日より五日間、銀座四丁目松崎画廊において「上田三四二短歌書展」開催。軸装、額装など五四点を展示。同月、『俗と無常—徒然草の世界』を『徒然草を読む』と改題し講談社学術文庫に収める。二月一一日、癌研病院退院。六月から七月にかけて、外来にて右坐骨放射線治療。通院に杖を用いる。七月、評論『島木赤彦』（角川書店）刊行。八月、昭和六二年宮中歌会始選者に定められる。一二月、『島木赤彦』により第三十九回野間文芸賞受賞。	宮柊二没（七四歳）。バブル景気始まる。
一九八七（昭和六二）	六四	一月、歌論集『短歌一生』（講談社学術文庫）刊行。五月、紫綬褒章受章。六月、「評論、小説、短歌と広汎な	佐藤佐太郎没（七七歳）。村上春樹『ノルウェイの

		分野にわたる文学上の業績」により第四十三回日本芸術院賞受賞。「短歌」七月号に「特集・上田三四二」。八月、昭和六三年歌会始選者に定められる。	森』、吉本ばなな『キッチン』。俵万智『サラダ記念日』が大ベストセラーになる。
一九八八(昭和六三)	六五	一月、『照徑以後』（短歌新聞社）刊行。一月中、癌研病院入院。二月に一度退院するが四月に再入院。四月、前年の「新潮」八月号掲載の小説「祝婚」により第十五回川端康成賞受賞。六月、同賞受賞式に出席のため退院、以後自宅療養となる。一二月、評論『茂吉晩年』（彌生書房）刊行。	昭和天皇重体で自粛ムード広まる。
一九八九(昭和六四・平成元)		一月八日午後三時頃、東村山市の新山手病院に緊急入院。同日午後八時過ぎに永眠。病名前立腺癌肺転移。一〇日、自宅にて通夜。一一日、故人の遺志により無宗教による葬儀が自宅で行われる。一月二五日、小説集『祝婚』（新潮社）刊行。四月、第六歌集『鎮守』（短歌研究社）刊行。追悼特集号——「群像」三月号、「新潮」三月号、「短歌研究」三・四・五月号、「短歌」三月号、「短歌現代」三月号、「歌壇」四月号。	昭和天皇没。消費税導入。ベルリンの壁崩壊。翌年、ドイツ統一。

あとがき

上田三四二が亡くなって、二十一年目に入る。時代の変化、社会の変容は驚くばかりだ。しかし、この間の印象は茫々としている。

文学（短歌）を通して、必死に生きた上田の六十五年間。それに比べて私たちの現在は、きわめて薄味で、間延びしているのではないだろうか。書き終えて、そんなことを実感する。

上田の生涯は、自分の枠を突破しようと、努力を重ねた日々であった。短歌という一本の道だけでなく、小説、評論、エッセイ、古典論という風に、さまざまなジャンルを次々と開拓し、活動の場を広げた。重篤な病に襲われた最晩年にいたるまで、休まず、研鑽を怠らない人生だった。彼の文学の中心にすわる短歌は、そういう営みにふさわしい詩型だった。

才を恃むのではなく、真面目に励めば何かが生まれる。上田は、こういう信念に生きた文学者だったと思う。上田三四二の作品は、短歌という詩型のあり方を象徴しているようなところがある。残念ながら、いま上田三四二の文学が忘れ去られようとしている。もしかすると、現代短歌に危機がしのび寄っているのかもしれない。

本書は、「短歌研究」二〇〇五（平成十七）年五月号から二〇〇八（平成二十）年四月号まで、三十三回にわたって連載したものに加筆、修正を加え、まとめたものである。

あるとき、短歌研究社の押田晶子さんから、「上田三四二こそ、あなたが書くべき歌人です。連載しませんか」と、突然の慫慂を受けた。「いや、荷が重いですよ」と、当初は逃げ回ってお断りしていたが、たびたびのお話をいただき、なんとなく押し切られたかたちで書き始めることになった。

なぜ押田さんが私にそういったのか、書くほどによくわかるようになった。いつの間にか、上田に自分を重ねて読むことができるようになった。押田さんの期待に十分応えることができたかどうかこころもとないが、後半になるにつれ、上田がより共感できる身近な歌人になってきた。生前に、ご本人ともう少しお話ししておけばよかったなどと、今ごろになって反省している。

日ごろの激励から資料の貸与まで、押田さんには何から何までお世話になった。感謝のことばがない。ありがとうございました。

同じく短歌研究社の堀山和子さんも、お手をわずらわせた。短歌研究社のスタッフのみなさんにもあわせてこころより感謝したい。

編集者として席をならべたこともある、尊敬する先輩の天野敬子さんは、「群像」編集部時代に、上田三四二の担当でもあった。毎月のように天野さんからいただいた感想・叱咤に、どれほど元気づけられたかわからない。貴重な資料とともに、小説家・上田三四二にまつわる証言やエピソードなども教えていただきありがたかった。

ほかにも、「三四二忌維持会」の藤井源七郎さん、斎藤智子さん、あるいは福島の池田桂一さんからもいろいろな資料を貸していただいた。こころよりお礼申し上げる。

連載中、さまざまな感想を全国からお寄せいただいた。じつに多くの上田三四二ファンがいらっしゃることも、この間に気づいた驚きのひとつである。

最後に、原稿を厳密にチェックしていただくと同時に、刊行にあたっていろいろご尽力をいただいたトランスビューの中嶋廣さん、工藤秀之さん、どうもありがとう。

編集者時代、仕事ではお付き合いがあったが、今回、初めて間村俊一さんに自分の書いたものを装幀していただけるのもうれしいことである。なお、装幀に使用した『黙契』は、石神井書林の内堀弘氏に拝借することができた。あわせてお礼を申しあげる。

二〇〇九年二月

小高　賢

本書は「短歌研究」二〇〇五年五月号から二〇〇八年四月号まで連載された
「上田三四二　その文学の軌跡」に加筆修正を施して成ったものである。

小高　賢（こだか　けん）

1944年、東京の下町に生まれる。慶應義塾大学卒業。編集者として馬場あき子に出会い、78年「かりん」創刊に参加。現在、「かりん」選歌委員。著書に歌集『耳の伝説』、『家長』、『太郎坂』、『小高賢歌集』（現代短歌文庫20）、『怪鳥の尾』、『本所両国』（第5回若山牧水賞）、『液状化』、『小高賢作品集』（上記の全歌集）、『眼中のひと』、批評『宮柊二とその時代』、『転形期と批評』、入門書『現代短歌作法』、編著『現代短歌の鑑賞101』、『近代短歌の鑑賞77』などがある。

この一身は努めたり
—上田三四二の生と文学—

二〇〇九年四月五日　初版第一刷発行

著　者　小高　賢
発行者　中嶋　廣
発行所　株式会社トランスビュー
東京都中央区日本橋浜町二―一〇―一
郵便番号一〇三―〇〇〇七
電話〇三（三六六四）七三三四
URL http://www.transview.co.jp

印刷・製本　中央精版印刷

ISBN978-4-901510-74-5 C1095